U0481565

雪鴻軒

尺牍详注

〔清〕龚　萼　著
刘　坤　注释

浙江古籍出版社

图书在版编目（CIP）数据

雪鸿轩尺牍详注 /（清）龚萼著 ; 刘坤注释 . 杭州 : 浙江古籍出版社 , 2025. 3. --（尺牍经典）.
ISBN 978-7-5540-3284-8

Ⅰ . I264.9

中国国家版本馆 CIP 数据核字第 2025P4U639 号

尺牍经典

雪鸿轩尺牍详注

（清）龚　萼　著　　刘　坤　注释

出版发行　浙江古籍出版社（杭州市环城北路 177 号）
电话：0571-85068292　邮编：310006
网　　址　https://zjgj.zjcbcm.com
责任编辑　吴宇琦
封面设计　吴思璐
责任校对　吴颖胤
责任印务　楼浩凯
照　　排　浙江大千时代文化传媒有限公司
印　　刷　浙江新华印刷技术有限公司
开　　本　850mm × 1168mm　1/32
印　　张　7.625
字　　数　265 千字
版　　次　2025 年 3 月第 1 版
印　　次　2025 年 3 月第 1 次印刷
书　　号　ISBN 978-7-5540-3284-8
定　　价　56.00 元

前　言

书信尺牍是中国古代传统文体之一，刘勰《文心雕龙·书记》对其做了概括："故书者，舒也。舒布其言，陈之简牍，取象于夬，贵在明决而已……详总书体，本在尽言。言以散郁陶，托风采，故宜条畅以任气，优柔以怿怀。文明从容，亦心声之献酬也。"书信之作要在叙事传情，表露心迹，故而务求明达，又重文采，乃是心声之互相献酬。刘勰所言是就总体而言，实际上，尺牍因是作者写给特定阅读对象的文字，便具有鲜明的个性色彩。刘勰就列举了自先秦至南北朝时期，各有面目的十数名篇，如其言"逮后汉书记，则崔瑗尤善。魏之元瑜，号称翩翩；文举属章，半简必录；休琏好事，留意辞翰，抑其次也。嵇康《绝交》，实志高而文伟矣。赵至叙离，乃少年之激切也。至如陈遵占辞，百封各意，祢衡代书，亲疏得宜，斯又尺牍之偏才也"。这是就个人而言，每个人的书信有自己的特色，即陈遵一人书信也是"百封各意"。故江南谚云："尺牍书疏，千里面目也。"（《颜氏家训·杂艺》）千里之外接到亲朋书信，如同晤面交谈。

而就时代来说，先秦时期虽有燕惠王《以书让乐毅且谢之》、范蠡《遗大夫种书》等不少名篇，但整体上处于尺牍的滥觞阶段。至汉魏六朝时期，随着人与文的自觉，辞采华丽、个性独特成了此时尺牍文学的显著特征，司马迁《报任安书》、嵇康《与山巨源绝交书》、鲍照《登大雷岸与妹书》、丘迟《与陈伯之书》等是其中的杰出代表。唐宋以后，尺牍的实用功能弱化，文人尺牍成了指向审美的文学作品，有的更是成了讨论文学、学术的载体。至明清时期，尺牍小品迎来了发展的黄金时期。明清封建高压统治下，文学艺术受到严重影响。而尺牍作为文人知己相唱酬的工具，受到重视，反倒兴盛起来。受到资本主义萌芽、启蒙思潮的影响，文人们追求人格独立与个性自由，大胆抒写性灵，出现了一批尺牍大家，如李贽、袁宏道等人。清代承续了这种繁荣，尺牍文学有专门的作家，也有了专门的研究者，尺牍辑本开始出现，如周亮工所辑《尺牍新钞》等。龚未斋的《雪鸿轩尺牍》便是这种辉煌的一个重要组成部分。它与袁枚《小仓山房尺牍》、许葭村《秋水轩尺牍》一起被誉为清代三大尺牍，成为旧时人们尺牍写作的典范。

龚未斋，名萼，字未斋，亦以字行[1]。浙江山阴（今浙江绍兴）人，生卒年不详，活动在乾嘉时期，终生游幕。史传中并未有记载，但他的尺牍，给我们提供了一些线索，让我们对其有一基本了解。

龚未斋生于师爷世家，九岁时，其父游幕江南，十六岁时其父回乡小住，旋即往聘泉州，二十岁时，其父终于馆舍。父亲一直游幕在外，龚未斋赖其母抚养教育成长（见第五一篇《谢陈友锜》）。龚未斋幼年读书，属意功名（第一五篇《答姜云标》）。奈何其父早亡，家境贫寒，无田产却有债券。孝养无资，饥寒所迫，遂投奔其伯父到渭阳开始一生的游幕生涯，弃读书而学刑名。至戊子年（1768）回山阴温习考试，未中第，庚寅（1770）、辛卯（1771）又参加科考，不中（《答同学诸友》）。此后，在生活重担之下，龚未斋逐渐放弃了科举之梦，游幕燕赵三十余年。虽为幕友，龚未斋又不同于时流，他身上全然没有阴险奸猾、贪赃枉法的丑恶习气，而以君子之道高自标持。他为了维持家计、孝养母亲而不得不入幕，但在其心中仍然追求着人格的独立。对于入幕，他有着自己的选择标准：他再三拒绝父辈好友宣化太守李年伯及其说客的延请，“实因谏不行，言不听”（《辞宁津明

1　第二三篇《与徐克家》中，作者自称“萼因之有感”，第八九篇《答刘刺史》云“特令萼总理其成”，第九一篇《答景州刘刺史》言“陈赞兄系萼至好”，皆自称为“萼”。按古人礼仪，自称称名以示谦逊，称人称字以示恭敬，罕有自称字者。故龚未斋应是名萼，字未斋。

府刘三标》），自己痛感“鹪鹩虽不择枝，而荆棘丛中，未敢再为寄足”（《与交河明府王达溪》）；他婉拒蔚州宁刺史，是因为不愿夺友人孙星木之职；辞却刘刺史的盛情邀请，是因为蠡吾县令对己有救急之恩，且“情文备至”，主仆情谊水乳交融。对于政务，他勤奋奉公，夙兴夜寐，其言“到馆以后，足不出户庭，身不离几席，慎往来所以远侮慢，戒应酬所以绝营求，而自早至三更，不使有片刻之暇，以期无负于己者无负于人”（《寄甘林侄》）。他处理狱讼严格公正：“愚于情状，事无大小，必令原、被各尽其词而后准讯。禀到时，详细叙略，定其是非，然后令官坐堂而听之，必期案无遁饰，使原、被告各无怨言而后已。”（第一三七篇《又答》）他深知封建官场之黑暗腐败，言“官府一点朱，百姓一碗血”，滥差妄拘，为祸不少（《寄甘林侄》）。他同情百姓苦难，屡次在书信中念及百姓遭遇的水旱灾患，自己生活贫苦，却常常对弱者伸以援手，帮人募捐，又四处举荐，介绍友人入幕。龚未斋是一位正直、热心的师爷，以君子之道而处“火炕”之幕，无怪乎其一生清贫。他在与至交的信中，慨叹“菽水无资”，不能孝养，惋惜缺少盘缠而无法回乡。但他依然坚守“君子固穷”之节，应得薪俸之外“一介不取”（《答陶愚亭亲家》），言“窃以为幕而贫，清且贵也；幕而富，浊且贱也”（第六九篇《答姜云标》），“且幕而贫，尚不失幕之本来面目；若幕而富，则其人必不可问，而其祸亦必旋踵”（《答韫芳六弟》）。封建社会，男女不平等，男人蓄妾、嫖妓司空见惯，特别是对于常年游幕漂泊在外的师爷们来说，更是如此。而龚未斋亦在此显出其高洁之处。他对在家奉养老母、操持家计的田氏妾情深意重，田氏亡后，龚未斋“竟身皆是泪，触处泉流”，悲不自胜（第四六篇《答孙位三》），游幕在外三十余年，“征歌选舞之场，富室贵游之地，足迹不一至也”（第九四篇《答友》）。他不仅自己洁身自好，还劝诫友人不能忘记糟糠之妻的情谊：“今以金雀音稀，便欲别寻春信，岂相如涤器之余，顿忘卓氏当炉之苦耶？”（第一三二篇《答王兰畦》）总之，龚未斋是清代特殊群体中的特殊一员，其生活的鲜活情状已经模糊，幸好，他“性情所寄，似有不忍弃者”（第一一七篇《与许葭村》）的尺牍留传下来，为我们了解清代幕友及其个人情况，提供了基本的线索资料。相信读者能够从中发现一个不一样的龚未斋，也会像我一样为之感动不已。

《雪鸿轩尺牍》与“文辞生动雅丽，曲尽情理，向为尺牍范本”的《秋水轩尺牍》“堪相伯仲”，[1] 不仅有史料价值，也为我们当代书信写作提供了有益的借鉴，让我们可以“取其精华，去其糟粕”，更好地继承传统文化。故而学术界曾多次出版《雪鸿轩尺牍》，如上海书店 1986 年宋晶如注译本，湖南文艺出版社 1987 年余军校注本，九州图书出版社 1998 年洪范注释本，都作出了自己的贡献。本次注释，在学界已有成果基础上有所补充，增加了许多条目，对一些书信进行重新分段，将其中羼入的缪莲仙的四十四篇尺牍整理出来[2]，还《雪鸿轩尺牍》以本来面目，而仍将其附于书后，作为本书第一四三至一八六篇。

注者学识有限，错误难免，不揣浅陋，愿求教于大方之家。

刘　坤

1　［清］许葭村、龚未斋著，宋晶如注译《秋水轩尺牍　雪鸿轩尺牍》，上海书店 1986 年版。

2　缪莲仙，名艮，字莲仙，清代仁和（今浙江杭州）人（其《寄苏皤溪》《寄史春林》《寄徐药牛》《寄黄霁青》《复土竹航》《致武兰圃》《致祁竹轩》等篇皆自称“艮”）。常年游幕于粤，许地山《粤讴在文学上底地位》一篇专门提道：“自招子庸以后，粤讴底作家很多；如缪莲仙底作品也是数一数二底。”现存作品《嘤求集》《莲仙分类尺牍》（《清代诗文集汇编》第 483 册），《文章游戏》［况周颐《眉庐丛话》著录：“仁和缪莲仙（艮）所辑《文章游戏》多至四十余卷，虽无关大雅，而海内风行。莲仙工艳体诗……”］，方雪园编《历代名人刀笔精华》收录缪莲仙《妻妾捻酸之谐判》《宿娼吝钱之谐判》，文字轻佻。粤剧名伶白驹荣曾唱《客途秋恨》，说缪莲仙与青楼女子麦秋娟之情事（麦秋娟，按名与字关系看，当即麦幼安）。观其行迹、文字，与集中所误收四十四篇尺牍正合，且四十四篇可见《嘤求集》中，则其非龚未斋所作甚明。

目 录

一、与闻人冠云[一]

司马相如，才高千古，而琴心夜度，卓氏宵奔[二]，绝代风流，究不免于轻薄。汉唐以来，文人学士未有讥之者。

然陶靖节为梁昭明所钦重，而于《闲情》一赋，尚惜其白璧微瑕[三]，则后之借相如而为口实者[四]，无论其才万不及相如，即或如之，其如白圭之玷何[五]！

足下读书论古，别有卓识，当不以余言为迂也[六]。

注释

〔一〕闻人冠云：作者朋友，复姓闻人，名冠云。

〔二〕司马相如（前179？—前118）：字长卿，西汉辞赋家。《史记》《汉书》有传。琴心：以琴声传情达意。临邛富商卓王孙宴请司马相如，相如弹奏《凤求凰》，打动了卓王孙新寡的女儿卓文君。卓文君为司马相如风度、才情所倾倒，于深夜逃出家门与相如私奔到成都。

〔三〕陶靖节：指陶渊明（365？—427），字元亮，一说名潜，字渊明，私谥“靖节”。陶渊明开创了田园诗体，后世称其为“百世田园之主，千古隐逸之宗”。梁昭明：指萧统，南朝梁武帝太子，字德施，谥昭明。所编《文选》三十卷，也称《昭明文选》，是现存最早的诗文总集。萧统以儒家正统观念为尚，排斥浮文艳辞。他认为陶渊明《闲情赋》对爱情的描写过于直白热烈，有失温柔敦厚之旨，故曰“白璧微瑕者，惟在《闲情》一赋”。

〔四〕口实：指谈话、评论的内容、资料或者依据。刘勰《文心雕龙·才略》云：“宋来美谈，亦以建安为口实。何也？岂非崇文之盛世，招才之嘉会哉！”本篇此段意谓，司马相如有高才，而终陷于轻薄。正如萧统以“白璧微瑕”批评陶渊明《闲情赋》，“琴心夜度，卓氏宵奔”的污点，是后世评论家无可回护之处。

〔五〕白圭之玷：语出《诗经·大雅·抑》：“白圭之玷，尚可磨也；

斯言之玷，不可为也。”意谓白玉上的斑点，比喻人的缺点。

〔六〕迂：言行或见解陈腐、不合时宜。此为谦辞，作者讥评司马相如“轻薄”，观点不同时流（“汉唐以来，文人学士未有讥之者”），而以迂腐自嘲。

二、答胡克昌

来教言读书中人〔一〕，不宜言游。然则风浴咏归，夫子哂之而与之，何也〔二〕？

春光韶丽，云霞灿烂，花柳芳菲，皆成文章。作郊外三日之游，以助文思，与读书大有所益，是在吾人之善游耳。请足下其领略之。

注释

〔一〕来教：对他人来信的敬称，即“来信”。

〔二〕风浴咏归，夫子哂之而与之：《论语·先进》记孔子令弟子各言其志：“子路率尔对曰：‘千乘之国，摄乎大国之间，加之以师旅，因之以饥馑；由也为之，比及三年，可使有勇，且知方也。’夫子哂之。”曾点云：“莫春者，春服既成，冠者五六人，童子六七人，浴乎沂，风乎舞雩，咏而归。”“夫子喟然而叹曰：‘吾与点也！’”哂，微笑。此处用孔子典故，说明郊游有益文章。

三、与徐润之

闻足下忧贫颇甚，想旬日以来，能减得几分否？

吾辈生长儒素之家〔一〕，贫固其常也〔二〕。此时咬得苦菜根，即他年得意，亦不为靡丽纷华所动。

但仕可贫而不可穷，动心忍性[三]，增益其所不能，此救穷之法，愿与足下共勉之！

注释

〔一〕儒素之家：指读书人家。

〔二〕贫固其常也："君子固穷"之意。《论语·卫灵公》有云："君子固穷，小人穷斯滥矣。"《论语·述而》记孔子言曰："饭疏食饮水，曲肱而枕之，乐亦在其中矣。不义而富且贵，于我如浮云。"固守贫穷正说明了儒者德节高尚。

〔三〕动心忍性：语出《孟子·告子下》，意谓扰动其心志（以培养其意志），坚韧其心性。此处激励徐润之在贫穷中坚持清白本色，坚定心志，锻炼才干，以待时机。

四、与方启明

松竹梅为岁寒三友，而北地松竹不多见，梅更无之。惟夭桃秾李[一]，每灿烂于丰台芍药之间，然转眼而成为黄土矣，增花落春残之感。南冠而北游者[二]，亦往往为习俗所移，贵春华而忘秋实，致岁寒之盟，与松竹梅同其寥落，殊为慨叹！吾辈所共笔砚者，不及十人，虽性情趋向之不同，然就目前而观，尚不肯为夭桃秾李争艳于一时；而时异势殊，初心或改，则未可知也。

惟窃窥足下修竹萧疏[三]，虚中而外直，知不以岁时改节。而仆亦古梅冷澹[四]，自甘寂寞终身。惟识百尺乔松，亭亭独立，不受秦封者，曾有几士[五]？足下盍为我言之[六]，为他日之证也？

注释

〔一〕夭桃秾李：繁茂的桃李树。夭、秾，皆为草木茂盛之意。

〔二〕南冠而北游者：指来到北方的南方士人。南冠，春秋时期楚人冠名。楚臣钟仪被晋国俘虏，头戴南冠，琴操南音，以示不忘故国。后以“南冠”代指被囚禁或流落他乡的人。

〔三〕修竹萧疏：作者以之形容方启明节行高尚，有萧散之气。

〔四〕古梅冷澹（dàn）：作者自谓如梅花幽寂澹泊，不慕虚华。

〔五〕不受秦封者，曾有几士：《史记·秦始皇本纪》记载始皇封泰山松树为五大夫，所封实为一棵松树，“五大夫”乃秦代官阶第九品。至唐代陆贽《禁中青松》云“不羡五株封”，后人误解为有五株松树受封。其后又衍生两树义不受秦封的传说，谓两株松树不受秦封，化为云朵飞去，只留下三株松树云云。此处以之比拟方启明与自己的品格。

〔六〕盍：何不，表示反问的疑问代词。

五、与刘刺史

人生离合之缘，盖有数存乎其间〔一〕，而不可强者。陆方伯能强之使离〔二〕，不能强之使不复合。即此一月之离，亦非方伯所能强之。

盖数至，有暂离而不得者。惟合而离，离而复合，而后见离合之奇。

数行布臆〔三〕，以慰惓惓〔四〕。前函龙剑之喻〔五〕，亦偶中焉耳。

注释

〔一〕数：气数，即命数。

〔二〕方伯：一方诸侯之长，后泛指地方长官。明清时期用作对布政使的称呼。《历代职官表》卷五二《司道·历代建制·三代》云：“布政使称曰藩司，亦称方伯。”

〔三〕布臆：抒发胸臆。布，陈述。

〔四〕惓惓：同“拳拳”，恳切之意。

〔五〕龙剑：用“延津之合”典故。《晋书·张华传》记，张华夜观星象，见“斗牛之间颇有异气”，邀雷焕观之，知为剑气，遂命雷焕秘寻之。雷焕于丰城县狱掘得龙泉、太阿两宝剑，以一剑赠张华，一剑自佩戴。张华被诛，宝剑失其所在。雷焕死后，其子持其剑行经延平津，剑忽跃入水中。据说两剑在水中复合。后世遂以“延津之合”指离而复合。

六、答孙位三

论交二十年，相契如一日〔一〕，唯老弟与仆耳。华翰颁来，殷如晤对，既慰且念〔二〕！

饶阳之游，为贤嘉胶漆之坚〔三〕，此言似是而尚未确也。吾辈遇合之缘，虽曰人事，实由天定，特当时不知耳。

仆与滦州刺史交者五载。及去滦，遂应蠡吾沈明府之招〔四〕。未及三年，沈调长垣，因道远家累，不克往。适刺史刘补广川，复作延津之合〔五〕。阅三载，刘又以疾退。适沈明府报阕来直〔六〕，因有饶阳之委，相与偕行。十余年，合而离，离而复合，不出刘、沈二公之门，此中不先不后之故，盖有数焉，而不可强者，岂仅同胶漆之投哉！

惟是由前而观，则仆与沈明府复合，当以五年为期，正不知五年后又何如也。

注释

〔一〕相契：相交甚厚、相互契合之意。

〔二〕“华翰颁来”句：书信常用语。华翰，指书信。殷，深切。

〔三〕贤嘉胶漆之坚：宾主之间情谊深厚，如胶似漆。贤嘉，贤主嘉宾。

〔四〕明府：汉代对太守的尊称。唐代以后，称县令为明府，明清沿用不改。

〔五〕延津之合：见第五篇《与刘刺史》注〔五〕。

〔六〕报阕：清代官吏遇三年之丧，必须禀报服阕，才能复职。服阕，古代礼制，父母死后，子女服丧三年，期满除丧，称“服阕”。

七、答周氾荇

接手书，雒诵回环，恍同晤对〔一〕。承示公门颇堪造福〔二〕，此中亦大有乐趣，在足下则然，在仆则不能然。即足下亦明知其未必能然，而以幕言幕，不得不姑以为然也〔三〕。

夫谏行言听，膏泽下于民〔四〕，诚可为造福者矣。或文采风流，著令闻于当世，亦至足乐也。试问今之从政者何如？今之入幕者何如也？即有一二明体达用之才〔五〕，博雅宏通之彦，将焉取之而焉用哉！

曳裾之客，半属负腹之将军，初不知政事文章为何物，不过熟胥吏之腔套，竭刀笔之能事而已〔六〕！仆尝谓愚民迫于饥寒，则流为盗贼；读书无成，迫于饥寒，则流为幕宾。语虽过激，实为确论。倘使家有负郭之田，则衡门之下，可以栖迟〔七〕，此中自有真乐，必不出而造福也明矣。

所云素位而行〔八〕，则有道之言也，盖素贫贱行乎贫贱也。即古之抱关击柝者〔九〕，亦为贫而仕也。吾辈囊无一钱，家有八口，既不能为陈仲子之身织屦，妻辟纑〔一〇〕；又不能为蚯蚓之上食槁壤，下饮黄泉，则驱而之幕固宜。

虽然，言幕于今日，亦甚难矣！昌黎公云莫为之前，虽美弗彰；莫为之后，虽盛弗传〔一一〕。贤如昌黎，尚借为之前后，矧其为碌碌者哉〔一二〕？唐人诗云：“世人结交须黄金，黄金不多交不深。”〔一三〕试思贤士手中，安得阿堵物耶〔一四〕？

是以燕士不乏吹箫之客，而柯亭竟无听竹之人〔一五〕！炊烟不举，僵卧雪中〔一六〕，曾无过而问者，是贫贱而且患难矣！人而贫，尚有分贝之存，人而穷，则躬无出穴之日，勇如子路，亦且愤然而起也〔一七〕。即或嗜痂有癖，而鹤料无多，枯砚甫安，而闲居又赋〔一八〕。上不足以事父母，下不足以畜妻子，因贫而幕，因幕愈贫，钟鸣漏尽〔一九〕，尚为拽磨之牛；灯尽油干，永作羁魂之鬼，人孰无情，能不悲哉！

世无君子，仆更庸人，素位而行之论，亦不过于穷愁抑塞中，聊以自宽于一时耳！《诗》云“谁谓荼苦”“予又集于蓼”〔二〇〕。天既予我以苦，盖欲不苦而不得者，则竟苦之而已，不但无福之可造，无乐之可寻，并素位而行一语，本不必借以自宽也。未识足下以为然否。

然世有轻裘翩翩，高车轩轩，意气扬扬，骄其妻妾，而睆视其友朋者，吾不识其何以乐也〔二一〕！或曰：“亦有买山有资，圭田足赋〔二二〕，而一息尚存，此志不容稍懈者，岂其所造之福尚未满耶？抑何乐此不为疲也！”予应之曰：人有百病，皆可医治，惟好货之疾，与病于夏畦者，为终身之所不能瘳〔二三〕。附及之，以博一笑！

萧斋无事〔二四〕，因足下之书，而不禁畅言之。胸中块磊稍去一二〔二五〕。其苦可及，其狂不可及也。足下览之，得毋击碎唾壶否〔二六〕？

注释

〔一〕“接手书”句：接到您的书信，反复诵读，恍惚间感觉像当面交谈。雒诵，同“洛诵”，反复诵读之意。

〔二〕公门：衙门，官衙。

〔三〕“即足下亦明知”句：就是您也知道未必如此，但以咱们幕僚身份言幕府，不得不认为能如此。古代官衙长官可以自行招募僚属，称幕府，读书人在幕府做事称幕僚，又以其并非朝廷命官，常依违于各幕府间，又称“游幕”。

〔四〕“谏行言听”句：语出《孟子·离娄下》，意谓下属的进谏，长官切实施行，下属的建议，长官认真听从，恩惠要施及下层百姓。

〔五〕明体达用：指融汇经学又有实干。

〔六〕曳（yè）裾：拖着衣襟。裾，衣服的大襟。这里指游走于权贵之门，即游幕。负腹之将军：又作“腹负将军”，指不学无术之人。李焘《续资治通鉴长编》记北宋党进目不识丁而为统兵将军，一次吃饱后摸着肚子感叹未辜负自己的肚子，随从笑道：“将军没有辜负肚子，肚子却有负于将军，竟没给你出一点主意。”胥吏：官府中办理文书的小吏。刀笔：秦汉以前文字写于竹简上，若有错讹，则用刀削改，因此刀和笔为必用书写工具。后以指文案工作，称官府文吏为“刀笔吏”。

〔七〕负郭之田：指良田。语出《史记·苏秦列传》，司马贞《史记索隐》云：“负者，背也，枕也。近城之地，沃润流泽，最为膏腴，故曰‘负郭’也。”衡门之下，可以栖迟：简陋的住所也可以居住。语出《诗经·陈风·衡门》。衡门，横一根木头做门，“衡”与“横”古字通用。信中引此句表达知足自乐的思想，不必是偏居陋巷。

〔八〕素位而行：出自《中庸》第十四章“君子素其位而行，不愿乎其外”。意即安于当前位置，尽其职责。

〔九〕抱关击柝（tuò）者：守门打更的小吏。抱关，守关门、城门。柝，古代打更用的梆子。

〔一〇〕陈仲子之身织屦，妻辟纑（lú）：陈仲子是战国时期著名的贤士。其兄陈戴为齐国大夫，食禄万钟。陈仲以其兄之俸禄为不义之财而不用，与妻子隐居，自己打草鞋，妻子织麻布为生。

〔一一〕“昌黎公云”句：语见韩愈《与于襄阳书》，意谓如果没有前辈荐引，即使满腹经纶的才士也难以出头；如果没有后辈的传承宣扬，一个人即便功业鼎盛也会湮没后世，传之不远。

〔一二〕矧（shěn）：况且，何况。

〔一三〕世人结交须黄金，黄金不多交不深：语出唐代张谓《题长安壁主人》，作者引用批判士人结交总以金钱衡量感情。

〔一四〕阿堵物：金钱。《世说新语·规箴》记王衍口不言金钱，其妻欲令其言，以钱围床，挡住道路，王衍早上起床看到后，喊仆人“举却阿堵物”，意即“把这个东西拿走”。阿堵，意即“这个”，为魏晋常用口语代词。后世遂以“阿堵物”代指钱。

〔一五〕吹箫之客：《史记·范雎蔡泽列传》云伍子胥曾“鼓腹吹篪，乞食于吴市”，裴骃《史记集解》引徐广“篪，一作箫”。后世以“吴市吹箫”指称乞食街头。听竹之人：《后汉书·蔡邕传》李贤注引张骘

《文士传》云："邕告吴人曰：'吾昔尝经会稽高迁亭，见屋椽竹东间第十六可以为笛。'取用，果有异声。"东晋伏滔《长笛赋序》记其事云："柯亭之观，以竹为椽，邕取为笛，奇声独绝。"

〔一六〕僵卧雪中：躺倒在雪中。《后汉书·袁安传》李贤注引《汝南先贤传》，记袁安贫困之时，曾一人独卧屋中，雪积门外，洛阳县令过其门，见无人迹，疑其死，入内，见袁安僵卧其中。

〔一七〕"人而贫"句：人贫穷尚可，若不得志，则即使如子路一般勇敢（不畏艰苦），也会愤然不平。分贝，"贫"字拆开则为"分""贝"。穷的繁体字"窮"可分拆躬、穴，故言"人而穷，则躬无出穴之日"。古代贫、穷各有专指，缺少财物、生活贫困为"贫"，不得志为"穷"。对于儒者言，生活贫困不可怕，失去志节的"穷"才可怕。勇如子路，《论语·卫灵公第十五》谓孔子"在陈绝粮，从者病，莫能兴。子路愠见曰：'君子亦有穷乎？'子曰：'君子固穷，小人穷斯滥矣。'"子路认为君子有道，当通行天下，奈何至于缺粮！孔子则说，君子守节，有所为而有所不为，故有穷困之事。

〔一八〕嗜痂有癖：《南史·刘穆之传》记东晋刘穆之之孙刘邕嗜食疮痂，以为美味似鳆鱼。后世因称乖僻的嗜好为"嗜痂癖"。鹤料：唐代幕府官俸之别称，明代王志坚《表异录·职官部》云："唐幕府官俸，谓之鹤料。"后世或用以泛称官吏的俸禄。枯砚：枯燥的笔墨生活。闲居又赋：晋代潘岳少有盛名，入仕后沉沦下僚，十年未有升迁，又为政敌忌恨，被罢官，闲居在家，作《闲居赋》。后因称失职无事为"赋闲"。

〔一九〕钟鸣漏尽：古时以钟声报时，以刻漏计时，"钟鸣漏尽"意谓时间流逝，引申为人到暮年，时日无多。

〔二〇〕谁谓荼（tú）苦：语出《诗经·邶风·谷风》，荼，古书上记载的一种苦菜。予又集于蓼：语出《诗经·周颂·小毖》，蓼（liǎo），一年生草本植物，茎叶味辛辣，可用以调味。

〔二一〕"世有"句：意谓世界上有的人穿着轻暖的皮衣，乘着高车，意气风发，以此在妻妾面前得意，鄙视朋友，我不知道他有什么可高兴的。睨视，斜着眼看，鄙视。

〔二二〕圭田：古代卿大夫的祭田。《孟子·滕文公上》载："卿以下必有圭田，圭田五十亩。"朱熹注："圭田，洁也。所以奉祭祀也。"

〔二三〕好（hào）货：喜好财物，沉迷财货。病于夏畦者：出自《孟子·滕文公下》"胁肩谄笑，病于夏畦"。赵岐注曰："胁肩，竦体也。谄笑，强笑也。病，极也。二言其意苦劳极，甚于仲夏之月治畦灌园之勤也。"

后世以之比喻辛苦工作的人。瘳（chōu）：病愈。此句意谓，世间百病皆可治愈，唯有财迷与工作狂的本性无可更改。

〔二四〕萧斋：书斋。唐代张怀瓘《书断》云："武帝造寺，令萧子云飞白大书'萧'字，至今一字存焉。李约竭产自江南买归东洛，建一小亭以玩，号曰'萧斋'。"后人称寺庙、书斋为"萧斋"，又含萧瑟之意，犹言"寒舍"。

〔二五〕块磊：又作"块垒"，指堆积之物，引申为胸中郁结的愁闷或气愤。

〔二六〕击碎唾壶：打碎痰盂。《世说新语·豪爽》载，"王处仲每酒后，辄咏'老骥伏枥，志在千里。烈士暮年，壮心不已'。以如意打唾壶，壶口尽缺"。后世常用"击玉壶""击唾壶"表达对文学作品的极度赞赏，亦用以抒发壮怀或不平之气。作者引此典故，意谓周汜荇看到自己此信，当感到深得己心，道出其心意。

八、答王兰畦

不奉芳讯者四阅月，冀得尺一之书，慰三秋之念〔一〕。昨奉来函，读未尽而欷歔感叹，几欲击碎唾壶矣！

足下宅心行事，无不讲求于本原之地〔二〕，以期无愧于孝友，而意外之遭，偏欲拂乱其所为，与仆所处之境，有大同而小异。

庄子曰："求其故而不得者，而安之若命。"〔三〕仍不得不尽人事而为之。而为之之难，又惟自知之，而自苦之。《诗》云"谁谓荼苦""予又集于蓼"〔四〕。是非同病相怜，未足与语此也。

为今之计，惟有远图接眷，别无善策。惟保阳居大不易，近更日增其华〔五〕，虽定识定力者，亦不能随波而靡。故十年归去之说，宜时时计及之也。

读雪窗苦吟诗，无心于摹杜而已得其神，穷而益工，不信然欤？〔六〕仆久不作诗，重九友人以"满城风雨近重阳"联珠体索和〔七〕，因有所感，依韵应之，录呈一笑。目下金与钱交，最易莫逆，间亦凶终隙末〔八〕。而学君子之交者，则又嫌其淡如水〔九〕。然则何者而可也。

雪后明窗，伸纸作答，兼候近佳。觌面何时，能无企溯〔一〇〕！

注释

〔一〕四阅月：四个月。阅，经历、经过。尺一：书信。初代称天子诏书，汉制以长度为一尺一寸的板写诏书。后世用作诏命、书信的代称。三秋：《诗经·王风·采葛》有“一日不见，如三秋兮”，孔颖达疏：“年有四时，时皆三月，三秋谓九月也。”后世多以经历三个秋季而解作三年。又可泛指时间长。

〔二〕宅心：居心。本原：根源。

〔三〕“求其故”句：语出《庄子·人间世》“自事其心者，哀乐不易施乎前，知其不可奈何而安之若命，德之至也”。这是典型的宿命论，意即遭受的不幸是命中注定的，既无可避免，又无法推知其原因、结果，就应甘心忍耐。

〔四〕“谁谓荼苦”“予又集于蓼”：见第七篇《答周氾荇》注〔二〇〕。

〔五〕“惟保阳”句：只是在保阳生活不易，近来又添白发。居大不易，用唐代白居易之典。白居易未冠时，以诗文谒顾况，况曰：“长安米贵，居大不易。”及读至其诗“野火烧不尽，春风吹又生”，忙说：“前言戏之耳。”后世常用来比喻在大都市里生活不易。保阳，今河北保定。

〔六〕雪窗：诗人名号。龚未斋以为雪窗诗作虽非有意摹拟杜诗，而已有杜诗风神。穷而益工：诗人愈不得志而诗作愈精妙工巧。欧阳修《梅圣俞诗集序》：“盖世所传诗者，多出于古穷人之辞也……盖愈穷则愈工。然则非诗之能穷人，殆穷者而后工也。”

〔七〕联珠体：古代的一种诗体。前一诗句的结尾和后一诗句的开头用同一字词，二者连接起来，有如串联着的珠子，又如针与顶手相接，所以这种诗词叫联珠体或顶真体。

〔八〕“目下”句：现在社会有钱者相交往，感情最易亲近，然常常不能始终如一，朋友最后却成仇敌。

〔九〕“学君子”句：用“君子之交淡如水”语典。《庄子·山木》：“且君子之交淡若水，小人之交甘若醴；君子淡以亲，小人甘以绝。”

〔一〇〕“觌面”句：再见面不知何时，怎能不叫人企盼。觌（dí），相见。企，踮着脚看，有盼望之意。溯，逆着水流的方向，引申为迎、向。

九、与平憨楼孝廉

读咏古诸诗，仰见卓识，惟以种蠡能使勾践复国〔一〕，盛赞其贤，似当尚须商榷。种蠡不强谏而山栖，俾其君诎社稷之灵〔二〕，而童仆昔已讥之矣。《春秋繁露》之言曰：“君子生以辱，不如死以荣。”〔三〕是种蠡未可为贤也。

至要离、荆轲，而欲媲美于留侯，则瞠乎远矣〔四〕！吾人论古，当视其造诣而定，庶不为古人所欺。足下其然之否？

注释

〔一〕种蠡：指文种、范蠡，两人共同辅佐越王勾践灭吴国。功成，范蠡引退，文种不听范蠡劝告，终为勾践赐剑自杀。作者此处言“种蠡”，应为偏义词，指范蠡，文种并未如下文所言“山栖”。

〔二〕俾（bǐ）：使，把。诎社稷之灵：委屈国家神灵，意谓丢了国家，亡国灭族。诎（qū），通“屈”，弯曲、屈服。社稷，社为土神，稷为谷神，古代君主为祈求国事太平，五谷丰登，每年都要到郊祭土地和五谷神，社稷也就成了国家的象征，后世即以“社稷”代指国家。灵，神灵。

〔三〕《春秋繁露》：西汉经学大师董仲舒著作名。其内容为阐发“春秋大一统”之旨，宣扬阴阳五行学说、“天人感应”论。信中所引此句出自该书《竹林》篇。

〔四〕要（yào）离：春秋时期吴国人，有名的击剑能手，曾为吴王阖闾刺杀庆忌。荆轲：战国末期卫国人，为燕太子丹刺杀秦王。留侯：张良，字子房，为刘邦谋士，因功封留侯。瞠（chēng）：瞪着眼睛看。

一〇、与沈逊亭

斋中十姊妹盛开〔一〕，对我晴窗，争妍献媚，红红白白，绝可人怜。杂以小鸟啁啾〔二〕，如奏笙簧于林下。想石家金谷，美艳奢华，朝歌夜弦，其乐为不过尔尔〔三〕。

今者春光烂漫，扶景摅怀〔四〕，足破客居寂寞也。

臣原好色，君亦解人〔五〕，倘惠然肯来，当煎雀舌茶共尝之〔六〕。花神有灵，早已姗姗而待矣！

裁笺劝驾，瘦腰郎真个销魂否〔七〕？

注释

〔一〕十姊妹：花名，蔷薇科蔷薇属。其花小于蔷薇，有红、白，紫、淡紫四种，约十朵成一簇，故名。

〔二〕啁啾（zhōu jiū）：鸟鸣声。

〔三〕石家金谷：指西晋富豪石崇于河阳建置的金谷园，其园极尽奢靡，当时豪富之人常游宴于此。不过尔尔：不过如此。尔尔，如此。此句意谓，石崇金谷园极尽奢华，昼夜莺歌燕舞，其乐趣也不过如此。

〔四〕摅（shū）怀：抒发情怀。摅，同“抒”。

〔五〕解人：见事高明，能通晓人意的人。

〔六〕惠然肯来：用作欢迎客人来临的客气话。雀舌茶：嫩茶芽，沈括《梦溪笔谈》：“茶芽，古人谓之雀舌、麦颗，言其至嫩也。”

〔七〕瘦腰郎：指南朝梁沈约。《梁书·沈约传》记，沈约想告老辞职，遂给徐勉写信，言已之病老致使身体瘦损，腰围减小。此处作者以沈约笑比沈逊亭。

一一、与方启明

年余司廨[一]，诸苦备尝。今则出而待贾，沽之哉，沽之哉[二]！曾无过而问焉者。然吾不患其幕之不能入，而患其入焉而不能出也。试观苍颜华发之翁[三]，孰非当之少年英俊者乎？

曾有邀余作副者，婉词却之。盖鷦鹩一枝[四]，飞鸣已难自主，若又从而半焉，则俯首低眉，更当何似！未识足下以为然否。

云雨寺前，一泓清水，两岸垂杨，明日同往，听黄鹂数声以消客闷，正不必双柑斗酒也[五]。

注释

〔一〕司廨（xiè）：衙门。廨，官署，旧时官吏办公处所的通称。

〔二〕今则出而待贾，沽之哉，沽之哉：现在则要重新待价而沽（重新谋求职位）。贾，通“价”。沽，卖。《论语·子罕》：“子曰：‘沽之哉！沽之哉！我待贾者也。’”后世以“待价而沽”指闲置的人才。

〔三〕苍颜华发：面色苍老，满头白发，形容老态龙钟。

〔四〕鷦鹩（jiāo liáo）一枝：比喻谋求一个职位。鷦鹩，小鸟名。体形小，约三寸，羽毛赤褐色，略有黑褐色斑点，尾羽短，略上翘。《庄子·逍遥游》云：“鷦鹩巢于深林，不过一枝。”后世以“鷦鹩一枝”喻谋求职位，或言知足、隐逸之情。

〔五〕双柑斗酒：本指郊游所备酒食，后借喻春天游玩胜景。典出唐代冯贽《云仙杂记》卷二：“戴颙春携双柑、斗酒，人问何之，曰：‘往听黄鹂声。此俗耳针砭，诗肠鼓吹，汝知之乎？’”

一二、与孙配琪

自来关外，即闻有异人；宁城捧袂〔一〕，正如天半朱霞，云中白鹤〔二〕，幸得数日之聚，快聆清谈，岂止三生石上一笑缘耶〔三〕？

别后鄙吝复生，不能再坐春风，深以为怅〔四〕！

郡城外万柳亭，临河垂柳，浓翠如云，清流如镜，时有黄鹂作绵蛮之声〔五〕。弟有斗酒，藏之久矣，望足下拨冗一来，消受绿天清趣〔六〕。数行布臆，引领俟之！

注释

〔一〕捧袂（mèi）：犹拱手举起双袖，表示恭敬的姿势，又指相见。袂，衣袖。

〔二〕天半朱霞，云中白鹤：比喻志行高洁的人。《南史·刘怀珍传》附《刘讦传》："讦超超越俗，如半天朱霞；歊矫矫出尘，如云中白鹤。"天半，半天之上，言其在高空中。

〔三〕三生石上一笑缘：唐代袁郊《甘泽谣·圆观》记，唐代李源与僧圆观友善，同游三峡，见妇人引汲，观曰："其中孕妇姓王者，是某托身之所。"更约十二年后中秋月夜，相会于杭州天竺寺外。是夕观果殁，而孕妇产。及期，源赴约，闻牧童歌《竹枝词》："三生石上旧精魂，赏月吟风不要论。惭愧情人远相访，此身虽异性长存。"源因知牧童即圆观之后身。诗文中常以"三生石"为前因宿缘的典实。

〔四〕鄙吝复生：浅俗欲利的念头重又萌生。用东汉黄宪之典。《世说新语·德行》："周子居常云：'吾时月不见黄叔度，则鄙吝之心已复生矣。'"坐春风：比喻承受良师的教诲。宋朱公掞见过程颢，回来对人说："我在春风中坐了一个月。"

〔五〕绵蛮：鸟叫声。语出《诗经·小雅·绵蛮》"绵蛮黄鸟，止于丘阿"。朱熹《诗集传》云："绵蛮，鸟声。"

〔六〕拨冗（rǒng）：排除繁琐事务，亦即抽时间的意思。绿天：相传，唐代僧人怀素在县城东一里许地方筑寺庵，贫无纸，于其宅旁种芭蕉万余株，以芭叶代纸写字，遂名其庵为“绿天庵”。此处以之代指闲适高雅之情趣。

一三、答闻人冠云

久不奉文，何以双鲤浮来，竟藏尺素〔一〕。剖而读之，相思相忆，情何挚焉！

新诗十首，取蔷薇盥手〔二〕，朗吟数过，清新俊逸，兼有其胜，直可与鲍参军、庾开府并传〔三〕！莲花幕中〔四〕，此道如弃土矣！得足下起而振之，能使吾党生色！

章子又梁长于吟诗，往年居庸关外，相与凭吊古今，流连风景，衰草寒烟之际，时得佳句，时不得与足下共之。

残腊返省，寻一佳寓，各出新篇，共浮大白〔五〕，作半月闲人，毋爽此约。风便布复，保爱，不宣〔六〕。

注释

〔一〕双鲤：一底一盖，把书信夹在里面的鱼形木板，常指代书信。《文选·古乐府之一》云：“客从远方来，遗我双鲤鱼。呼儿烹鲤鱼，中有尺素书。”装书信的盒子为鱼形，云烹鱼得书，亦为比喻之言。

〔二〕蔷薇盥手：唐代冯贽《云仙杂记》载：“柳宗元得韩愈所寄诗，先以蔷薇露盥手，薰玉蕤香后发读。”用蔷薇露洗手后读书信，表达了对朋友的敬重之情。

〔三〕鲍参军：鲍照，南朝刘宋时期东海人，长于乐府诗。因曾在临海王刘子项镇荆州时，任其前军参军，掌书记，遂称鲍参军。庾开府：庾信，北周南阳新野人。官至骠骑大将军，开府仪同三司，故称庾开府。所作诗文，清朗新鲜。杜甫《春日忆李白》诗云：“白也诗无敌，飘然思不群。清新庾开府，俊逸鲍参军。渭北春天树，江东日暮云。何时一樽酒，重与细论文。”将李白比作庾信、鲍照。而此篇作者称赞闻人冠云之诗清新俊逸可比肩鲍照、庾信。

〔四〕莲花幕：又称“莲幕”，指幕府。《南史·庾杲之传》：“（王俭）用杲之为卫将军长史。安陆侯萧缅与俭书曰：‘盛府元僚，实难其选。庾景行泛渌水，依芙蓉，何其丽也。’时人以入俭府为莲花池，故缅书美之。”后因称幕府为“莲幕”。

〔五〕共浮大白：一起痛快饮酒。浮，用满杯酒罚人，借指斟满酒杯而酣饮。大白，大酒樽、大酒杯。

〔六〕风便布复，保爱，不宣：趁着便利，给您写了回信。请您多保重身体，我就不一一细说了。

一四、与杨松波

秋初寸简，复候起居。数月以来，未伸音敬，而每思光霁，时作天际真人之想〔一〕。昨诵致居停札〔二〕，承先生殷殷垂念，昔人诗云：“欲知我后思君处，正是君家忆我时！”古谊神交〔三〕，两情如一。

铜符封后〔四〕，笔政清闲，偕亲旧而燕客〔五〕，临胜地以吟诗，饯腊迎春，琴歌酒赋，为乐无量！

弟家住省会，岁幕穷忙，不得不暂作归计。春风杨柳，长赋别离；冬雪关山，备尝况瘁〔六〕。知君子闻之，必哂而怜之也。

居停归，传述郡伯雅意〔七〕，命弟于返省时进谒。龙门峻望〔八〕，顾及寒微，长者之风，闻而钦感。

惟弟一车孤寂，千里迢遥，已与磁州陶、阮二公，订约偕行，渡漳河而起早，不复假道天雄〔九〕。明春到省时，倘路经古魏〔一〇〕，必当拜太守于车前，谒名贤于帐内。仰承采菲之怀，得慰识荆之愿〔一一〕，此实三生厚幸，未知缘福如何。

注释

〔一〕光霁："光风霁月"之省称，指雨过天晴时的明净景象，常用以比喻人风格之清朗。真人：道教称存养本性或修行得道的人为"真人"，诗文中又常以此喻品行端正的人。

〔二〕居停：寄居的处所。又有"居停主人"之义，指寄居处的主人。后人引伸其义，称幕宾或塾师的主人也叫"居停"。

〔三〕古谊神交：深情厚谊。古谊，古贤人之风义。神交，彼此慕名而没有见过面的交谊，或指心意投合、相知很深的朋友。

〔四〕铜符：即铜鱼符，一种铜制的鱼形符信。古代官员用以证明身份和征调兵将的凭证。后以"铜鱼符""铜符"作为郡县长官或官职的代称。封：指封印，即官府封闭印信，停办公事。清代各衙门于十二月十九至二十二日四天之内照例封印，至新正十九至二十一日三天之内始开印办事。

〔五〕燕客：宴请宾客。

〔六〕况瘁：憔悴、劳累。

〔七〕郡伯：原为金代设置爵位名，《金史·百官志》云："正从四品曰郡伯。"明清时期称知府为郡伯。

〔八〕龙门峻望：有极高声望的人。龙门，喻声望高的人的府第。《世说新语·德行》："李元礼风格秀整，高自标持，欲以天下名教是非为己任。后进之士，有升其堂者，皆以为登龙门。"峻望，崇高的声望。

〔九〕天雄：大名府，今河北大名县。唐代天祐元年（904）以魏博节度使号为天雄军，治所在魏州（后汉改称大名府）。

〔一〇〕古魏：古之魏国，即今河南北部、山西西南部之地。

〔一一〕采菲之怀：不鄙弃无用的东西，作者自谦之词。《诗经·邶风·谷风》云："采葑采菲，无以下体。"言采摘者不应因其根茎不良而连叶也抛弃。识荆：原指久闻其名而初次见面结识的敬词，今指初次见面或结识。语出李白《与韩荆州书》："白闻天下谈士相聚而言曰：'生不用封万户侯，但愿一识韩荆州。'"唐朝韩朝宗曾为荆州长史，识拔后进，为时人所重。

一五、答姜云标

二十余年，不获见我良朋，忽得手书，于梦想所不到，等之雨金雨粟之奇〔一〕！展诵回环，承足下念我之殷，勖我之切，自非总角至交〔二〕，焉得此挚情挚语！不禁喜心颠倒，抑且感激涕零矣。

弟淹留冀北，兄历聘中州，封壤虽连，而云山仍邈〔三〕。去岁馆长垣，隔汴梁，一衣带水〔四〕，每逢汴省人来，时询足下行藏〔五〕；停云落月〔六〕，每托咏歌。不谓瑶翰飞来〔七〕，伊人宛在，二十余年，至好如一日也！

追忆寒舍山水之间，书屋衡文角艺〔八〕，兄为冠者，弟始成童〔九〕，窃意功名亦吾辈分内事耳。乃云散风流，各为饥寒所迫，敛眉就食〔一〇〕，俯首觅衣，竟以此终老，岂不重可叹乎？

然如足下才学俱超，名实兼优，买山足隐，绕郭可耕，而且玉树峥嵘，析薪有荷〔一一〕，得偕仙眷，同返故乡，此足下尚可自慰，而可以告人者。

若弟才非谐世，学不通方，只以嗜痂有癖，因得滥竽齐门〔一二〕。而挈眷侨居，已逾十载。年年寒食，空回拜墓之魂；岁岁烝尝〔一三〕，徒作守祠之梦。问心多疚，自顾增惭。

况子则生而死，死而复生，长子甫及五龄；财则散而聚，聚而复散，荒田并无一亩。迁延岁月，流寓难归。今拟以三载为期，先将家眷送回故里。倘家累未完，再携破砚。此鱼鱼碌碌者之景况〔一四〕，不足当大方之一哂也〔一五〕。

惟天既使我两人幼而订交，壮而分散，老而犹在人间也，则向后重逢，当亦断不靳此良缘者〔一六〕。

屈指三年以后，一片春帆，当迟我于西陵渡口〔一七〕；三杯秋菊〔一八〕，定邀君于东武山前；订种竹栽花之事业，谈耕山钓水之经纶〔一九〕，其乐真不知何似。念及此，而此心已随足下而往矣。

注释

〔一〕雨金雨粟之奇：像天上下金子雨、米粟雨一般惊奇。雨，名词用作动词，下雨。

〔二〕总角：总角是八九岁至十三四岁的少年，古代儿童将头发分作左右两半，在头顶各扎成一个结，形如两个羊角，故称“总角”。后以“总角”代指童年时期。

〔三〕淹留：长期逗留，羁留。封壤：疆域，疆界。邈：遥远。此句意谓，作者长期居留河北，姜云标被聘河南（古称“中州”），虽疆域相接，实则相隔遥远。

〔四〕一衣带水：原指像衣带那样窄的河流。后用以形容虽有江河湖海相隔，但仍像隔一衣带，极其相近。

〔五〕行藏：指出处或行止，常用以说明人物行止、踪迹和底细等。语本《论语·述而》“用之则行，舍之则藏”。

〔六〕停云落月：陶渊明《停云诗序》云：“停云，思亲友也。”杜甫《梦李白》：“落月满屋梁，犹疑照颜色。”后人因此常在书札中用“停云落月”表示对友人的思念。

〔七〕瑶翰：对友人书信的敬称。瑶，美玉，喻珍贵。古人称赞他人之笔札曰瑶句、瑶翰。

〔八〕衡文角艺：比试诗文技艺。衡，称量物之轻重，引申为衡量、评定。角，比试、竞争。

〔九〕冠者：指成年人。古代男子到成年则举行加冠礼，叫做“冠”，时间一般是在二十岁。成童：年龄稍大的儿童。或谓八岁以上，或谓十五岁以上，说法不一。

〔一〇〕云散风流：同“风流云散”，像风一样飘零，如云一般散开，比喻聚集之人分散开来，含有人生飘零离散的惋惜、感伤意味。敛眉：双眉紧蹙，皱眉。

〔一一〕买山足隐：买下山来足可隐居，意谓退隐。《世说新语·排调》载：“支道林因人就深公买印山，深公答曰：‘未闻巢由买山而隐。’”

后以“买山”喻贤士归隐。玉树峥嵘，析薪有荷：子孙兴旺，家业有继。玉树，《世说新语·言语》：“谢太傅问诸子侄：‘子弟亦何预人事，而正欲使其佳？’诸人莫有言者。车骑答曰：‘譬如芝兰玉树，欲使其生于阶庭耳。’”后以“玉树”称美佳子弟。析薪，《左传·昭公七年》：“古人有言曰：其父析薪，其子弗克负荷。施将惧不能任其先人之禄。”后因以“析薪”谓继承父业。

〔一二〕谐世：合乎世俗。通方：通晓为政之道。滥竽齐门：比喻没有真才实学的人混在行家里面充数。此处用作自谦之词。典故出自《韩非子·内储上》：“齐宣王使人吹竽，必三百人。南郭处士请为王吹竽，宣王说之，廪食以数百人。宣王死，湣王立，好一一听之，处士逃。”

〔一三〕烝尝：本指秋、冬二祭，后亦泛称祭祀。

〔一四〕鱼鱼碌碌：犹言庸庸碌碌。

〔一五〕大方：见识广博或有专长的人。语出《庄子·秋水》“吾长见笑于大方之家”。

〔一六〕不靳：不吝惜。靳，吝惜、不肯给予。

〔一七〕迟我：等着我。迟，慢行，引申为等待。

〔一八〕秋菊：指菊花酒。

〔一九〕经纶：整理过的蚕丝，常用以比喻筹划治理国家大事。

一六、与沈秋农

匡城五载，雅论清谈，无间晨夕。不谓风流云散，行将马首各西东矣〔一〕。从此后会难期，音书恐杳，令人多屋梁落月之感〔二〕。

有酒盈樽〔三〕，希过我畅饮，尽醉而止，毋醒眼相看，增其慨叹也。

注释

〔一〕马首各西东：马头各朝东西，比喻与友人分离，奔向不同方向。

〔二〕屋梁落月：见第一五篇《答姜云标》注〔六〕所引杜甫《梦李白》诗。

〔三〕有酒盈樽：杯中盛满了酒。陶渊明《归去来兮辞》云："携幼入室，有酒盈樽。"樽，一种盛酒器。

一七、与童齐安

至渔阳数月，而不能作盘山之游〔一〕；近莲幕数程〔二〕，而不能与素心人作片刻之叙〔三〕，无怪山灵之笑我碌碌也。

居停以疾引退，客子何以息肩〔四〕？残腊旋省，当与足下剪烛西窗〔五〕，以倾离情，幸勿以如鼓瑟琴，乐而勿出也〔六〕。

注释

〔一〕渔阳：地名。战国燕置渔阳郡，秦汉治所在渔阳（今北京市密云区西南）。盘山：山名，位于今天津市蓟州区西北。相传古有田盘先生在此隐居，故名。盘山分上、中、下三盘。上盘之胜以松，中盘以石，下盘以水。

〔二〕近莲幕数程：离衙门还有些路程。莲幕，见第一三篇《答闻人冠云》注〔四〕。

〔三〕素心人：心地纯洁、世情淡泊的人。陶渊明《移居》诗之一："闻多素心人，乐与数晨夕。"

〔四〕"居停"句：幕主因病引退，游幕之人怎么可能休息呢？言自己迫于衙门事务，不能稍作停留。居停，见第一四篇《与杨松波》注〔二〕。客子，旅居于外的人。息肩，放下担子，让肩膀得到休息。

〔五〕残腊：农历年底。剪烛西窗：语出唐代李商隐《夜雨寄北》："何当共剪西窗烛，却话巴山夜雨时。"剪烛，剪去、剔除烛芯。后世常以"剪烛""剪烛西窗"为朋友相聚促膝夜谈之典。

〔六〕如鼓瑟琴：比喻夫妻间像弹奏琴瑟那样和谐美好，典出《诗经·小雅·常棣》"妻子好合，如鼓琴瑟"。琴瑟，古代的两种弦乐器。此句连接上句，谓农历年底省亲时当与你相聚，促膝长谈，到时候可不要贪恋夫妻情深而不出来见我啊。语意中带有一丝戏谑口吻，见得童齐安夫妇感情和谐，亦可知作者与童齐安关系亲近。

一八、答盐山邓春圃明府

高轩过馆〔一〕，未得一谈风月，以俗人而居俗地，宜无往之不俗也！西子善颦，东施竟捧心而效〔二〕，明府不笑其丑而美之，岂贤侯之爱俗，有甚于嗜痂耶？下里俗音，何敢当此？既承雅许，则阳春白雪，正其时矣〔三〕。乞赐一读，俾暖郊寒〔四〕。

残腊将近，当返敝庐。春正驺从晋省〔五〕，弟正离馆而就舍，或无俗态，当以樽酒攀稽〔六〕，畅谈咏事，如何？

注释

〔一〕高轩：高车，贵显者所乘，亦借指贵显者。

〔二〕西子善颦（pín），东施竟捧心而效：比喻盲目模仿别人，结果适得其反。典出《庄子·天运》，古越国美女西施因患心病而捧心皱眉，同村丑女见了觉得很美，就学西施也捧心皱眉，结果变得更丑。

〔三〕下里俗音：俚俗之歌。阳春白雪：高雅的歌曲。二典出自战国时楚国宋玉《对楚王问》："客有歌于郢中者，其始曰《下里》《巴人》，国中属而和者数千人……其为《阳春》《白雪》，国中属而和者数十人。"

〔四〕郊寒：唐代孟郊诗，清寒枯槁，好作苦语，故称"郊寒"。

〔五〕驺（zōu）从：封建时代贵族官僚出门时所带的骑马的侍从。驺，骑马的侍从。

〔六〕攀稽：极力挽留。

一九、与周介岩

河冰已泮〔一〕，津舫将行，蓬散萍浮，又须一年之别。因谋斗酒，与二三知己共话离衷，只以絮忽因风，敢邀芳躅〔二〕？而座中诸子，以剡溪访戴〔三〕，尚须乘夜攀舟，今改作清昼之谈，知足下必有此清兴，用布数言，惟希枉玉〔四〕。

倘陶学士扫雪烹茶〔五〕，别饶雅趣，则人非戴逵，不敢亵子猷之驾。

注释

〔一〕泮（pàn）：散，解。

〔二〕离衷：离别之情。衷，内心。絮忽因风：柳絮被风吹动，或东或西，飘忽不定。此处比喻作者之身不由己。芳躅（zhú）：前贤的踪迹。躅，足迹。此处用以表示对友人的尊敬。此句意谓，计划邀几位知己好友，把酒言欢，共诉离情，怎奈身不由己，不敢定下邀请您的计划。

〔三〕剡溪访戴：到剡溪访问戴逵。事见《世说新语·任诞》，王子猷乘兴雪夜访戴安道，兴尽不见戴而返，后世用来形容雅士朋友间的真情交往。

〔四〕枉玉：犹言屈驾、屈尊。枉，屈就，用于别人，含敬意。玉，代词，指对方的身体或行动，是一种敬辞。

〔五〕陶学士扫雪烹茶：宋代学士陶穀幼有才学，曾仕周为翰林学士，人称陶学士。曾买到太尉党进家一小婢，经过定陶时，陶穀取来雪水烹茶，自命不凡，问婢女："党太尉家该不会懂得这个吧？"婢女回答："他是个粗人，哪会有如此雅兴，只是到了冬季，在销金帐里听歌品羊羔美酒罢了。"

二〇、与闻人冠云

龚杜堂中，晦明风雨，赏奇析疑，极切磋琢磨之益〔一〕。正期相与有成，而我生不辰〔二〕，未能卒业，始信有功夫读书，乃生平福命，非可强也。

西秦之行，情非得已。一肩行李，半榻残书，此志未敢少懈。

戊子归来，当追随足下艺战一场〔三〕。分袂在即，言之黯然〔四〕！

注释

〔一〕晦明风雨：白天黑夜，阴晴风雨。赏奇析疑：陶渊明《移居》诗之一："奇文共欣赏，疑义相与析。"后以"赏奇析疑"谓欣赏奇文而析其疑义。切磋琢磨：《诗经·卫风·淇奥》云"如切如磋，如琢如磨"。古时把骨器的加工称"切"，象牙的加工称"磋"，玉的加工称"琢"，石的加工称"磨"。后用以比喻学习和研究问题时互相讨论，取长补短。

〔二〕我生不辰：语出《诗经·大雅·桑柔》："我生不辰，逢天僤怒。"即我生不逢时，正赶上上天怒气旺。

〔三〕艺战：比试才艺，此处指参加科举考试。

〔四〕分袂：离别。袂，衣袖。黯然：心神沮丧的样子。江淹《别赋》云："黯然销魂者，惟别而已矣！"

二一、答同学诸友

读书不成，去而读律，其识趣之卑陋甚矣〔一〕。承诸君子不鄙夷之，而殷殷劝阻，爱我良深。

惟弟二十岁时，先君见背，家无颜子之田，而有孟尝之券〔二〕。因家伯宰渭阳，奉命而往，经理署务，晷刻无暇〔三〕。幼时所学，已荒其半。戊子归来，重温旧业，摈斥龙门〔四〕；庚寅、辛卯，复遭点额〔五〕。

今年已卅矣！慈母在堂，菽水无资〔六〕；欲使一家枵腹〔七〕，而待两年后莫必之功名，非惟不可，亦势有所不能。仲夫子伤哉贫也之叹〔八〕，千古英雄，为之气阻。

昔人捧檄而喜〔九〕，为亲在也。今无檄之可捧，则笔耕将母〔一〇〕，实处无可如何。

嗟乎！龚生从此不足算矣！伏愿诸君子奋翮冲霄，连翩直上〔一一〕，使门外故人，听捷音而起舞。望何如之！

数行布悃〔一二〕，惭感交并。回首文坛，已同隔世，可胜怅然！

注释

〔一〕律：法律，律令，此处指作者从事的“刑名”之事。清代各州、县官署中主理刑事判牍的幕友称刑名师爷。识趣：见识，志趣。

〔二〕先君见背：即父亲去世的委婉说法。背，离开。颜子之田：《庄子·让王》载，孔子问颜回为何不出仕，颜回说：“回有郭外之田五十亩，足以给馆粥；郭内之田十亩，足以为丝麻；鼓琴足以自娱；所学夫子之道者足以自乐也。”意谓有衣食之资，生活无虑。孟尝之券：《战国策·齐策四》载：冯谖为孟尝君收债于薛地，却烧掉债券以收买薛地人心。此信中作者以“孟尝之券”代指债务。

〔三〕家伯：对人称自己伯父的谦辞。晷（guǐ）刻：日晷与刻漏，皆为古代的计时仪器，此处引申为时光。晷刻无暇，犹言无空闲时间。

〔四〕摈斥龙门：被考场抛弃，即考试未中之意。龙门，科举试场的正门叫龙门。

〔五〕点额：又称“龙门点额”，旧时传说，鲤鱼若能跃过龙门则化为龙，否则头额触碰两岸峭壁，破败而回。后世因把应试落第比喻为“龙门点额”。

〔六〕菽水：豆和水，指最平凡的食品。《礼记·檀弓下》：“子路曰：‘伤哉，贫也！生无以为养，死无以为礼也。’孔子曰：‘啜菽饮水尽其欢，斯之谓孝。’”后常用作孝养父母之称。

〔七〕枵（xiāo）腹：空腹，饥饿。枵，中心空虚的树根。

〔八〕仲夫子伤哉贫也之叹：见本篇注〔六〕所引《礼记·檀弓下》。仲夫子，指子路，姓仲，名由。

〔九〕捧檄而喜：接到委任官职的文书，非常高兴。典出东汉毛义故事，《后汉书·刘赵淳于江刘周赵列传》载毛义欲孝养母亲而出仕，见朝廷任命文书而喜。檄，古代官府用以征召或声讨的文书。

〔一〇〕笔耕：旧时文人自谓以笔墨工作代替耕种来维持生活。将：养。

〔一一〕奋翮冲霄，连翩直上：振动翅羽，扶摇直上，比喻事业、仕途取得飞速发展。奋翮，奋羽展翅。翮，羽毛，亦用作鸟翼的代称。连翩，指连续飞翔貌。

〔一二〕布悃（kǔn）：表达诚意，诉说心意。悃，诚恳、诚挚。

二二、与家乡戚友

酆都城有十八重地狱〔一〕，人之死去活来者，言之甚详，然耳闻之而非目睹也。今之司廨，则地狱宛在人间，所稍少异者，无桎梏之苦耳〔二〕。

因申韩之学〔三〕，必须于此阅历而精；且为饥寒所迫，计无复之，于是寒暑一灯，午夜勿倦。然则束发事诗书时，何不致力于十载寒窗，以博一鸣惊人，而乃因循玩愒〔四〕，坐荒岁月，迄于无成，奔走数千里外，甘受此罪也。

即或不能读书，何不为医，为丹青〔五〕，为商贾，为农圃，亦足以仰事俯育〔六〕，为无拘无束之身。

遍告戚友，勖其子弟〔七〕，及时努力，博取功名，切勿以学幕为读书人之退步。入地狱而始悔，出地狱而更悔也。过来人作此现身说法，是亦一片婆心耳〔八〕。

注释

〔一〕酆都：旧酆都县，现简化作“丰都县”，属重庆市。旧时传说为阴曹地府所在。

〔二〕司廨：见第一一篇《与方启明》注〔一〕。桎梏（zhì gù）：脚镣手铐。

〔三〕申韩之学：法家学说，此处专指刑名之学。战国时期法家申不害与韩非并称“申韩”，后世以“申韩”代表法家。

〔四〕一鸣惊人：语出《史记·滑稽列传》：“此鸟不飞则已，一飞冲天；不鸣则已，一鸣惊人。”比喻平时并未有突出表现，突然做出惊人的成绩，此处指作者期待努力学习之后一举成名。因循玩愒（kài）：轻率迟延，荒废时间。玩愒，“玩岁愒日”的省语，谓贪图安逸，旷废时日。

〔五〕丹青：红色与青色，中国古代绘画常用此二色，故称画为

“丹青”。

〔六〕仰事俯育：指上要侍奉父母，下要养活妻儿，泛指维持家庭生活。语出《孟子·梁惠王上》：“是故明君制人之产，必使仰足以事父母，俯足以畜妻子。”

〔七〕勖：勉励。

〔八〕婆心：慈悲善良的心地。作者意谓，游幕生涯，进退两难，自己之劝诫实出于好心，又是现身说法，期盼亲友能引以为戒。

二三、与徐克家

深泽之行，得附骥尾〔一〕，月余领教，增益良多。控案已寝〔二〕，无不欣然，而萼因之有感也。士贫不能自主，觅衣食于奔走，而所为衣食者，不以文章，不以书画，而取给于申韩之术。是衣食也，而罪孽生之矣。

欲使之弃去，而文章书画，无一长可取，即可取，而世亦不尚。纵甘为翳桑之饿夫，而高堂无菽水之奉，奈何〔三〕！

因思贫者士之常，洁己自守，直道而行〔四〕，勤慎自持，不图逸乐，或可稍轻罪孽，免于配报〔五〕。素仰老表叔灵心慧眼，尚祈有以教之。感甚，幸甚！

注释

〔一〕附骥尾：附在千里马的尾巴上，比喻仰仗他人而成名，一般用作谦词。语出《史记·伯夷列传》：“颜渊虽笃学，附骥尾而行益显。”

〔二〕控案已寝：控诉案件已经完结。寝，停止、平息。

〔三〕“纵甘为”句：即使自己甘愿做衣食无着之贫民，但不能奉养高堂怎么办？翳桑之饿夫，在桑树荫下挨饿的人。春秋时晋国灵辄于翳桑挨饿，赵盾见而赐之以饮食，并接济其母。后来晋灵公欲杀赵盾，灵辄为晋灵公甲士，倒戈相卫，赵盾得以幸免。菽水，见第二一篇《答同学诸友》注〔六〕。

〔四〕直道而行：行正直之道。语出《论语·卫灵公》："斯民也，三代之所以直道而行也。"

〔五〕配报：相当的报应。配，相配的、相应的。作者意谓官署幕僚治刑名之学，以治理百姓，非儒家仁者之道，虽可得衣食之资，却为罪孽之所由生，故思直道而行，勤奋谨慎，以减轻自己的罪责。

二四、与王言如

司马需佐理之人〔一〕，而仆以足下应，非不知鸿轩凤翥〔二〕，岂可鸡栖〔三〕，抑所谓先屈而后伸乎？

清苑李明府误采虚声，邀仆入幕，乃不为叶公之惊走〔四〕，而漫以冯骓视之，故勉强四月，歌弹铗归来矣〔五〕。士可贫而不可慢也，足下得毋笑其迂否？

注释

〔一〕司马：官名，清朝同知官，州府之佐职，别名"司马"。

〔二〕鸿轩凤翥（zhù）：像鸿鹄、凤凰般展翅高飞，比喻举止高尚。轩，高扬、飞扬。翥，鸟向上飞。

〔三〕鸡栖：鸡栖息之所，鸡窝，言所处之小。

〔四〕叶公之惊走：西汉刘向《新序·杂事》载，叶公子高好龙，屋室画满了龙，天龙听说后来到他家，叶公见了，吓得掉头就跑。今有成语"叶公好龙"，比喻表面爱好而非真爱好。

〔五〕冯骓（huān）：即冯谖，战国时期齐国孟尝君之食客。《战国策·齐策四》载，冯骓初为孟尝君门客，"左右以君贱之也，食以草具。居有顷，倚柱弹其剑，歌曰：'长铗归来乎，食无鱼！'……居有顷，复弹其铗，歌曰：'长铗归来乎，出无车！'……后有顷，复弹其剑铗，歌曰：'长铗归来乎，无以为家！'"后以"弹铗归来"指生活困穷求助于人，或指才未尽其用。铗（jiá）：剑把。

二五、与王言如

鞭车出瀛郡〔一〕，一步水深一步，至十里外，则桑田竟成沧海〔二〕，幸有两行垂柳为界，得由中道而行。水不没车箱者寸许，澎湃之声满耳，殊不异乘风破万里浪也。

晚至高阳，前途水发，次早一望连天，车不能进。适任邱归明府〔三〕，遣师策骑追至，投聘书，欲攀舆同往焉，情词甚殷。遂回车冲波，由郡城十余里绕道得高壤，直达任邱，故不复进署，谒莲斋把晤也〔四〕。

到馆后，宾主相见如故，但未识能如晏大夫之善交否〔五〕。

来往百数十里，陆行非地，水行非舟，知章骑马似乘船〔六〕，差为近之。惜不逢曲车为怅〔七〕，亦是行路难之一端也。先书此以告。

注释

〔一〕鞭车：鞭打拉车之马使之加速前行。瀛郡：即瀛洲，清代为河间府，古代曾设郡。

〔二〕桑田竟成沧海：化用成语“沧海桑田”，此处指遭遇洪水后农田被淹没，以至于靠路边垂柳才能找到道路之所在。

〔三〕明府：此处指任邱归县令，见第六篇《答孙位三》注〔四〕。

〔四〕谒莲斋把晤：到您书斋去会晤。莲斋，对人书斋的美称。把晤，握手晤面。

〔五〕如晏大夫之善交：像晏婴那样善与人交往。晏大夫，即晏婴，字平仲，春秋齐国人，喜交朋友。《论语·公冶长》云：“晏平仲善与人交，久而敬之。”

〔六〕知章骑马似乘船：贺知章骑马像乘船一般（摇摇晃晃，醉意朦胧）。语出杜甫《饮中八仙歌》：“知章骑马如乘船，眼花落井水底眠。”贺知章，字季真，唐代越州（今属绍兴）人，自号四明狂客。此句诗本为描摹贺知章醉后之悠然自得，此处形容涉水行路之艰难，飘摇不定。

〔七〕曲车：装酒的车。杜甫《饮中八仙歌》："道逢曲车口流涎，恨不移封向酒泉。"

二六、答方启明

祝融肆虐〔一〕，举客中所有而付之一炬。承手书问起火之由，虽因平日不戒，亦回禄君之所以示警也〔二〕。

馆舍三间，以半截土坯作墙隔之，是墙又糊以纸，墙之上可悬《陋室铭》〔三〕，墙之半可安油灯焉。每夜点灯，加棉花捻一根，捻日积而不知去。

是夜主人宴宾，小价未息灯〔四〕，闭门而出。夜半席散，灯碗内油干，而各捻并燃如炬，逼近纸窗。开门风进，壁遂焚，直上顶格，如走火龙，顷刻间床帐篋笥皆红〔五〕，屋亦旋塌。夫安油灯于纸壁之旁，出而不息，其火也固宜。

弟入幕未及三年，而火之如是之烈，岂非明示以幕之不可为乎？孽海茫茫〔六〕，回头是岸，从此改业，尚未晚也。足下旁观之明，当必有以教我。此复不既〔七〕。

注释

〔一〕祝融：古代传说为火神。《吕氏春秋·四月》："其帝炎帝，其神祝融。"东汉高诱注："祝融，颛顼氏后，老童之子，吴回也，为高辛氏火正，死为火官之神。"

〔二〕回禄君：古代传说的火神。《左传·昭公十八年》："郊人助祝史除于国北，禳火于玄冥、回禄。"杜预注："回禄，火神。"一说回禄即祝融。后世用以代指火灾。

〔三〕《陋室铭》：唐代诗人刘禹锡所作。此处指住所之简陋。

〔四〕小价：亦作"小介"，指仆人，是对自己仆人的谦称。

〔五〕箧笥（qiè sì）：藏物的竹器、箱笼，在古代主要用于收藏文书或衣物。大者曰“箱”，小者曰“箧”。

〔六〕孽海：罪恶的世界。本为佛教语，指由于种种恶因而使人沦溺之海。此处指游幕之业，作者以做幕僚为罪孽深重之事。

〔七〕此复不既：意谓回信不及细说，草草结束。既，完毕、完了。

二七、与王言如

客斋为火所焚，一身之外，竟无长物〔一〕，将欲方地为车，圆天为盖矣。

明知幕不可为，自应亟图改业。而为农无田，为稼无圃，为星相医卜，而素不习其术，仰事俯育之谓何〔二〕？不得不仍入火坑。祝融虽爱我，其如贫何哉〔三〕！足下闻之，当亦为我唤奈何也。

注释

〔一〕长物：原指多余的东西，后来也指像样的、好的东西。《世说新语·德行》：“王恭从会稽还，王大看之。见其坐六尺簟，因语恭：‘卿东来，故应有此物，可以一领及我。’恭无言。大去后，即举所坐者送之。既无余席，便坐荐上。后大闻之，甚惊，曰：‘吾本谓卿多，故求耳。’对曰：‘丈人不悉恭，恭作人无长物。’”此句谓客居处遭遇火灾，焚烧殆尽，作者身无长物，将要露宿街头了。

〔二〕亟（jí）：急切。仰事俯育：见第二二篇《与家乡戚友》注〔六〕。此二句言，明知游幕之不可为，应该马上改行，但其他营生皆不可做，怎么能养育老幼一家人呢？

〔三〕祝融虽爱我，其如贫何哉：祝融虽然爱我，但面对贫穷又能如何呢！意谓大火烧毁了客斋，给作者以警示，使他不要再做幕僚、师爷，造成罪业，但家里贫穷，作者不得不仍入火坑。

二八、谢陈友锜

手书慰我，感泐弥殷〔一〕！但祝融能火我身外之物，不能火我身内之心，故悠悠自得也。

惟是西风渐紧，只余司马青衫〔二〕，故人皆贫，谁能怜其寒者？

所幸树根傲骨，与篱畔黄花〔三〕，尚能独耐风霜耳。借得《汉书》，下此浊酒〔四〕，书香与酒气俱春，足下毋为我戚戚也〔五〕。

注释

〔一〕泐：通“勒”，铭刻，用刻刀书写，引申为书信。旧时写信给平辈及年辈较小的人常用“手泐”以代“手书”。弥：更加。殷：深厚，恳切。

〔二〕司马青衫：典出白居易《琵琶行》：“座中泣下谁最多，江州司马青衫湿。”唐代官制，文官八品、九品服青衫。后以“青衫”泛指官职卑微，又借指微贱者之衣服。

〔三〕篱畔黄花：即菊花，陶渊明《饮酒》其五有“采菊东篱下，悠然见南山”，语本此。秋菊耐风霜，作者自谓一身傲骨正与秋菊相同，定能熬过困境。

〔四〕借得《汉书》，下此浊酒：用宋代苏舜钦典故。宋代龚明之《中吴纪闻·苏子美饮酒》记苏舜钦读《汉书》，遇精彩处满饮一大杯酒。

〔五〕戚戚：忧伤、忧惧之意。

二九、与徐克家

敝斋不戒于火，将身外之物，一炬而烬之，不留一丝，不剩一字，真佛家所谓清净寂灭者矣〔一〕。

友人或吊者，或贺者。吊者其常，贺者则似是而非也〔二〕。

夫凡民之于豪杰，已定在有生之初。如必生于忧患，而死于安乐〔三〕，则夏商周之继起为君者，无所谓忧患；而世之少为公子、老为封君者〔四〕，亦何曾受安乐之累耶！

不肖中人以下之资，即时时有祝融之警，总不能进于上达〔五〕。若无此一火，亦未必遂流为下愚。不过适然火之，亦适然听之而已。

孟夫子之言，为豪杰进策励之功，非凡民所得而借口也。质之高明，以为然否？

注释

〔一〕清净寂灭：指道教的清净无为与佛家的涅槃寂灭之说。意谓超脱一切境界，入于不生不灭之门。此处指烧得一干二净。

〔二〕“友人”二句：谓作者客居之所失火后，友人有慰问者，有祝贺者，慰问乃遭遇不幸后的平常之事，祝贺者则似是而非。《国语·晋语》有《叔向贺贫》，赞扬韩宣子贫而有德，首开“贺贫”之端。唐代柳宗元《贺进士王参元失火书》则言王参元家富，使人畏忌“受赂”之嫌而不敢荐之于朝堂。其家财焚烬可消除士人疑虑，彰显其才干。盖龚未斋友人承袭叔向、柳宗元之义，贺其失火之事，而其自认不能于火灾中有所增益，故云“似是而非”，亦即下文所言“非凡民所得而借口也”。

〔三〕生于忧患，而死于安乐：语出《孟子·告子下》，意即忧患可以激励人奋发有为，促成其成就，使其获得生存之机，而沉溺安乐，使人怠惰，最终走向灭亡。

〔四〕封君：泛指拥有爵位和封地的人。中国的封君一般是男子，如王、公、侯、伯、子、男之类；也有女封君，如公主、郡主、县主、郡君、县君、乡君之类。

〔五〕不肖：不成材，作者自谦之词。中人：中等的人，平常人。上达：古谓士君子修养德性，务求通达于仁义，此代指君子。此句意谓，以我之凡庸资质，即使有火灾的警示，也不能达到君子的境界。

三〇、与王吉人

负昌平之约，而作中山之游，知我者鉴我苦衷也〔一〕。

衙斋寂寞，拟邀周丹文三哥、章又梁九弟，拜中山靖王之墓，登韩魏公之塔，纵目千里，怀古赋诗，舒王仲宣倚楼之况〔二〕。

昨游众春园，扶雪浪石，坡公翰墨，洵是奇观〔三〕。

惜居停已擢宜郡，卸篆非遥〔四〕。良朋欲散，而孑然一身，将独往居庸关外，正不知塞上风沙，较京尘十丈为何如也〔五〕。

老弟暂借半枝〔六〕，独当一面，吾道中当与又梁首屈二指焉！西风布念，保爱，不宣〔七〕。

注释

〔一〕鉴：观察，审察。此句谓我爽了昌平之约，却赴中山之游，了解我的人当明白我的苦衷吧。

〔二〕中山靖王：指刘胜，汉景帝封其子刘胜为中山王，治中山国，治所在今河北定县一带。韩魏公：韩琦，字稚圭，宋相州安阳人，封魏国公。王仲宣倚楼之况：王粲，字仲宣，于汉末战乱时南下荆州，依附刘表，不被重视。偶登当阳县城楼，归而作《登楼赋》，情辞激愤，感伤气氛甚浓。后世常以“王粲登楼”作为文人思乡、怀才不遇的典故。

〔三〕坡公：苏轼，号东坡居士，人称坡公。洵（xún）：诚然，实在。

〔四〕居停：见第一四篇《与杨松波》注〔二〕。擢（zhuó）：选拔，提升。卸篆：辞官。篆，印章多用篆文，因即以为官印的代称。

〔五〕孑然：孤单。居庸关：长城沿线著名的古关城，在今北京市昌平区西北部。京尘：东晋陆机《为顾彦先赠妇》诗之一云：“京洛多风尘，素衣化为缁。”后因以喻功名利禄等尘俗之事。

〔六〕暂借半枝：《庄子·逍遥游》云：“鹪鹩巢于深林，不过一枝。”后世以“一枝”比喻托身之地，言其微贱，此处“半枝”则更甚。

〔七〕保爱：保重自珍。不宣：不一一细说。旧时书信末尾常用语。

三一、与王培元

昨晚策骑至岔道，投馆舍，张灯设席，问之，则主之所供焉。

刘𥳑饷晋陵令，何关爽事〔一〕？而足下由州署而来，两年未见，得把晤于草黄霜白之间，对酒雄谈〔二〕，几忘身在关外，可感亦可慰也。

惟足下道及范刺史，昔以未识予心，致生疑窦，今则自知其昧矣。然范刺史之不能知仆，犹仆之不能知范刺史也。两不相知，非两有所憾也。

仆读书未成，家贫亲老，不得已俯首乞衣，敛眉就食耳〔三〕。

况幕之不足为荣，修身立品之不暇，而尚以人世之炎凉〔四〕，不释于怀，此非侮人，乃自侮耳。

然依人作活者，岂竟无一二正人砥柱其间哉〔五〕？特寄数行，奉释嘉贤之疑〔六〕，并谢惠言之雅。

注释

〔一〕“刘𥳑”句：用南朝齐高爽与刘𥳑典故。《南史·高爽传》记刘𥳑为晋陵令，高爽去拜访，刘𥳑不予接待。后高爽代替刘𥳑为晋陵令，刘𥳑馈赠甚厚，高爽接受其礼物，答书则称“高晋陵自答”。有人问他原因，他说：“刘𥳑这是馈赠给晋陵令，关我什么事呢？”此处指馆舍主人之招待非专为作者所设。

〔二〕草黄霜白：野草枯黄，寒霜洁白，以景色代指时令，指秋冬之际。雄谈：高谈阔论，畅谈。

〔三〕敛眉：见第一五篇《答姜云标》注〔一〇〕。

〔四〕炎凉：本指气候的热和冷，后比喻人情势利，附热疏冷，反复无常。此处作者抒发对世态的不满，而又不能不“俯首乞衣，敛眉就食”，去做幕僚的矛盾、苦闷的心情，故云："此非侮人，乃自侮耳。"

〔五〕砥柱：山名，位于河南三门峡以东黄河急流中，形状像柱，常比喻能负重任、支危局的人或力量。

〔六〕嘉贤：又作"贤嘉"，见第六篇《答孙位三》注〔三〕。

三二、与秦载光

张家口昔为重地，今则中外一家，商民屯聚，关市讥而不征〔一〕。然出口百里外，沙草连天，茫无涯际，但见塞马如云，骆驼如蚁，亦未尝非一大观也。

二兄先生以锦绣之胸，具豪迈之气，曾一登沙碛〔二〕，扩充眼界，作万里立功之想否？

弟初来上谷，自南口策马至岔道，五十里中，层峦叠嶂，灰磴深沟，城堡环抱如瓮，仅容一车两马，诚一夫当关，万夫莫开也〔三〕。但山虽峻而不奇，涧虽深而不洁，花果树木亦不成林，殊无可留览处。惟弹琴峡，则潺湲流水〔四〕，尚有遗音。出岔道则一望尘沙，而已有塞上光景。昔人诗云："关前草犹青，关后霜已白。"五十里之隔，而风景顿殊，何必听陇头流水，始肝断肠绝也哉？平时意兴，到此索然〔五〕。

昔司马长卿〔六〕，历名山大川，而文益奇肆。吾辈生涯，不借文重，又何必出关作《塞上曲》也〔七〕。幸有故人，可抒沉闷〔八〕，未识何以教。

注释

〔一〕关市讥而不征：在关卡和集市上只稽查而不征税。语出《孟子·梁惠王下》："昔者文王之治岐也，耕者九一，仕者世禄，关市讥而不征，泽梁无禁，罪人不孥。"关，关卡、关口。市，市场、集市。讥，稽查、察问。

〔二〕沙碛（qì）：沙漠。

〔三〕上谷：上谷郡，在今河北省张家口市怀来县。磴（dèng）：山路上的石台阶。城堡环抱如瓮：城堡四周为群山环绕，如在瓮中，言其地势险要。瓮，一种盛水或酒等的陶器。一夫当关，万夫莫开：形容山势又高又险，一个人守着关口，万人也攻不进来。西晋左思《蜀都赋》云："一人守隘，万夫莫向。"后以"一夫当关，万夫莫开"形容地势险要，易守难攻。

〔四〕潺湲（chán yuán）：水慢慢流动的样子。

〔五〕陇头流水：乐府《陇头歌辞》三首有句云"陇头流水"，全诗描写了北方旅人的艰苦生活及行人孤独飘零之感。其三云："陇头流水，鸣声幽咽。遥望秦川，心肝断绝。"作者意谓上谷郡道上五十里而景色殊异，塞外景象已足使人伤感。索然：乏味，没有兴趣的样子。

〔六〕司马长卿：即司马相如。见第一篇《与闻人冠云》注〔二〕。

〔七〕《塞上曲》：新乐府辞，由汉横吹曲辞演化而来。

〔八〕沉闷：沉重，烦闷。

三三、答王言如

接来函，以上谷主人有国士之遇〔一〕，似以不复往为情薄。此在他人或可作是言，而在足下与上谷宾主半载，因不合而辞者，何亦漫为此说耶〔二〕？岂待足下以庸众，而独遇仆以国士耶？

夫有国士之才者，然后有国士之遇。仆何人斯，而顾以国士目之〔三〕？是足下先不知何者为国士，又焉知遇之者之非国士也？

贫士之处世也，亦当自行其道。谏不行，言不听，膏泽不下于民〔四〕，始置之弗论矣。危而不持，颠而不扶，则将焉用彼相哉〔五〕！田子方曰："大夫傲则失其家。"〔六〕吾方为上谷危也。燔肉不至，不税冕而行〔七〕。色斯举矣，翔而后集〔八〕。此意非众人所能识也。

君子绝交，不以恶声〔九〕，矧本毋庸绝〔一〇〕，故含而不露。今因闻足下之言，不得不略举以告，在他人则并不致一词焉。足下其审思之〔一一〕。

注释

〔一〕国士：一国中才能最优秀的人物。遇：相待，待遇。

〔二〕漫：随意，随便。

〔三〕斯：句尾语气词，相当于现代汉语的“啊”。顾：但，却。

〔四〕“谏不行”句：见第七篇《答周汜荇》注〔四〕。

〔五〕“危而不持”句：语出《论语·季氏》，意谓（盲人）遇到危险（摇晃着快要倒下）却不能护持他，已经摔倒了，却不能扶起他，那还要这辅助盲人的人干什么呢？持，护持、扶持。颠，倾倒、跌倒。相，瞽（gǔ）者之相，帮助盲人的人。

〔六〕大夫傲则失其家：大夫以权势骄人就会失去其封地。语本《史记·魏世家》：“夫诸侯而骄人则失其国，大夫而骄人则失其家。贫贱者，行不合，言不用，则去之楚、越，若脱躧然，奈何其同之哉！”作者引此典故说了两方面的内容，即官长之骄人与自己离开之由。

〔七〕燔肉不至，不税冕而行：祭祀的肉没有送来，来不及脱帽就急匆匆离开了。典出《孟子·告子下》：“孔子为鲁司寇，不用，从而祭，燔肉不至，不税冕而行。不知者以为为肉也，其知者以为为无礼也。”燔（fán）肉，祭祀所用之肉。燔，通“膰”，烤肉使熟。税冕，脱去帽子。税，通“脱”，解，脱。冕，帽子。

〔八〕色斯举矣，翔而后集：语出《论语·乡党》，色斯举矣，马融注：“见颜色不善，则去之。”翔而后集，即“回翔审观而后下止”。作者引此句意在补充上面所说自己离开上谷郡的原因乃是官长失礼。

〔九〕君子绝交，不以恶声：君子间断绝交往也不会恶语相向，不会揭对方短处。典出《史记·乐毅列传》：“臣闻古之君子，交绝不出恶声。”

〔一〇〕矧本毋庸绝：何况本来不用绝交。矧（shěn），况且。

〔一一〕审思：细细思考，慎重考虑。审，详细、周密。

三四、又答王言如

再诵来函，以上谷有知音之感，是有交国士之名，而必欲伸其前说者。

夫知士岂易言哉？管仲曰：“生我者父母，知我者鲍子也！”〔一〕必知我有父母，又知我贫，而后知我之感，与生我并重。

今则所以待幕者，不过适子之馆，授子之飧，计政务之繁简，定分俸之多寡，以虚情小惠为牢笼，以声音笑貌为恭敬。而所谓礼贤下士，忠信重禄，未之闻也；谋其身家，援其缓急，未之见也〔二〕。

山人墨客、星相医卜之流〔三〕，亦未尝不游于公卿之门，承顾盼也〔四〕，受赠赐也，出而夸耀于人曰：“某公，我知己也。”人必耻而笑之。而曳裾侯门，佣笔受值者，何以异于是〔五〕？以是为知己，知己云哉乎？

足下依红泛绿，亦已久矣，何以负米他乡，清贫如故，岂不得一人知己乎〔六〕？仆才不惊人，性难谐俗〔七〕，一片血心〔八〕，埋没于簿书钱谷之中，我不求知于人，人焉能知我者？

士得一知己，死可无憾。仆亦有心人，跂予望之〔九〕，何日遇之？幸足下毋过责也。诸惟爱照，不宣〔一〇〕。

注释

〔一〕生我者父母，知我者鲍子也：语见《史记·管晏列传》。春秋齐管仲与鲍叔牙情深义厚，管仲引鲍叔牙为知己。今有成语“管鲍之交”形容交情深厚的朋友。

〔二〕适：去，归向。飧（sūn）：晚饭，泛指熟食、饭食。牢笼：

笼络人。忠信重禄：给忠信之人厚俸、高薪。全段意谓，现在给幕僚的待遇无非是到了你读书教学的地方，给你饭食（给你安排工作），按官署事务繁简程度定俸禄之多少，以虚情假意的小恩小惠笼络你，把笑脸相对当作恭敬。所谓的礼贤下士，有忠信之德者得高俸，则从未听说过；为其全家生计着想，及时伸出援手帮助其渡过难关，则从未见过。

〔三〕山人：古时指隐士；后亦指以卜卦、算命为职业的人，方士。墨客：旧时对文人的别称。

〔四〕顾盼：眷顾，照顾。

〔五〕曳裾侯门：见第七篇《答周氾莳》注〔六〕。佣笔受值：以为人书写换取金钱。全句谓，在官署做幕僚，靠给人写公文赚钱的人，与此又有什么不同呢？

〔六〕依红泛绿：南齐王俭领朝政，一时所辟，皆才名之士，时人以入俭府为入莲花池，言如红莲绿水，交相辉映。后因称幕府为莲幕，称幕府师爷是依红泛绿。参见第一三篇《答闻人冠云》注〔四〕。负米：谓外出求取俸禄、钱财等以孝养父母。《孔子家语·致思》记子路对孔子说："昔由也，事二亲之时，常食藜藿之实，为亲负米百里之外。"后世以"负米"为孝养之典故。

〔七〕谐俗：同"谐世"，见第一五篇《答姜云标》注〔一二〕。

〔八〕血心：赤诚的心，纯洁、忠诚之心。

〔九〕跂（qì）予望之：抬起脚跟远望。《诗经·卫风·河广》："谁谓宋远？跂予望之。"跂，抬起。

〔一〇〕爱照：爱护关照；因关爱而照顾。"诸惟爱照，不宣"，意谓您的所作所为都是因为对我的关爱照顾，不再细说了。

三五、再与钱亦宏

夏屋渠渠，不承权舆〔一〕，足下见机而作，何其明决也！仆亦从此行矣。第足下先行而仆在后，必有一番牵惹处〔二〕。为之择其能者而代之，庶不失忠厚待人之道。

惟耐久之交，一时难得〔三〕。"曾经沧海难为水，除却巫山不是云”〔四〕，是此公平日语也。不得已，延朱逸仙理刑席，吴云超司度支，恐均不能久〔五〕。

仆借此脱身，计榴红蒲绿时〔六〕，可以抵省，与足下一樽共话。如碧梧翠竹，已稳鸾栖，则又作天半朱霞想矣〔七〕。

注释

〔一〕夏屋渠渠，不承权舆：语出《诗经·秦风·权舆》：“於我乎！夏屋渠渠。今也每食无余。於嗟乎！不承权舆。”意为过去每餐多丰裕，如今每饭无剩余，不能与当初相比。有今不如昔之意。夏屋，大俎，盛肴馔的器具。一说指大屋。渠渠，深广的样子。权舆，本谓草木萌芽的状态，引申为起始、初时。

〔二〕牵惹：牵扯，牵连。

〔三〕耐久之交：能够长期保持友谊，情谊长久的朋友。典出《旧唐书·魏玄同传》：“玄同素与裴炎结交，能保终始，时人呼为‘耐久朋’。”

〔四〕曾经沧海难为水，除却巫山不是云：曾经见到过沧海，再见别处的河流，也就不以为然了，除了巫山，天下再没有能称为“云”的东西了。语见唐元稹《离思》五首之四。

〔五〕延：延请。刑席：刑名师爷的职位。度支：官署名，魏晋始置，掌管全国的财政收支。此处指管理钱粮出纳的钱谷师爷。

〔六〕榴红蒲绿：石榴花红了，菖蒲叶绿了。以景物代指时令，指阴历五月间。俗以榴月蒲月为五月代名。

〔七〕天半朱霞：见第一二篇《与孙配琪》注〔二〕。

三六、与孙星木

肺腑深交，共晨夕犹不厌，乃不得见者七年，怀思之切，非诵彼采三章可释〔一〕。比谂领袖群贤，声华藉甚，知落月停云，亦念我故人勿置也〔二〕。

弟去冬旋里，住家仅半载，正如高邮女子，行野蔓草中，为众蚊攒食，肉尽而继之以骨〔三〕。亟为先灵妥安窀穸，既以治病无资，且病妻弱妾，不能为露筋娘娘，必欲偕而出之，遂鬻剩产，如拔宅飞升，于五月杪到保阳〔四〕。水源木本之谓何？异地漂零，知何日得归祠墓。每一思之，背芒面赤也〔五〕。

保阳居大不易，矧齐人处室，妾且倍之，显者不来，中庭讪泣，其能免乎〔六〕？

幸小妾虽得一雄，而小女已痘殇〔七〕，真悲喜交集。所最可悲者，先慈望孙之切，不得一见为恨耳！

滦州刘刺史专人来邀，不得不为冯妇之从〔八〕，即买车而往。欲与足下剪烛西窗，言新话旧，尚拟俟之异日耳〔九〕。

因承垂注非泛〔一〇〕，缕缕以闻，恐又为我增一番感愤也〔一一〕。

注释

〔一〕彼采三章：见《诗经·王风·采葛》："彼采葛兮，一日不见，如三月兮！彼采萧兮，一日不见，如三秋兮！彼采艾兮，一日不见，如三岁兮！"表达深切的思念之情。

〔二〕谂（shěn）：知悉。声华藉甚：名声盛大之意。落月停云：见第一五篇《答姜云标》注〔六〕。

〔三〕高邮女子：宋代米芾《露筋庙碑》言江苏高邮有女子露处于野，义不寄宿田家，为蚊所嚼，露筋而死。其庙本为纪念五代时期路金，高邮人民曾受其恩泽，故立庙纪念。后讹为"露筋庙"，又衍生出此故事。作者引此典故说明自己生活困窘。

〔四〕亟：急切。窀穸（zhūn xī）：墓穴。鬻（yù）：卖，今有成语"卖官鬻爵"。拔宅飞升：又作"拔宅上升"，比喻成仙。此处指举家迁徙。杪：末尾，末端。

〔五〕背芒面赤：若芒刺在背，面红耳赤。形容极度不安，内心惭愧。芒刺，草木茎叶、果壳上的小刺。

〔六〕居大不易：见第八篇《答王兰畦》注〔五〕。"齐人处室"句：用《孟子·离娄下》"齐人有一妻一妾"之典。齐人向祭奠者乞讨剩余酒食，不足，又向别的人乞讨，吃饱后回家对着妻妾夸耀。讪，讥刺。

〔七〕痘殇：因生痘而早夭。殇，童子死曰殇。

〔八〕冯妇：古代男子名，善于搏虎。《孟子·尽心下》："晋人有冯妇者，善搏虎，卒为善士。则之野，有众逐虎。虎负嵎，莫之敢撄。望见冯妇，趋而迎之，冯妇攘臂下车。众皆悦之，其为士者笑之。"后以"冯妇"指重操旧业者。

〔九〕剪烛西窗：秉烛夜谈。见第一七篇《与童齐安》注〔五〕。俟（sì）：等待。

〔一〇〕垂注非泛：非常关心。垂注，关注、关怀。非泛，即不浅的意思。

〔一一〕覼（zhěn）缕：委曲，原指沿委曲蜿蜒的山路行进，后引申为委曲陈述、细细陈述。旧时书信中常用此词。

三七、与景州刘刺史

得辞观察之招，方幸良缘未绝，讵方伯公求友甚急，忽及鲰生，委员突至而纳聘焉〔一〕。问其故，则云慕名而已久。急趋而面辞，反复数十言，而罗致之意益坚〔二〕。

第此间办赈正忙，断难遽去〔三〕。吾人去留之计，必尽交谊之情，若此舍旧图新，恐于居停之间，非所以报德也。

然龙剑神物〔四〕，非匣中所能久藏者。会合有时，请拭目俟之〔五〕。

注释

〔一〕观察：官名。唐代于不设节度使的区域设观察使，省称"观察"，为州以上的长官。清代作为对道员的尊称。讵：岂，怎，岂料。鲰（zōu）生：浅薄愚陋的人，多用作自称的谦词。委：委派，把事情交给人办理。

〔二〕趋：小步快走。罗致：延聘，招致，最初指用网捕捉鸟类，后多喻招致人才。益：更加。

〔三〕办赈：办理赈济。遽：急，骤然。全句意谓，但这儿正在办理赈济事务，急促间难以离开。

〔四〕龙剑：见第五篇《与刘刺史》注〔五〕。

〔五〕拭目俟之：擦亮眼睛等着看，形容对事情发展殷切关注。

三八、答李霱堂

广川两载，风雨连床，谈立身涉世，及彼此顺逆悲欢之事，每漏下五鼓而不倦，真得友朋之乐矣〔一〕。乃欢聚不常，东西异地，萧斋岑寂，离群索居，淡月窥窗，一灯独对，不禁黯然神驰〔二〕。适奉手书，备承记注，足见心心相印〔三〕。

承询近况，则未堪为知己告者〔四〕。仆今年五十有三，虽桑榆未迫，而蒲柳先凋，雪点盈头，左右车牙，已填沟壑〔五〕。骐骥之衰，当让驽马；强弩之末，鲁缟难穿〔六〕。而犹俯首求衣，敛眉乞食，其情已可概见。

至齐人处室于他乡，奉倩神伤于异土；望松楸而魂断，思归日于何年〔七〕。而少不宜男，老始舐犊，即使长成，亦不过学曹瞒之托爱子，曾何与于生前〔八〕？故每一念及，寸心如焚。诚知忧能伤人，何能永其年耶？所望失之东隅，收之桑榆，向后机缘，或能差胜，则耳顺之年，定作归兮之赋〔九〕。纵无五亩之宅，百亩之田，而一椽足以蔽风雨，十口得以免饥寒，必不出鉴湖半步矣〔一〇〕！然而验已往之屡空，识将来之瓶罄，薄命鲰生，断无此清福，不过于忧愁烦闷中，作画饼望梅之想而已〔一一〕。

夫赋北游者，贵在壮年。足下年富力强，声望日高，不数年间，定卜身名俱泰，必不似迂拙无能者之所为〔一二〕。然分黑水之余资，须预作青山之退步〔一三〕。若希踪慷慨，慕迹豪华，恐入少出多，复难为济。

莲幕政简刑清〔一四〕，不足以尽扛鼎之能。然温故知新，亦属学人无尽之境。昔人云，劳则思逸，逸则思淫。吾辈当为其劳，勿为其逸，于修身用财之道，兼有所裨益。足下智珠在握，初不借坏土益山，而犹烦陈说者，以老马识途，过来人言之，亲切而有味也〔一五〕。

居停约暮春可御事〔一六〕。长垣之补，大约可定，现处灾祲之余，民间尚有菜色〔一七〕，以故官穷于丐，客苦如僧。然讴讼之声〔一八〕，遍百里外，亦是乐事。

计清和时节〔一九〕，可返会城，作旬日勾留，再赴长垣。倘命驾前来，剪烛西窗，一纾离绪，是所深幸〔二〇〕。

注释

〔一〕风雨连床：风雨之夜，两人连床对语，指兄弟或亲友久别重逢，共处一室倾心交谈的欢乐情景。漏下五鼓：漏，古计时器，引申为时刻、时间。鼓，古代夜间计时单位，即“更”。五鼓即五更，天将黎明之时。全句意谓，在广川的两年，朋友们共处一室，倾心交谈，论及人生社会生存之道，以及彼此生活境遇悲欢离合，常谈到五更天也不感到厌倦，尽享朋友相处之乐。

〔二〕萧斋：书斋，见第七篇《答周氾荇》注〔二四〕。岑寂：清冷。离群索居：谓离开亲朋而孤独生活。黯然：心神沮丧的样子。神驰：心神向往，谓思念殷切。

〔三〕记注：牵挂，关注。心心相印：彼此心意能互相了解，形容彼此的思想感情完全一致，心意非常投合。

〔四〕堪：能，可以。

〔五〕桑榆：夕阳的余晖照在桑榆树梢上，比喻晚年。蒲柳先凋：蒲和柳均早落叶，常用以喻人之早衰。典出《世说新语·言语》：“顾悦与简文同年而发早白。简文曰：‘卿何以先白？’对曰：‘蒲柳之姿，望秋而落；松柏之质，经霜弥茂。’”雪点盈头：白色布满头上，即满头白发如雪之意。左右车牙：即左右两边的盘牙。填沟壑：死的自谦说法，人死埋于地下，故称“填沟壑”。此处指牙齿掉落。

〔六〕骐骥：良马，骏马，后比喻贤才。驽马：能力低下，不能快跑的劣马。强弩之末，鲁缟难穿：强弩飞到最后连鲁缟也穿不透。比喻原来虽然强劲，后来则气衰力竭，无能为力。语本《史记·韩长孺列传》“且强弩之极，矢不能穿鲁缟”。鲁缟，鲁地所产的素绢。

〔七〕齐人处室：齐人有一妻一妾，意谓拖家带口，见第三六篇《与孙星木》注〔六〕。奉倩神伤：荀粲，字奉倩，三国魏人。荀粲与妻子情深，妻亡后亦伤心而死。后以“奉倩神伤”为悼亡典故。松楸：松树与楸树，因多植于墓地，常用为墓地的代称。

〔八〕宜男：宜男草、萱草。古代迷信，说孕妇佩之则生男，故得名。旧时多以此为祝颂妇人多子之辞。此处指爱怜子女。舐犊：老牛以舌舔小牛。喻人之爱其子女。曹瞒之托爱子：曹操临死将幼子曹幹托付给曹丕。

〔九〕失之东隅，收之桑榆：日出时失去的，在日落时得到了。比喻初虽有失，而终得成功。东隅，日出之处。桑榆，落日所照之处。差胜：略微好一些。耳顺之年：六十岁叫“耳顺”。典出《论语》：“六十而耳顺。”归兮之赋：指陶渊明《归去来兮辞》。此处以之代指隐居回乡。

〔一〇〕一椽：一间房屋。椽，放在檩上架着屋顶的木条，又是古代房屋间数的代称。鉴湖：亦名镜湖，在今浙江绍兴西南。

〔一一〕屡空：经常处于贫困之中，生活贫穷。用颜回之典，《论语·先进》曰“回也其庶乎，屡空”。瓶罄：瓶子（容器）空空，形容生活艰难，家无宿粮。鲰生：谦辞。见第三七篇《与景州刘刺史》注〔一〕。画饼望梅：即“画饼充饥”“望梅止渴”，皆喻聊以空想自我安慰，实际无济于事。

〔一二〕身名俱泰：名誉、地位都安稳，形容生活舒泰。《世说新语·汰侈》记：“石崇每与王敦入学戏，见颜、原像而叹曰：‘若与同升孔堂，去人何必有间！’王曰：‘不知余人云何，子贡去卿差近。’石正色云：‘士当令身名俱泰，何至以瓮牖语人！’”

〔一三〕黑水：指墨水，黑水余资，即用笔墨换得的余钱。青山：在今安徽当涂县东南，南齐谢朓筑室于山南，故又名谢公山。今用以喻归隐。

〔一四〕莲幕：幕府。见第一三篇《答闻人冠云》注〔四〕。

〔一五〕智珠：谓智慧圆妙，明达事理。坏土益山：一捧之土加于山上，形容微小的助益。坏土，同抔（póu）土，一捧土，极言其少。老马识途：《韩非子·说林上》：“管仲、隰朋从于桓公而伐孤竹，春往冬返，迷惑失道，管仲曰：‘老马之智可用也。’乃放老马而随之，遂得道。”后因以“老马识途”比喻对某事富有经验，能为先导。

〔一六〕居停：幕主。见第一四篇《与杨松波》注〔二〕。

〔一七〕灾祲：灾异，指自然灾害或某些异常的自然现象。菜色：因主要用菜充饥而营养不良的脸色。

〔一八〕讴讼：《孟子·万章上》：“讼狱者，不之尧之子而之舜；

讴歌者，不讴歌尧之子而讴歌舜。”后因以“讴讼”指讴歌者与讼狱者。此处为偏义词，指讴颂，讴歌颂扬。

〔一九〕清和：本泛指天气清明和暖，后来多以之为农历四月的俗称。一说指农历二月。

〔二〇〕剪烛西窗：秉烛夜谈。见第一七篇《与童齐安》注〔五〕。纾：缓和，解除。

三九、答王兰畦

三月望日与友锜札中，知君于初三日抵保，车轮无恙，寓舍安和，为慰奚似〔一〕！并悉刘郎卓见，不复再往元都〔二〕。徐孺子芳声藉藉，悬榻待下者甚多〔三〕。昨又得友锜书，知陉山一席，已聘高贤，即日膏车就道，快更何如〔四〕。

正欲寄函道意，奉手书，承足下深情雅意，不忘故人，重可感也。惟一年之内，往来南北者两回，荆枝遽折〔五〕，家累有增，奔走之劳，心境之恶，真行拂其所为矣〔六〕。

第吾辈生来命苦，而造物者颠之倒之，置我于奇穷极苦之地，而吾安之若素，不存尤怨之心，不作乞怜之态，造物亦无如我何〔七〕。

知足下年当强壮，正可有为。朱翁子五十登朝，方谓未晚，若仆者蒲柳已衰，桑榆日迫，八口之隶，仍抱饥寒；五湖之归，徒劳魂梦；望松楸而目断，拜祠墓于何年〔八〕？每念及此，中心如刺。且性成狷介，不肯累人，又未能谐俗〔九〕，觅食于千里之外，只影自怜。足下爱我深，当亦为太息也。

井陉案牍不繁，不足当大才之挥洒〔一〇〕，借可保养精神。新宠未识玉麟有兆否〔一一〕，便中示悉，以慰悬悬。

西南远隔，把袂无期，惟有寸书，可通情愫〔一二〕。驿使往回，毋金玉尔音，劳我延伫也〔一三〕。

注释

〔一〕望日：即农历每月十五日。车轮无恙，寓舍安和：谓行人一路平安。

〔二〕元都：指玄都观，避康熙帝讳。唐刘禹锡《再游玄都观》有句云："种桃道士归何处，前度刘郎今又来。"

〔三〕徐孺子芳声藉藉，悬榻待下者甚多：徐稺美名远扬，悬榻等待他的人非常多。用东汉徐稺之典故。徐稺字孺子，东汉南昌人。陈蕃为豫章太守，向不接宾客，惟稺来，特为之设一榻，去则悬之。藉藉，形容名声甚盛。

〔四〕膏车就道：在车轴上涂油，使之润滑。常比喻远行。

〔五〕荆枝遽折：荆树枝突然折断，比喻兄弟突然去世。典出南朝萧梁时期吴均《续齐谐记·紫荆树》：田真兄弟三人均分家产，商量把堂前一株紫荆树截为三段。第二天去砍伐时，树立即枯死。真有所感触，遂不分产，树亦复荣。后因以"荆枝"喻兄弟骨肉同气连枝。

〔六〕拂：违背，悖逆。

〔七〕造物者：创造万物的神，旧时一般指"天"。安之若素：谓对反常现象或不顺利的情况视若平常，毫不在意。尤怨：责怪，埋怨，怨恨。

〔八〕朱翁子：朱买臣，字翁子，汉吴县人，家贫，五十岁始入仕。蒲柳已衰，桑榆日迫：见第三八篇《答李霭堂》注〔五〕。五湖：古代吴越地区湖泊。其说法不一。此处用范蠡之典故，代指归隐之所。《国语·越语下》载，春秋末越国大夫范蠡，辅佐越王勾践，灭亡吴国，功成身退，乘轻舟以隐于五湖。后因以"五湖"指隐遁之所。松楸：指坟墓。见第三八篇《答李霭堂》注〔七〕。目断：望断，一直望到看不见。

〔九〕狷（juàn）介：正直孤傲。

〔一〇〕挥洒：挥毫洒墨，此处指展露才华。

〔一一〕新宠：新承宠爱者，多谓人新纳之妾，旧时称娶妾为"纳宠"。玉麟：即"麒麟儿"，对人之子的美称。兆：征兆，苗头。

〔一二〕把袂：拉住衣袖，表示亲昵。此处指相见、会面。情愫：本心、真情之意。

〔一三〕毋金玉尔音：不要把你的音信视同金玉一样的贵重，即不要吝惜你的笔墨，多通音信之意。延伫（zhù）：久立等待。

四〇、答丁品江

别时杨柳依依，倏届雨雪霏霏〔一〕。日月于征，良朋悠邈，搔首延伫，我劳如何〔二〕！

两接手书，素心如接，虽未能促膝谈心，而岭梅江鲤，亦少慰离思也〔三〕。载诵嘉章，情词悲恻〔四〕。客馆寒灯，故园菊绽，此真杜工部登山临水〔五〕，和泪吟诗之候。

吾辈不耕而食，不织而衣，终岁勤劬〔六〕，理固应尔。惟岁岁依人，远抛乡井，较农夫之守三间屋，课十亩田，毕竟终逊一筹耳。

弟萧斋岑寂，索居无朋，笔耕之余，竟缄金人之口，或流览载籍，而掩卷茫然，又为古人所弃〔七〕。俯仰身世，触绪增悲，不仅与草木同腐而已。

岁正将阑，不得不返省。千里关山，车烦马殆，生来与道路为缘，又与风雪作合，薄命劳人，应当受此况瘁耳〔八〕。

俚言八首〔九〕，录呈兰畦札中，阅之或可破闷。

注释

〔一〕“别时”句：离别时杨柳随风，还是春天，很快就到了大雪纷飞的冬天了。化用《诗经·小雅·采薇》“昔我往矣，杨柳依依；今我来思，雨雪霏霏”句。依依，形容柳丝轻柔、随风摇曳的样子。倏（shū），极快地、忽然。届，到。霏（fēi）霏，雪花纷落的样子。

〔二〕日月于征：日月运行，指时光流逝。语出陶渊明《停云》之三：“人亦有言，日月于征。”良朋悠邈，搔首延伫：语出陶渊明《停云》之一。悠邈，遥远、久远。搔首，用手挠头，形容等待良朋时的焦急状态。

〔三〕素心：本心，内心。岭梅江鲤：岭梅、江鲤皆指书信。陆凯自江南寄梅花一枝给范晔，并赠花诗曰：“折花逢驿使，寄与陇头人。江南无所有，聊赠一枝春。”后人因以“梅”或“一枝”代指书信，以“一枝春”作为梅花的别名。江鲤，见第一三篇《答闻人冠云》注〔一〕“双鲤”。

〔四〕载：乃，于是。嘉章：对他人书信、文章的美称。嘉，善、美。悲恻：悲痛。

〔五〕杜工部：唐代诗人杜甫，曾任检校工部员外郎，故称。

〔六〕勤劬（qú）：辛勤劳累。

〔七〕缄（jiān）金人之口：东汉刘向《说苑·敬慎》载：“孔子之周，观于太庙，右陛之前，有金人焉，三缄其口而铭其背曰：‘古之慎言人也。’”后因指言语谨慎，少说或不说话。载籍：书籍，典籍。书籍用以记载事实，故谓书籍为载籍。

〔八〕阑：残，尽。车烦马殆：形容人已经厌烦了乘车骑马，舟车劳顿。烦，烦劳。殆，懈怠。况瘁：憔悴劳累，见第一四篇《与杨松波》注〔六〕。

〔九〕俚言：鄙俗之言，不高雅的文辞，常用于自谦。

四一、答周友锜

来书问盘山之胜〔一〕，仆到渔阳两月，尚未履其地。尝闻海外有三神山〔二〕，舟至，风辄引去，使人可望而不可即，岂以神仙之境，非尘俗者所能到耶？盘山虽在人间，而尘俗中人，亦为山灵所弃〔三〕。然敝斋距山不远，开窗相对，非特可以卧游〔四〕，并可以梦游。乃登东山，则青峰插云，历历可数，所谓九华峰是也。过李卫公舞剑处〔五〕，则为西台。其南为先师台，其北为白象峰；亭亭如盖，所谓紫盖峰者，则中台也。

上盘之松矫若卧龙；中盘之石奇怪万状，不可思议。一盘之水，曲折萦洄〔六〕，清澈无底。而金碧辉煌，忽隐忽现者，则七十二寺之高下，杂错其间也。忽见一轮明月，捧出山坳，名挂刀峰，为盘山最高之处。登舍利塔〔七〕，四望无际，众山皆低，乃山之绝顶矣。

正瞻眺间，忽闻钟声怒吼，蓦然而醒，正谯楼打五鼓矣〔八〕。角枕衾边〔九〕，神魂飞越。披衣而起，即书梦中所游以答之，勿以为梦中说梦也。

注释

〔一〕盘山：见第一七篇《与童齐安》注〔一〕。

〔二〕三神山：传说东海中仙人所居之山，即蓬莱、方丈、瀛洲。

〔三〕山灵：山神。

〔四〕卧游：谓欣赏山水画以代游览。《宋书·宗炳传》记炳有疾，恐不能看遍名山，乃画在室中，"卧以游之"。此处指对窗而卧正可望见盘山。

〔五〕李卫公：指唐代李靖。以功封卫国公，人称李卫公。

〔六〕萦洄：回旋环绕，盘旋往复。

〔七〕舍利塔：供奉佛舍利的塔。舍利，梵语，又作"舍利子"，意为尸体或身骨，佛教称释迦牟尼遗体火焚后结成的珠状物，后来也指高僧火化剩下的骨烬。

〔八〕蓦（mò）然：忽然，猛然。谯楼：城门上的瞭望楼，俗称鼓楼。

〔九〕角枕：用角制成的或用角装饰的枕头。衾：被子。

四二、答丁仙槎盐大使

生平最畏显者〔一〕，而又不得不与显者为缘。乞余不足，顾而之他之状，真有不堪令妻妾见者，更有何面目复见友朋〔二〕。足下乃以为高，岂有高人逸士，曳裾侯门者乎〔三〕？冯骥弹铗而歌归来，与钟期绿蓑青笠，鼓瑟而歌，其高下之相悬，奚啻霄壤〔四〕！

足下不求热官，而求冷吏，固已高人一等矣〔五〕。然则所谓高者，乃在子之自道耶？

仆有寒疾，不可以风〔六〕。希夫子惠临，发我惭汗，铭泐无既〔七〕。

注释

〔一〕显者：富贵显达之人。

〔二〕乞余不足，顾而之他：乞求别人剩余之物，不足，又向其他人要。用《孟子·离娄下》典故，见第三六篇《与孙星木》注〔六〕。

〔三〕曳裾侯门：见第七篇《答周氾荇》注〔六〕。

〔四〕冯驩弹铗：见第二四篇《与王言如》注〔五〕。钟期：即钟子期，春秋楚人，精于音律。伯牙鼓琴，钟子期听而知其志在高山流水。子期死，伯牙终身不再鼓琴。奚啻（chì）霄壤：何止天地之别。奚啻，何止、岂但。霄壤，天地。

〔五〕热官：权势显赫的官吏。冷吏：职位不重要，清闲冷落的官吏。

〔六〕寒疾：用《孟子·公孙丑下》“有寒疾，不可以风”之典故，意谓心中有病，不可见人。

〔七〕惭汗：羞愧得出汗，极言羞愧之甚。铭泐无既：铭刻心里，感念不已。铭泐，铭刻、铭勒，形容永记不忘。无既，无穷、不尽。

四三、答陶愚亭亲家

旧娅订新姻，固有天作之合，然亦以芝兰同味，始得葭莩相投〔一〕。保阳樽酒言欢，虽亦各谈情愫，而一生阅历，及性情嗜好，究未及细陈。满拟九秋佳日〔二〕，偷返会城，与亲家剪烛连宵，倾吐衷曲，不谓暂赋离群，即歌远别。

在亲家决意南旋，自是达人卓识；而滞北孤鸿，知音莫遇，流水空弹，又在别恨离愁之外〔三〕。即豚犬无知〔四〕，蒙岳父异常钟爱，一日远离慈荫，想其恋恋之情，有口不能言，而心必若失者。

端阳次日，台驾偕宝眷过津，仅得匆匆把晤，未欲尽言，目送牙樯南下，奚只黯然魂销〔五〕？嗣接舟次所发手书，虽石尤无阻，而三千里水程，正当炎暑，亲家又向来畏热，亲家母辈更蕙质兰芽，火云烈日，波影风痕，心旌摇曳，与锦帆一片俱悬〔六〕。计中元前后〔七〕，方可安抵里门，知必有驿驰书，以慰一家之念。

承示保阳幕风不佳，人情反覆，不宜久居，嘱弟于卖屋后，即买棹南旋〔八〕。此诚至戚关情，宜其叮咛笃切也。

弟以为处事不难，修身为难，言忠信，行笃敬，虽蛮貊之邦可行〔九〕。弟三十年来，洁清自守，俭约自甘，举人世靡丽纷华之事，寂然不动于心，脩脯之外，一介不取〔一〇〕。我不乞怜于人，而人亦不能怜我。幕风之不佳，听其自然；人心之反覆，付之一笑而已。

至今故园祠墓，魂梦惊心，木本水源，何敢断绝。惟客居已逾十载，归志无间须臾〔一一〕。所以迁延至今者，实因箪瓢无资，孩提绕膝，我弹琴自乐，其如交遍谪我〔一二〕？设使颜子无负郭之田，断不能安心弦诵〔一三〕。然齐人处室于他乡，岂能常餍酒食〔一四〕？是以今春将椽舍召卖，得有受主，便整归装，冀于越水吴山，再图乞食也。

讵六月间保阳冰雹如碗，继以大雨倾盆，旬余未止，墙坍屋倒，十室九空。敝庐亦遭其厄，雨中赶葺，工料倍加，所费甚巨。而畿辅民有菜色〔一五〕，问舍更无其人。一廛纤绊，十口稽迟〔一六〕，此弟苦债未完，不许早归乡里。欲与亲家啸傲湖山〔一七〕，又须迟以三载。境与愿违，言之能无兴叹！

亲家旋里后，谅亦不能久居。碧梧翠竹，何处高栖〔一八〕？如逢驿使，望时寄一枝，以慰悬念〔一九〕。

注释

〔一〕娅（yà）：连襟，姊妹二人丈夫的互相称谓。姻：由婚姻关系而结成的亲戚。天作之合：《诗经·大雅·大明》云："文王初载，天作之合。"本谓文王娶大姒为上天所赐，因用作称颂婚姻美满之词。芝兰同味：芝草与兰花气味相投，谓人们品性等相当、心意投合。葭莩（jiā fú）：芦苇里的薄膜，又用作新戚的代称。

〔二〕九秋：指秋季九十天，即秋季。

〔三〕知音莫遇，流水空弹：没有遇见知音，只有自己空弹流水之曲，而无人能懂啊。用钟子期为伯牙知音之典故。见第四二篇《答丁仙槎盐大使》注〔四〕。

〔四〕豚犬：猪狗，此处用作对儿子的谦辞。

〔五〕台驾：敬辞，尊称对方。宝眷：称人眷属的敬辞。牙樯（qiáng）：象牙装饰的桅杆。一说桅杆顶端尖锐如牙，故名。后为桅杆的美称。

〔六〕嗣：随后。石尤：传说古代有商人尤某娶石氏女，情好甚笃。尤远行不归，石思念成疾，临死叹曰："吾恨不能阻其行，以至于此。今凡有商旅远行，吾当作大风为天下妇人阻之。"后乃称行船时的逆风、顶头风为"石尤"或"石尤风"。蕙质兰芽：古代常以兰蕙等香草比喻善良的美人。心旌摇曳：指心神不安，就像旌旗随风飘荡不定。

〔七〕中元：指农历七月十五日。旧时道观于此日作斋醮，僧寺作盂兰盆会，民俗亦有祭祀亡故亲人等活动。古人以农历正月、七月、十月的十五日为上元、中元、下元。

〔八〕买棹：即雇船。旋：回，归。

〔九〕"言忠信"句：语出《论语·卫灵公》，意谓若能言语忠诚老实，行为忠厚严肃，即使到了蛮夷之地也是行得通的。蛮貊（mò），古代称南方和北方落后部族，亦泛指四方落后部族。

〔一〇〕脩脯：旧时称送给老师的礼物或酬金。脩，束脩、干肉。一介：指微小的事物。介，同"芥"。

〔一一〕无间：不间断。须臾：片刻。无间须臾，犹言"片刻不曾间断"。

〔一二〕迁延：延后耽搁，延期。箪瓢：盛饭食的箪和盛饮料的瓢，亦借指饮食。孩提：幼小，幼年。交遍谪我：都埋怨、谴责我。语出《诗经·邶风·北门》"我入自外，室人交遍谪我"。后多指夫妇口角争执。谪，谴责、责怪。

〔一三〕颜子无负郭之田：见第二一篇《答同学诸友》注〔二〕。

〔一四〕齐人处室：见第三六篇《与孙星木》注〔六〕。餍（yàn）：吃饱，满足。

〔一五〕畿辅：国都所在的地方，泛指京城附近的地区。

〔一六〕一廛纤绊，十口稽迟：一家人受到牵绊，十口人不得不滞留保阳。廛（chán），古代城市平民的房地。纤绊，同“牵绊”，牵累羁绊。稽迟，滞留、延误。

〔一七〕啸傲：放歌长啸，傲然自得。

〔一八〕碧梧翠竹，何处高栖：碧绿的梧桐，青翠的修竹，您将在哪儿栖息呢？此处作者是将亲家比作鸾凤，取其“非梧桐不止，非练实不食”之意。

〔一九〕一枝：指书信。见第四〇篇《答丁品江》注〔三〕。悬念：挂念。

四四、与周汜荇

雨师失纪，河伯横行〔一〕，无限桑田，都成沧海。津郡城不没者三版〔二〕。十万生灵，几随鱼鳖。幕其间者，真有己溺己饥之忧。而灾政错出，朝暮迭更，忙忙压线，几不知颠倒衣裳〔三〕。

足下居瀛洲仙境，恐弱水三千，亦易泛滥，芙蓉幕会变荆棘庭否〔四〕？

省垣冰雹如碗，继以大雨倾盆者旬日，堂构皆倾〔五〕。敝庐亦为风雨所拔，几无立锥之处〔六〕。诵杜少陵广厦千间之句，笑古人穷极无聊，好作大言，无裨实事。然故人何以庇我也〔七〕？

注释

〔一〕雨师：古代传说中的司雨之神。河伯：传说中的河神。

〔二〕不没者三版：用智伯的典故，《史记·魏世家》记智伯攻晋阳，引汾水灌城，“不湛者三版”。版，古代筑墙所用夹板，其高二尺，三版即六尺。

〔三〕错出：交错出现。压线：按捺针线，指缝纫之事。唐秦韬玉《贫女》诗云：“苦恨年年压金线，为他人作嫁衣裳。”后来用“压线”比喻徒为别人辛苦忙碌。颠倒衣裳：急促惶遽中不暇整衣。《诗经·齐风·东方未明》：“东方未明，颠倒衣裳。”

〔四〕弱水：古水名。其说不一，有谓即今甘肃的张掖河，有指今陕西洛河上游支流，等等。三千：言数量之多，非为确指。芙蓉幕：指幕府，见第一三篇《答闻人冠云》注〔四〕。

〔五〕省垣：省城。堂构：语出《书·大诰》：“若考作室，既底法，厥子乃弗肯堂，矧肯构。”意谓父亲要盖房子，并已确定房子的盖法，而儿子却不肯去筑堂基，盖房子。后以“堂构”比喻继承祖先的遗业。此处用其本义，指“房屋”。

〔六〕无立锥之处：连立起锥子的地方也没有，比喻极小之地。

〔七〕杜少陵广厦千间之句：指杜甫《茅屋为秋风所破歌》中“安得广厦千万间，大庇天下寒士俱欢颜，风雨不动安如山”之语。裨：增益。

四五、与沈聚亭

屡枉高轩，得奉矩诲〔一〕，所以哀衰朽而示迷途者，语切情殷，自非大兄大人戚谊之深，岂肯缠绵若此！篆腑铭心，笔何能喻〔二〕！

人生六十曰衰，弟又备尝辛苦，岂不知自保精神？至横逆之来，君子犹且自反，弟何人斯，而敢自文其过〔三〕？惟迂拙之性，未能自竞〔四〕，求全之毁，欲免无由。既承知己关情，敢不备陈梗概！

弟少孤失学〔五〕，不能自奋于功名，而清正传家，亦尚知守身自爱。只以菽水无资，不得不远游佣值〔六〕。然而以幕救贫，非以贾祸。见吾乡之业于斯者，不知凡几，高门大厦，不十稔而墟矣〔七〕。令子文孙〔八〕，不再传而止矣。悖入者，必悖出；积恶者，必余殃〔九〕。而素餐负德，谋事不忠者，亦居其半〔一〇〕。有鉴于此，能无惧乎？是以鹤料之外〔一一〕，一介不求；案牍之中，一字无忽。足不出户庭，而人亦不谋面，有居处数年，而不知捉刀之为谁者〔一二〕，盖三十年如一日也。然而全家漂泊，后嗣稽迟，岂非其才识所限，时势所极，丛过集尤〔一三〕，日积月累，而不自知者之所报乎？若更侈然自放〔一四〕，漫不经心，则神伺其庭，鬼瞰其室，将见报应之酷烈，有不止于此者矣。

夫恶劳而喜逸，市恩而避怨，谐世之方也〔一五〕。弟亦庸庸者流，岂能矫然立异，甘心为众怨之归？观过知仁〔一六〕，亦当原谅。而谤之者不以为居心谿刻〔一七〕，有意苛求；则以为形人之短，炫己之长。不知才拙事繁，正虑改过未遑〔一八〕，岂敢复为苛刻？至形短炫长，微特而可自炫〔一九〕，且所为长者亦甚卑也。

弟虽鄙陋，尚能于一歌一咏，别寻生趣，何肯屑屑于人〔二〇〕。倘有不知者唾我骂我，概不与较。《山海经》曰：“山膏如豚〔二一〕，厥性善骂。”《国策》曰：“夜行者自信不为盗，不能使狗无吠。”〔二二〕弟固无如之何，故亦不值一言与较也。

虽然，众人醉而我独醒，其不容于时也宜矣。况乎因人成事，托业已卑，亟应归卧故园，脱离荆棘〔二三〕。而负郭无田，箪瓢莫继，不得不与人世暂作周旋〔二四〕。大兄大人爱我之深，必能鉴我苦衷，非敢谓良言逆耳，知过勿改也。

注释

〔一〕屡枉高轩：屡次劳驾您。高轩，对人所乘之车的敬称。得奉矩（jǔ）诲：得以听到您很有法度的教诲。矩，规矩、法度。

〔二〕篆腑铭心：铭刻在心腑之上，言感激之深。喻：明白。

〔三〕横逆之来，君子犹且自反：受到粗暴的对待，君子尚且自我反省。语出《孟子·离娄下》。横逆，横暴无理的行为。文：掩饰。

〔四〕迂拙：蠢笨，拘泥守旧。自竞：自强。

〔五〕少孤：幼年死去父亲或父母双亡。

〔六〕菽水：代指孝养。见第二一篇《答同学诸友》注〔六〕。佣值：受雇为人做事而取得工资。

〔七〕稔（rěn）：本义指庄稼成熟。古代谷物一年一熟，因称年为“稔”。

〔八〕令子文孙：好的儿孙。令、文，皆美好之意。

〔九〕悖（bèi）入者，必悖出：财物不是由正道得来的，必会被别人非法地拿去。典出《礼记·大学》："货悖而入者，亦悖而出。"积恶者，必余殃：长期作恶的人，必然会留下后患。典出《易·坤》："积善之家，必有余庆；积不善之家，必有余殃。"

〔一〇〕素餐：指无功受禄，不劳而食。

〔一一〕鹤料：见第七篇《答周氾荇》注〔一八〕。

〔一二〕捉刀：代人做事。典出《世说新语·容止》："魏武将见匈奴使，自以形陋，不足雄远国，使崔季珪代，帝自捉刀立床头。既毕，令间谍问曰：'魏王何如？'匈奴使答曰：'魏王雅望非常，然床头捉刀人，此乃英雄也。'魏武闻之，追杀此使。"后以"捉刀"指替人做事。

〔一三〕丛过集尤：很多过错聚集在一起。

〔一四〕侈然：骄纵自大的样子。自放：自我放纵，摆脱礼法的约束。

〔一五〕市恩：谓以私惠取悦于人。

〔一六〕观过知仁：察看一个人所犯过错的性质，就可以了解他的为人。语出《论语·里仁》。

〔一七〕谿刻：刻薄，苛刻。

〔一八〕遑：闲暇。

〔一九〕微特：不但。自炫：炫耀自己，自我吹嘘。

〔二〇〕屑屑：琐碎，烦细。

〔二一〕山膏：神话中兽名。

〔二二〕夜行者自信不为盗，不能使狗无吠：夜行之人自信不是盗贼，但无法阻止狗叫。语本《战国策·魏策四》，意即人能修身自好，但不能阻止别人非议自己。

〔二三〕托业：赖以成就功业，谓借此以为治生之业。

〔二四〕负郭无田：意即没有良田，见第七篇《答周氾荇》注〔七〕。箪瓢莫继：没有吃食。见第四三篇《答陶愚亭亲家》注〔一二〕。周旋：打交道，应酬。

四六、答孙位三

承手书慰问，读之泪如雨下。自非老弟骨肉情关，焉能沉切若是[一]！田氏一姬妾耳，非有伉俪之分也[二]，而其一生行事，实有不能已于悲者。氏归我年甫十七。家贫无菽水资[三]，将作北游，斯时慈母在堂，病妻在室，徬徨不能决。氏告余曰："甘旨之奉，井臼之操，妾虽孱弱，犹能任之，请勿为念[四]。"

嗣奉母书，母谓氏能先意承志[五]，颇得欢心。仆滞北七载始归，未一稔而又出。越二年而老母病笃，氏朝夕不离，衣不解带者两月。每于夜半祷神，叩颡泣血，求以身代，而老母竟逝，氏一恸而绝[六]。

有谕之者曰："主人在外，主母有病，汝死谁能任大事者？"氏忍痛吞酸，视殓成丧，与主母尽哀尽礼，宗党皆贤称之。

及仆归安窀穸[七]，挈眷寓保阳，内人复病且亡。氏经理家务，和穆诸姬，早作夜息，不辞劳瘁[八]。祭祀必丰必洁。遇老母亡辰，辄悲不自胜。以老母望孙不得见，抱诸跪拜，并作戏舞状，以博在天之欢。氏屡孕不育，视诸姬子女，胜如己出，有疾病终夜不寐，保抱抚摩，靡不体恤周旋。凡有喜庆贺吊馈遗，必丰俭中礼[九]。遇有缓急，竭力通融，邻里以急难言者，恒脱簪珥以济之[一〇]。尝语诸姬曰："主人以孝友仁厚为心，余体主人之心而行，非敢市惠也。至于居家，则当以节俭勤劳为先。"氏素羸弱，非病剧不肯服药。有劝以饵参桂可得子者[一一]，则哭而应之曰："主人之子，即我子也。"其安贫守命有如此。

氏事仆三十余年，敬戒如一日[一二]。饮馔必亲自调和，行装必亲自检点。家乡时物，不封寄不敢先尝。遇余赴席，必嘱童仆携半臂[一三]，持灯，嘱左右扶而归。倘留宾饮，闻笑语声，则添肴以尽欢，至夜半无倦容，盖知主人之爱客也。

仆每出游，辄潜自流涕，强作笑颜。一日见而诘之，乃告曰："主人以望六之年[一四]，为诸妾子女计，犹复只身远出，终岁勤劬，苟有人心，焉能不伤？又不能不听主人去，焉能不痛？"自出门之后，至旋寓之日，饮食梦寐，无一刻去诸怀。临殁之前一日，仆讯其所欲，摇手不语，固问之，乃执手泣曰："妾得见主人而死，福也，夫复何憾！惟辛苦一生，不能同主人而归拜老主母之墓，为第一憾事！且主人衰且病，妾死，谁复能知主人之心者，此妾之所以不为瞑目也。"仆哽咽不能出声。复止之曰："顷所言者，乃妇女之私情，非丈夫之壮志。若以妾死为念，是重妾之罪也。"仆即不复言，而目竟不瞑。里邻戚友中，内眷来吊者，莫不痛哭咨嗟惋惜而去。

嗟乎！仆之得辞亲远游，俾养生送死，稍可以无憾者，非氏之功欤？侨寓保阳，得以室处安宁，不至绝后而免于流离者，又非氏之功欤？以氏之贤孝，淑慎勤俭，而使其病而无子，又仅至五旬而亡，岂非仆之负之也哉！

仆常语人曰："两三年后，稍积衣食资，即当相偕归里。"而今已矣！仆今年六十有一，衰而多病，岂能久于人世？欲诸子之成立，惟赖氏治家教子，不坠家声，今安望哉？是仆之哭氏者，实以自哭也。

奉倩伤神，安仁陨涕，情之所钟，尚复如是，仆之于是，岂儿女私情哉[一五]？李后主曰"以泪洗面"[一六]，而仆竟身皆是泪，触处泉流，其能已于悲乎？

然仆何敢以姬妾之故，而自殒其身，为有道所讥？因老弟知之深，故书以奉告，幸勿为我郁结也。

注释

〔一〕沉切：深沉切当。

〔二〕伉俪：配偶，妻子。古时伉俪多指嫡妻，后用作夫妇的通称。

〔三〕菽水资：见第二一篇《答同学诸友》注〔六〕。

〔四〕甘旨：美味的食物，又特指养亲的食物。井臼：汲水舂米，泛指操持家务。孱弱：瘦小虚弱。

〔五〕先意承志：亦作"先意承旨"，本谓孝子先父母之意而承顺其志，后泛指揣摩人意，谄媚逢迎。

〔六〕叩颡（sǎng）：磕头。一恸而绝：言哀痛至极而气息欲绝。

〔七〕窀穸：见第三六篇《与孙星木》注〔四〕。

〔八〕和穆：和睦恭敬，调和顺畅。劳瘁：因辛劳过度而致身体衰弱。

〔九〕丰俭中礼：所送礼物的多少均符合礼制规矩。

〔一〇〕缓急：指需要相助的事。通融：指短时借钱。恒：经常。簪珥：发簪和耳饰，古代多为高贵妇女的首饰。

〔一一〕参桂：人参、肉桂，均药名。

〔一二〕敬戒：即敬慎，恭敬谨慎。

〔一三〕半臂：一种无领、对襟短外衣，袖长及肘，身长及腰。

〔一四〕望六之年：年龄将近六十。

〔一五〕奉倩伤神：见第三八篇《答李霭堂》注〔七〕。安仁陨涕：西晋潘岳字安仁，与妻子杨氏伉俪情深，妻子死后，潘岳作悼亡诗赋。情之所钟：指痴情所向，十分专注。典出《晋书·王衍传》：“圣人忘情，最下不及于情，然则情之所钟，正在我辈。”

〔一六〕以泪洗面：形容极度忧伤悲痛，终日流泪。宋代龙衮《江南野史》载，五代南唐后主李煜被俘入汴后，曾与金陵旧宫人书云：“此中日夕，只以眼泪洗面。”

四七、与王成之表弟

古人尺牍，短只数行，长不越幅，以其用笔遒峭，叙事简洁，所谓词达而已，无取乎冗长也〔一〕。

仆胸中无书，腕下无笔，只知畅所欲言，而不能节，随有越乎尺牍之外，而失乎规矩准绳者，是故不可以尺牍名。

然又不得不窃其名，犹之苎萝村皆施也〔二〕，不过东西之别耳。范大夫见之，必掩鼻而过〔三〕。足下乃欲索观，恐未睹捧心之颦，转劳捧腹而笑，奈何〔四〕！

注释

〔一〕尺牍：长一尺的木简，古代用以书写。又专指信札、书信。幅：布帛的宽度。《汉书·食货志下》云：“布帛广二尺二寸为幅。”此处系指一页信的篇幅。遒（qiú）峭：遒劲峻峭，形容书画用笔雄壮挺拔。词达：即“辞达”，指文辞、言语明白畅达，能够表情达意。

〔二〕苎萝村：在今浙江诸暨市南，其村人皆施姓，相传为西施出生地。

〔三〕范大夫：指范蠡，为越国大夫，辅佐勾践灭吴。传说其与西施隐居，泛舟于五湖。掩鼻：捂鼻。《孟子·离娄下》：“西子蒙不洁，则人皆掩鼻而过之。”

〔四〕捧心：两手抱胸，捂着心口，表示病态。颦：皱眉。捧腹：两手抱着肚子，为大笑时的形态。

四八、谢陈和章

偶感风寒，舌起苍苔之色，司廨无可食〔一〕，三日不知味矣。承惠鲜鲫，烹而尝之，胃口顿开。淮阴怀一饭恩，当其厄耳〔二〕。

寄到绒鞋，暖我冻足，关爱若此，弟非管仲，兄则俨然鲍子矣〔三〕。肺腑篆感，图报何日？数行布谢，余晤不宣。

注释

〔一〕司廨：署衙。见第一一篇《与方启明》注〔一〕。

〔二〕淮阴怀一饭恩：汉初淮阴侯韩信，少时家贫，曾得一漂絮老妇给饭充饥。后来韩信为楚王后，赐千金以为报答。事见《史记·淮阴侯列传》。厄：困苦，危难。

〔三〕俨然：形容特别像。管仲、鲍子：春秋时期的管仲与鲍叔牙，为知己，管仲未发迹时，家贫，鲍叔牙常接济他，一起做买卖，管仲少出资却多分红利，鲍叔牙毫不计较，还问管仲“这些钱够不够”。鲍叔牙不仅是管仲的知己、伯乐，还是他的恩人。作者取意在此。

四九、与昌平州归

吾邱两载，彼此情深。荣擢方州，非仅贤刺史为秉臬陈藩之先兆，即鷦鷯一枝，亦附乔而迁，殊自喜也〔一〕。

祝融肆虐，身外一空。承锡羔裘，加生缟纻，较公孙之布被、范叔之绨袍〔二〕，殆有过焉，感何可似！九月间旋省，随司马李年伯承办发审，邀之捉刀，然暂也而非久也〔三〕。讵刺史为解款所稽，须至腊杪，始能到任〔四〕。腊望李年伯委署定州，将一束行囊，置之车上，坚辞不允。

学五霸之久假不归，使廉颇将军，竟尔负赵，致爽前盟〔五〕。贫之足以累身，不禁惭颜自赤〔六〕。为不得已失信之苦衷，实非尽由于己，恕我罪我，听之君子。数行道歉，兼贺新禧，惟希朗鉴。

注释

〔一〕擢：擢升，选拔。方州：指地方州郡长官。知州官别名刺史，又称方伯。把方伯、知州两词合在一起称方州。秉臬（niè）：谓执掌刑法。秉，执、持。臬，标准、法式，引申为刑律法律。清代有“臬司”，俗称“臬台”，主管一省刑名按劾之事。陈藩：通达藩台之道的意思。藩台即藩司，明清时布政使的别称，主管一省人事与财务。鷦鷯一枝：比喻依人为食，如鷦鷯在一条树枝上做巢，有地位卑微之意。见第一一篇《与方启明》注〔四〕。附乔而迁：随着官长的升迁而升迁。

〔二〕锡：同“赐”，赐予。羔裘：用紫羔制的皮衣，古时为诸侯、卿、大夫的朝服。缟纻（gǎo zhù）：白色生绢及细麻所制的衣服。公孙之布被：公孙弘的布做的被子，指生活俭朴。《史记·平准书》云：“公孙弘以汉相，布被，食不重味，为天下先。”范叔之绨（tí）袍：范叔的厚缯制成的袍子。范叔，战国魏人范雎，字叔。《史记·范雎蔡泽列传》载，范雎随须贾出使齐国，被须贾诬为通齐，逃到秦国，秦昭王任他为相。后须贾赴秦，范雎穿着布衣到使馆见须贾，须贾以故人之情赠送绨袍，得到范雎的谅解。绨，比绸子厚实而粗糙的纺织品。

〔三〕年伯：科举时代为对父亲同年登科者的尊称，明代中叶以后亦用以称同年的父亲或伯叔，后用以泛指父辈。发审：上司衙门里审问的案件，发给下属代审，称发审。捉刀：见第四五篇《与沈聚亭》注〔一二〕。

〔四〕稽：停留。腊杪（miǎo）：腊月末，即农历十二月末。

〔五〕五霸之久假不归：语出《孟子·尽心上》："五霸，假之也。久假而不归，恶知其非有也。"原文是说五霸假借仁义为手段，借的时间长了也不归还，哪能知道他们本来没有仁义呢。此处作者借用《孟子》语典，意在说明李司马留住他不放人。廉颇将军，竟尔负赵：廉颇为战国时期赵国名将，屡建大功。至赵悼襄王起用乐乘代廉颇为将，廉颇怒而攻之，大败乐乘，自己逃到魏国。作者用此喻自己离开昌平知州而跟李司马去定州，正如廉颇之离赵去魏，辜负了赵王之意。致爽前盟：致使违背之前的盟约。爽，差失、违背。

〔六〕惭颜自赤：因惭愧而脸红。

五〇、谢交河明府王达溪

卞和氏之璧，楚宝也，不遇剖璞，则献而刖其足矣〔一〕。所以知我之感，与生我并重。矧侄以燕赵庸姿，蒙长者赐以雕饰，俨同席上之珍，其为感当何似〔二〕！

宁津旧友，仰荷玉成，并示主人颇知下士，必能相得益彰〔三〕。所以安远游之踪者，至周且切也。

第闻宁津公三年而六易其友，岂叶公之好龙也，抑孟尝之门，本无佳士耶〔四〕？既承谆嘱〔五〕，当往试之。

注释

〔一〕"卞和氏之璧"句：和氏璧为楚国之宝，没有剖开璞玉的时候，献给楚王则被砍去双脚。事见《韩非子·和氏》。刖，一种酷刑，把脚砍掉。

〔二〕庸姿：平庸之姿，即才质平凡之意。雕饰：雕琢装饰，此处指衣服上的绘饰，代指官服。席上之珍：座席上的珍宝。《礼记·儒行》云："儒有席上之珍以待聘。"因以"席上之珍"比喻儒者美善的才学。

〔三〕玉成：敬辞，促成，成全。下士：同"礼贤下士"，屈身交接贤士。相得益彰：互相配合和补充，更能显出长处、发挥作用。

〔四〕叶公好龙：比喻表面喜爱而不是真的喜欢。见第二四篇《与王言如》注〔四〕。孟尝之门，本无佳士：孟尝君门下本来就没有好的门客。化用王安石《读孟尝君传》："孟尝君特鸡鸣狗盗之雄耳，岂足以言得士？……鸡鸣狗盗之出其门，此士之所以不至也。"

〔五〕谆嘱：谆谆嘱咐。

五一、谢陈友錡

前接手书，痛读不能成句。时不孝已生理，故未有以报也〔一〕。阅月以来，复取足下书，痛哭读之，肝肠真断寸寸矣。因足下知之深，故言之痛且切也。

曾记庚子之冬，与足下重作北游，不孝与先母临别时，哭拜于地不能起。先母谕之曰："我年未七十，精力甚健，两姨皆八旬外而终，汝何虑焉？"不孝忍痛而行。今年六月，奉先母手书，乃三月初旬所寄，告以眠食甚强，心窃慰之。讵入夏以来，患噎症〔二〕，百医罔效，延至八月二十三日而竟不起矣。病书与讣音并至〔三〕。读临危遗命，以未得一见不孝为恨，不孝之罪何可逭〔四〕，不孝之心何能忍哉！

不孝九岁时，先君即游幕江南〔五〕，至十六岁而始归；居四月，复应泉州之聘；至二十岁而先君终于馆舍。凡不孝之一字一句，一言一行，皆赖先母慈教而成之。出就外傅，归或晚，先母必倚闾而待[六]。依依膝下，不少离焉。因家贫无菽水资[七]，不得不听不孝远游。岂意临别之时，即永诀之日也！

天下无不爱之父母，亦有不送终之人子，而以不孝之母不忍离子，子不忍离母者，而一别不可复见，竟有如此之伤心惨酷也哉！

既不能显亲扬名，又不能养生送死，并得孙一事[八]，尚不能告慰于生前，不孝尚有何心活于人世！因念窀穸未安[九]，无后为大，苫块余生[一〇]，有不可以一死毕事者，不得不忍痛偷生，亟应匍匐奔丧，而客囊如洗，又不得不寒酸佣值。此情此景，能不为有道者所弃？惟足下知我深，或痛而怜之也。不可为子，不可为人，此后余年，无一日非伤心之日矣。

注释

〔一〕不孝：不孝顺，旧时父母丧事中用于自称，原本为“不肖子”。清初士大夫改称不孝，亦用作往来书信中的自称。生理：活计，职业，此处指处理母丧的繁忙事务。

〔二〕噎症：食道阻塞之症。

〔三〕讣（fù）音：报丧的信息、文告。

〔四〕逭（huàn）：逃避，躲避。

〔五〕游幕：旧称离乡作幕僚、幕友。见第七篇《答周汜荇》注〔三〕。

〔六〕外傅：教师。古以保母为内傅，教师为外傅。出就外傅，离家就学于师。倚闾（lǘ）：谓父母望子归来之心殷切。闾，里巷的大门。

〔七〕菽水资：见第二一篇《答同学诸友》注〔六〕。

〔八〕得孙一事：谓其母亲盼着抱孙子。即第四六篇《答孙位三》所云“老母望孙”之事。

〔九〕窀穸：见第三六篇《与孙星木》注〔四〕。

〔一〇〕苫（shān）块：“寝苫枕块”的略语。古时居父母丧的礼节，即以干草为席，土块为枕。苫，草席。块，土块。

五二、答署献县刘刺史[一]

载颂教函，三复不释手[二]。老先生谅情于无可谅之中[三]，使我感情于不能名感之地矣。相需殷，相遇终疏；不期会，而竟成嘉会，此中盖有数焉[四]。望诸君生不忘燕[五]，某惟守此心于勿失而已。

沈尊纪来，询悉老先生须发凝霜，心劳神瘁；而某亦揽镜自照，雪点盈头。六七年至好，彼此相怜，极欲趋谒琴堂，一罄情悰[六]。

承谕从公之暇，赴乐城作三日谈，更见两地同心。拟清和时节，当策蹇而往[七]。读“相逢头已白，相对眼犹青”之句，不禁梦绕左右矣[八]。

注释

〔一〕署：即“署理”，代理，暂任某职。

〔二〕载颂：犹捧读之意。

〔三〕谅情：体谅实情，原谅。

〔四〕相需：即“相须”，相互等待。殷：深厚，恳切。嘉会：欢乐的聚会，多指美好的宴集。数：命运，定数。

〔五〕望诸君：指战国时期燕国人乐毅。乐毅自齐奔赵，赵国封乐毅为望诸君。

〔六〕相怜：相互怜爱、怜惜。琴堂：指县令衙门。典出《吕氏春秋·察贤》：“宓子贱治单父，弹鸣琴，身不下堂而单父治。”后以称颂县令，谓其公署为琴堂。罄：本义为器中空，引申为尽，用尽。情悰：见第三九篇《答王兰畦》注〔一二〕。

〔七〕清和时节：见第三八篇《答李霭堂》注〔一九〕。策蹇（jiǎn）：同“策蹇驴”，乘跛足驴，喻工具不利，行动迟慢。蹇，跛、行走困难，又指驽马，亦指驴。

〔八〕相逢头已白，相对眼犹青：或为刘刺史信中之句，意谓再相逢时二人俱已年老，犹且相见甚欢。唐代杜甫有诗句曰“别来头并白，相见眼终青”，明代薛瑄《刘广文携酒饯行》有句云“今日相逢头已白，殷勤载酒问归程”，清代袁枚《题浣青夫人诗册》有诗句云“环佩丁当出谢庭，白头相见眼犹青”。眼犹青，青眼，即黑色眼珠在眼眶中间，以青眼看人，表示对人的喜爱、尊重。用魏晋时期阮籍之典故，《晋书·阮籍传》记阮籍“能为青白眼”，遇见讨厌的礼俗之士，便白眼以对，遇到志同道合者，则以青眼相对。

五三、答许葭村

抵浦后，即泐数行布悃，兼附寓言转交，计程旬日，可达典签〔一〕。顷奉华函，展诵回环，不能释手。过情之誉，欲扶伛偻以升高〔二〕；谦德之光，不择细流而纳海。而且晶盐尘甑，翻辱齿芬；雨雪征途，更劳心曲〔三〕。锦词馥郁〔四〕，案头留十日之香；雅意缠绵，袖底怀十年之字。感既沁心，惭且流汗矣。

先生品学才华，超然出拔，正如景星庆云〔五〕，先睹为快。固不揣鄙陋，妄附芳兰，而雅量春风，似亦许以同味。乃来翰忽作弟先而兄后，岂尚外之耶？同此东郭墦间之乞〔六〕，本无所为学问，何分于先后？矧蒲柳之姿〔七〕，望秋而萎；松柏之质，及春而荣，先者后而后者先矣。倘承不弃，可与论交，则弟弟兄兄，略形骸而舒情愫，庶几陈遵尺牍，时邀照乘之珠；诸葛大名，不返连城之璧〔八〕。幸何如之，祷更无既。

弟才疏命薄，溷迹吹竽，不为城旦舂，而作极边戍，其褦襶已可想见〔九〕。及征车甫驾，而滕六将军〔一〇〕，雨师风伯，谬承错爱，约伴同行，正不知杏花村酒，何处消愁。曾小憩吉翁祠，读壁间魏象枢先生四绝句〔一一〕，依韵口占，易酒以诗，以消沉闷，录呈一笑，即付丙丁〔一二〕。到馆后，案牍堆积，为向年所未有。绿水芙蓉，变为荆棘，此种胜概〔一三〕，非所乐闻。

阮锡侯此番远出，未免有情。日前有札寄彼云："新月窥窗，轻风拂帐，依依欲别，当不啻草桥一梦〔一四〕。"来翰亦云"破题儿第一夜"〔一五〕，以弟为钟情人，亦当闻之黯然。何以千里相违，而情词如接，岂非有情者所见略同乎？

夫天地一情之所感。君子之道，造端乎夫妇，学究迂儒，强为讳饰，不知文王辗转反侧，后妃嗟我怀人，实开千古钟情之祖〔一六〕。第圣人有情而无欲，所谓乐而不淫也。

弟年逾五十，而每遇出游〔一七〕，辄黯然魂销者数日。盖女子薄命，适我征人，秋月春花，都成虚度，迨红颜已改，白发渐滋，此生亦复休矣〔一八〕。

足下固钟情人，前云接眷之说，其果行否乎？覙缕及之〔一九〕，为个中人道耳。春风多厉，珍重万千，敬璧㧑谦〔二〇〕，勿复见外。

注释

〔一〕典签：官名，本为处理文书的小吏。南朝宋齐时朝廷常派以监视出任方镇的宗室诸王和各州刺史，权力甚大。梁以后渐废。隋唐诸王府亦设典签，但仅掌文书。宋以后废除。此处指衙门小吏。

〔二〕伛偻（yǔ lǚ）：脊梁弯曲，驼背。

〔三〕晶盐尘甑：以盐招待客人，饭甑布满灰尘，形容家境贫寒，生活艰难。晶盐，如水晶一样的盐。用李白"客到但知留一醉，盘中只有水晶盐"语典。甑（zèng），古代蒸饭的一种瓦器。翻辱齿芬：反而受到赞美。辱，辱没，对别人说话的自谦之辞。齿芬，形容谈吐风雅，此处指赞美之辞。心曲：内心深处。

〔四〕锦词：对人书信的敬称。馥郁：形容香气浓厚。

〔五〕景星：也称瑞星、德星。《史记·天官书》："景星者，德星也。其状无常，常出于有道之国。"庆云：五色云，古以为祥瑞之气。

〔六〕东郭墦间之乞：在城东坟间乞讨。用《孟子·离娄下》齐人之典，见第三六篇《与孙星木》注〔六〕。

〔七〕蒲柳之姿：蒲与柳，比喻柔弱、早衰。见第三八篇《答李霭堂》注〔五〕。

〔八〕陈遵尺牍：《汉书·陈遵传》云陈遵“性善书，与人尺牍，主皆藏去以为荣”。邀：取得，希求。照乘之珠：光亮能照明车辆的宝珠。典出《史记·田敬仲完世家》：“若寡人国小也，尚有径寸之珠照车前后各十二乘者十枚。”后亦喻极其名贵之物。诸葛大名：诸葛亮声名远播。语出杜甫《咏怀古迹》“诸葛大名垂宇宙”。连城之璧：非常贵重的玉璧。典出《史记·廉颇蔺相如列传》：“赵惠文王时，得楚和氏璧。秦昭王闻之，使人遗赵王书，愿以十五城请易璧。”后以“连城之璧”代指价值连城之贵重事物。

〔九〕溷迹吹竽：混迹在吹竽人之列。典出《韩非子·内储上》：“齐宣王使人吹竽，必三百人。南郭处士请为王吹竽，宣王说之，廪食以数百人。宣王死，湣王立，好一一听之，处士逃。”后有成语“滥竽充数”比喻无其才而居其位。此处为作者自谦之辞。城旦：古代刑罚名，一种筑城四年的劳役。舂：女犯服四年劳役的刑名。褦襶（nài dài）：衣服粗重宽大，既不合身，也不合时。比喻愚蠢无能，不懂事。

〔一〇〕滕六将军：传说中的雪神。

〔一一〕魏象枢（1617—1687）：字环极（一作环溪），号庸斋，又号寒松，蔚州（今河北省蔚县）人。

〔一二〕丙丁：火。古代以十干配五行，丙丁属火，因称火为“丙丁”。

〔一三〕绿水芙蓉：指幕府，见第一三篇《答闻人冠云》注〔四〕。荆棘：此处比喻困难、纷乱。胜概：美好的景物或境况。此处有反讽意味，谓到馆以后，案牍纷乱、事务繁忙之“热闹景象”，“非所乐闻”。

〔一四〕草桥一梦：《西厢记》述张生与崔莺莺分别后，夜宿草桥客店，梦莺莺在后跟随入店。

〔一五〕破题儿：唐宋时应举诗赋和经义的起首处，须用几句话说破题目要义，叫破题。明清时八股文的头两句，亦沿称破题，并成为一种固定的程式。后以“破题儿”比喻事情的开端或第一次。

〔一六〕君子之道，造端乎夫妇：典出《礼记·中庸》。此处意谓，道始于夫妇伦理。而夫妇伦理涵盖君臣、父子等伦理之道，为人生最重要之一端。文王辗转反侧：《诗经·周南·关雎》云：“窈窕淑女，寤寐求之。求之不得，寤寐思服。悠哉悠哉，辗转反侧！”一说淑女为有莘氏之女，即周文王之妻太姒。辗转，转动。反侧，翻来覆去。后妃嗟我怀人：《诗经·周南·卷耳》云：“采采卷耳，不盈顷筐。嗟我怀人，置彼周行。”朱熹《诗集传》认为此诗为后妃思念君子之作。钟情：详见第四六篇《答孙位三》注〔一五〕。

〔一七〕出游：此处指外出游幕。

〔一八〕适：女子出嫁。迨：等到，达到。

〔一九〕覼缕：详细陈述，见第三六篇《与孙星木》注〔一一〕。

〔二〇〕敬璧：化用蔺相如完璧归赵故事，后称退还别人东西叫敬璧。㧑（huī）谦：谓施行谦德，泛指谦逊。㧑，谦抑。

五四、又　答

春光已逝，正怀叔度春风；尺鲤遥传，又得孟公尺牍〔一〕。未开缄而光生几席，甫盥诵而香沁心脾〔二〕。序事则制锦成章，雄而有则；言情则纫兰有佩〔三〕，婉而多姿。庄庄乎仁者之言，蔼蔼乎吉人之语〔四〕。非徒饰此雕华，诚可薄彼浮艳〔五〕。载吟和什，复见古音，挹开府之清新，兼参军之俊逸〔六〕。遐情觉梦〔七〕，如曾采芝拾翠而还；好句欲仙，当在吸风饮露之后。自惭弄斧，已见笑于班门；而窃喜抛砖，竟不虚夫引玉〔八〕。

慨自吾道风微，斯文不作，翩翩公子，却喜无肠；赫赫将军，何愁负腹〔九〕？齐梁新体，曾未管窥；唐宋宏篇，还同嚼蜡〔一〇〕。

而吾兄郡中鹤立〔一一〕，云际高翔，婆娑乎翰墨之林，休息乎篇章之圃。从公之外，绰有余闲；理剧之中，好整以暇〔一二〕；对客而七步成吟，留使而百函并发〔一三〕。岂非仙才神品，迥出尘寰者欤？

夫茂才异行，扬雄不以年齿为拘；儒雅风流，杜陵且有吾师之重〔一四〕。矧弟鱼鱼逐队，鹿鹿奔尘，得承缟纻之欢，已遂金兰之愿，而乃以马齿加增，翻令龙门峻却〔一五〕。何以祢衡弱冠，许北海以同心；阮咸少龄，入竹林而并逸〔一六〕。稽之古昔，谁曰不宜？准之今时，何多让焉〔一七〕！欣知潘岳孝思，板舆奉迓；秦嘉情笃，画舫将迎〔一八〕。新秋明月初圆，共话团圞之酒〔一九〕；良夜清琴乍奏，重听静好之风。庆爱日之方长，斑衣舞彩；喜春光之正好，翠黛轻描〔二〇〕。而明年桂子飘自月中，再岁麟儿赐来天上〔二一〕。此实伦常之乐事，为客舍所难期。

而况系浙水龙媒，燕台神骏，借途脱颖，屈志曳裾〔二二〕。试观鸾凤之栖，岂终枳棘；鲲鹏之运，必徙沧溟〔二三〕。方将庇广厦以千间，荫乔松以百尺，岂第砚田灌溉，足了平生，莲幕栖迟，便稽壮士；而预设杞忧，偏多孔虑〔二四〕。问迷津于瞽者，询老马于前途，不禁悚极增惭，感而兴叹也〔二五〕。

弟才不通古，性不宜今，生无傲骨，而苦乏媚荣；人本清贫，而翻嫌浊富〔二六〕。倘逢范叔，亦尝赠以绨袍；若遇子华，竟未益之裘马〔二七〕。每取讯于有道，辄见憎于通人〔二八〕。是以漫游冀北，淹滞已逾廿年；侨寄保阳，困顿亦将十稔〔二九〕。八口之隶，仍蹈饥寒；五湖之归，空劳魂断〔三〇〕。徒使年年寒食，洒血泪于东风；岁岁烝尝，拜遗容于北地〔三一〕。人固笑夫庸庸，己亦羞夫碌碌。

嗟夫！天生我以不愚不智之身，而困我于不死不生之地。抱牍非吏，佣笔非胥，俯首求衣，敛眉寄食，良可哀哉，不足道耳！然承下问，敢不献言？

昔梁鸿庑下，曾赖伯通；杜甫草堂，幸依严武〔三二〕。今作客已歌行路，岂移家不痛穷途？

要惟俭以养廉，庶免贫而斯滥〔三三〕。仲氏名贤，不羞缊敝；晏婴当国，不掩豚肩〔三四〕。崇阁华幕，未必久于蓬门；驷马高车，窃恐后难安步〔三五〕。

挥金任侠，身上债台；沽酒款宾，衣存质库〔三六〕。笑炎凉之忽变，翟廷尉空自杜门；愤缓急之莫通，刘孝标徒然作论〔三七〕。

凡此硁硁之谈，宜在卑卑之列〔三八〕。或高明特具赏心，则培塿未始无补也〔三九〕。

寓函往返，既费清心，持送驰驱，又劳赤脚，感其有极，谢何可言！首夏清和，君子蔼吉，落花点点，芳草萋萋，触物兴怀，能无延伫？专泐奉复，顺候近佳。先生往矣，付之玉烛光中；后学重来，罚依金谷酒数〔四〇〕。

注释

〔一〕叔度：黄宪，字叔度。出身贫寒而器宇不凡。见第一二篇《与孙配琪》注〔四〕。尺鲤：指书信。典出古乐府《饮马长城窟行》“呼儿烹鲤鱼，中有尺素书”。孟公尺牍：陈遵的书信。陈遵字孟公。见第五三篇《答许葭村》注〔八〕。

〔二〕甫：刚刚，才。盥（guàn）诵：洗手后再诵读，表示恭敬的意思。盥，浇水洗手，泛指洗。

〔三〕序事：叙述事情。纫兰：《楚辞·离骚》：“纫秋兰以为佩。”后以“纫兰”比喻人品高洁。此处用以形容文章的华美。

〔四〕庄庄：正直貌。蔼蔼：温和貌。

〔五〕浮艳：本指聪明才智表露于外，后来多指文章词藻华丽，文辞华而不实。

〔六〕载吟和什：吟诗唱和，此处指回信。什，诗篇、篇什。挹开府之清新，兼参军之俊逸：吸取了庾信诗歌之清新，又兼有鲍照诗歌的超迈洒脱。全句化用杜甫《春日忆李白》“清新庾开府，俊逸鲍参军”。见第一三篇《答闻人冠云》注〔三〕。

〔七〕遐情：高远的情怀。

〔八〕“自惭弄斧”句：自己因在行家面前卖弄而惭愧，又因以自己粗浅文字换来您的美文而沾沾自喜。班门弄斧，在鲁班门前挥舞斧头，比喻在行家面前卖弄本领。班，公输子名，鲁之巧匠。抛砖引玉，抛出砖去，引回玉来。比喻以粗浅的见解引出别人的高见。

〔九〕无肠：又称“无肠公子”，蟹的别名。此处指没有心肠，没有心思。负腹将军：指不学无术之人，用北宋党进典故。见第七篇《答周汜荇》注〔六〕。

〔一〇〕齐梁新体：指南朝齐、梁时代出现的一种诗风。在此期间，诗歌内容多以吟咏风云、月露，题材狭窄；形式上，多追求音律精细，对偶工整，辞藻巧艳。管窥：从管中看物。比喻所见者小。嚼蜡：比喻无味。

〔一一〕鹤立：突出，卓越出众。

〔一二〕从公：办理公事，治理公务。理剧：治理繁难事务。好整以暇：《左传·成公十六年》："日臣之使于楚也，子重问晋国之勇。臣对曰：'好以众整。'曰：'又何如？'臣对曰：'好以暇。'"后因以"好整以暇"形容既严整有序而又从容不迫。

〔一三〕七步成吟：七步成诗，用曹魏时曹植典故。曹丕令曹植七步作诗，植为诗曰："煮豆持作羹，漉菽以为汁。萁在釜下然，豆在釜中泣。本自同根生，相煎何太急？"后遂以"七步成吟""七步之才"形容才思敏捷。百函并发：一百封信一起发出。用南朝刘宋时期刘穆之典故。刘穆之善于尺牍，曾与朱龄石一起在宋武帝面前写尺牍，一个上午刘穆之写了一百封，且全部得体，一起发出去。后以"百函并发"赞扬人文思敏捷。

〔一四〕茂才异行：茂才，即优秀的人才，与秀才同，因后汉光武帝名秀，乃改秀才为茂才。异行，优异的行为。不以年齿为拘：不论年龄大小，不受年龄拘限。儒雅风流：称赞人学识渊博，举止潇洒，很有风度。杜陵且有吾师之重：语出杜甫《咏怀古迹》其二："摇落深知宋玉悲，风流儒雅亦吾师。"

〔一五〕鱼鱼：平庸貌。逐队：随众而行。鹿鹿：同"碌碌"，平庸无能，自谦之词。缟纻：白色生绢及细麻所制的衣服。金兰：言朋友情投意合。马齿：原指马的牙齿，因马的牙齿随年龄而添换，看马齿可知马的年龄，故常以为谦词，借指自己的年龄。翻令龙门峻却：即反叫你这有学问的人退居于后的意思。龙门，喻声望高的人。见第一四篇《与杨松波》注〔八〕。

〔一六〕祢衡：字正平。少有才辩，而气刚傲物。与孔融交好。弱冠：古时男子二十成人，初加冠，体尚未壮，故称弱。后沿称年少为弱冠。北海：指孔融，字文举，献帝时为北海相，故又称孔北海，善文章。阮咸：阮籍侄，放达不拘，妙解音律，善弹琵琶。为"竹林七贤"中年辈最轻者。

〔一七〕稽：考核，稽查。准：衡量。多让：不如，差。

〔一八〕潘岳：字安仁。工诗赋，词藻艳丽，以孝闻，除长安令，以母疾去官，作《闲居赋》，有"太夫人乃御版舆，升轻轩，远览王畿，近周家园"之语。版舆，即板舆，车名。后常用为在官而迎养其亲的典故。

秦嘉：字士会。有《赠妇诗》三首，嘉妻徐淑答诗一首，夫妇互叙衷情，情意真挚深婉，为历代所传颂。

〔一九〕团圞（luán）：团聚，团圆。

〔二〇〕爱日：西汉扬雄《法言·孝至》："事父母自知不足者，其舜乎！不可得而久者，事亲之谓也，孝子爱日。"后以指儿子供养父母的时日。斑衣舞彩：老莱子孝敬父母，快七十岁了，仍穿着五色彩衣，作婴儿状逗乐父母。后因用"老莱衣"为孝养父母之词。翠黛轻描：青绿色叫翠，青黑色叫黛，古时女子用以画眉。汉张敞尝为妻画眉，后来成为夫妻恩爱的典故。此处指闺房韵事。

〔二一〕桂子飘自月中：语出唐宋之问《灵隐寺》诗："桂子月中落，天香云外飘。"此处赞友即将获取功名。麟儿：麒麟儿，对别人儿子的美称。

〔二二〕龙媒：骏马，喻俊才。颜师古注《汉书》引应劭的说法，以为天马乃神龙之类，天马来，则龙必至。后因称骏马为"龙媒"。燕台：即黄金台。燕昭王筑台以接待贤士，故称贤士台，又叫招贤台。神骏：良马。脱颖：语出《史记·平原君虞卿列传》："使遂蚤得处囊中，乃颖脱而出，非特其末见而已。"后因以"脱颖"比喻人的才能全部显示出来。颖，锥芒。曳裾：见第七篇《答周氾莳》注〔六〕。

〔二三〕鸾凤：鸾鸟与凤凰，传说"非梧桐不止，非练实不食"。常用以比喻美善贤俊。枳（zhǐ）棘：枳木与棘木。二木皆多刺，因此常用以比喻艰难险恶的环境。鲲鹏：《庄子·逍遥游》言北冥有大鱼名鲲，化而为大鸟名鹏。以喻至大之物，其运行当必在苍茫大海之中。

〔二四〕庇广厦以千间：用杜甫《茅屋为秋风所破歌》之句，见第四四篇《与周氾莳》注〔七〕。乔松：高大的松树。砚田：砚台。文人以文墨为生，如农民之以田为生，故谓砚为砚田。杞忧：典出《列子·天瑞》："杞国有人，忧天地崩坠，身亡所寄，废寝食者。"后因称没有根据或不必要的忧虑为杞人忧天。孔虑：深远的忧虑。

〔二五〕迷津：犹迷途。瞽者：盲人。询老马于前途：见第三八篇《答李霭堂》注〔一五〕。悚：害怕，恐惧。

〔二六〕苦乏媚荣：因生活困苦而羡慕荣华。清贫：生活清寒贫苦。浊富：不义之富。

〔二七〕范叔、绨袍：见第四九篇《与昌平州归》注〔二〕。未益之裘马：用《论语·雍也》典故："子华使于齐，冉子为其母请粟，子曰：'与之釜。'请益。曰：'与之庾。'冉子与之粟五秉。子曰：'赤之适齐也，乘肥马，衣轻裘，吾闻之也，君子周急不继富。'"益，增加。釜，六斗四升。庾，十六斗。秉，八十斛。

〔二八〕通人：学识渊博、贯通古今的人。

〔二九〕淹滞：久留。亦有沉抑于下而不得升进之意。

〔三〇〕五湖之归：指范蠡助越灭吴后，弃官游于五湖之事。见第三九篇《答王兰畦》注〔八〕。

〔三一〕寒食：节令名。在农历清明前一或二日。相传春秋时晋国介之推辅佐重耳（晋文公）回国后，隐于山中，重耳烧山逼他出来，之推抱树而死。文公为悼念他，禁止在之推死日生火煮食，只吃冷食。以后相沿成俗，叫作寒食禁火。烝尝：见第一五篇《答姜云标》注〔一三〕。

〔三二〕梁鸿庑下，曾赖伯通：《后汉书·梁鸿传》记梁鸿依皋伯通，居庑下，为人赁舂。鸿卒，伯通葬其于要离墓旁。杜甫草堂，幸依严武：杜甫因疏救房琯，被贬为华州司功参军，不久弃官入蜀，依剑南节度使严武，在成都西郭筑草堂以居。

〔三三〕贫而斯滥：因穷而肆意妄为。《论语·卫灵公》云："君子固穷，小人穷斯滥矣。"滥，泛滥、越轨。

〔三四〕仲氏名贤，不羞缊敝：仲氏指仲由，即子路。他穿着旧布破裳，与穿狐裘的人站在一起，并不以为羞耻。缊，乱麻，旧絮，此处指缊袍，即以乱麻衬于其中的袍子。敝，破旧，此处指破衣。晏婴当国，不掩豚肩：《礼记·礼器》："晏平仲祀其先人，豚肩不掩豆。"意谓晏婴当齐国大夫时，其祭祀祖宗的肉不曾铺满碗面，言其俭省。豚肩，即猪腿肉。豆，盛肉的器皿。

〔三五〕蓬门：以蓬草为门，指贫寒之家。驷马：显贵者所乘的驾四匹马的高车。

〔三六〕任侠：以抑强扶弱为己任，凭借权威、勇力或财力等手段扶助弱小，帮助他人。质库：当铺。

〔三七〕笑炎凉之忽变，翟廷尉空自杜门：翟廷尉，史书不记其名，称其翟公。为廷尉，宾客盈门。及罢，门外可罗雀。后复职，宾客欲往，翟乃大署其门曰："一死一生，乃知交情；一贫一富，乃知交态；一贵一贱，交情乃见。"事见《史记·汲郑列传》。愤缓急之莫通，刘孝标徒然作论：刘峻，字孝标。他有感于任昉死后，其旧交不收恤其子的情形，认为人心势利，朋友交情不可靠，不愿与人交往，因作《广绝交论》。

〔三八〕硁（kēng）硁：形容浅陋固执。《论语·子路》："言必信，行必果，硁硁然小人哉！"卑卑：平庸，微不足道。

〔三九〕培塿：小土丘。此处比喻微小的努力。

〔四〇〕玉烛：谓四时之气和畅。形容太平盛世。此处用其本义，为对蜡烛的美称。金谷酒数：晋石崇有别庐在洛阳金谷涧中，与友人往涧中昼夜游宴，遂各赋诗，以叙中怀，不能完成者，罚酒三斗。后遂称宴乐中罚酒三杯曰金谷酒数。

五五、与杨松波

闻先生之名者非一日。去夏来蒲，依莲幕之下，窃谓阁下必激芳扬芬，流英驰誉，使遐迩景仰者，有卓乎瞻绝之观〔一〕。而君固恬澹无事，不待学而学醇，不务才而才懋〔二〕。君子人与？君子人也。

始知所以负重名于当世者，正以名无能名，而名为独重。钦挹私忱〔三〕，在言语形迹之外，每于风清月朗，想见颜色。

乃承俯垂青睐，赐存问焉，则某之未申尺一于左右，已难辞疏懒之咎；而复蒙汪涵瀚海，不弃细流，益令人至感无似〔四〕。

蒲距郡不远，未获登龙门而聆矩诲〔五〕，此所以平时钦仰之怀，有未能自已者也。因抒尺素，用布悃忱。

注释

〔一〕激芳扬芬：激扬芬芳之意。激、扬，激动振奋，亦有发扬光大之意。芳、芬，比喻品德或声誉美好。流英驰誉：英名远播之意。遐迩：远近。卓乎瞻绝：卓绝出众之意。

〔二〕恬澹：清静淡泊，不以追名逐利为事。醇：纯粹。懋：古同“茂”，盛大。

〔三〕钦挹：钦佩推崇。忱：诚恳、真诚的情意。

〔四〕青睐：青眼相看。睐，看、向旁边看。本自阮籍“青眼”典故，据说阮籍能为青白眼，对喜欢的人则用青眼看，不喜欢的则对以白眼。

存问：慰问，问候。尺一：见第八篇《答王兰畦》注〔一〕。汪涵瀚海：大海。汪，大貌、深广貌。涵，包容。瀚，水浩大貌。

〔五〕矩诲：有法度的教诲。见第四五篇《与沈聚亭》注〔一〕。

五六、答沈回言

论文重道义，则世故胥捐〔一〕；相与在真诚，即形骸可略。二十余年，燕赵交游，欲如先生之形似违而神亲，迹似疏而情密者，指不多屈。

接诵芳讯，雅注勤拳，兼悉道体绥和，潭门增庆，感而且慰〔二〕。

夏屋乔迁〔三〕，债台高筑，吾辈皆生此病。然吾兄宏才肆应〔四〕，不难成理。弟前负甫清〔五〕，继以家乡不得已之事，需费浩繁，无限焦愁，诚来函所谓无可如何之日也。

舍侄甘霖，无上下之交，本难脱颖。蒙长者垂切若此，古谊之隆〔六〕，见于今日，能不感而且佩。小儿女出花无恙，暂慰目前。承知己关心探问，感切五中〔七〕。但景破桑榆〔八〕，方舐老牛之犊，即使长成，亦不可学曹瞒之托爱子，曾何与于生前〔九〕，用自慨也。

足下领袖会垣〔一〇〕，家室团聚，实福人福地。鹣鹣失侣，孤飞千百里外，顾影自怜。春风杨柳，长赋别离；冬雪关山，备尝况瘁〔一一〕。此景此情，殆亦壮不如人、老而无能者之所必须消受也。然垂爱如吾兄，将何以策我耶〔一二〕？岁阑旋省，剪烛深谈〔一三〕，一抒沉闷。

注释

〔一〕胥捐：全都舍去。胥，皆、都之意。捐，舍弃、除去。

〔二〕勤拳：恳切真诚。道体：犹贵体。潭门：犹潭府，深宅大院，对他人住宅的尊称。潭，深邃貌。

〔三〕夏屋：大屋。见第三五篇《再与钱亦宏》注〔一〕。

〔四〕肆应：谓各方响应。引申指善于应付各种事情。

〔五〕前负甫清：以前的债刚刚还清。甫，刚刚。

〔六〕古谊：古代贤人之风义。

〔七〕五中：五脏。又泛指内心。

〔八〕桑榆：见第三八篇《答李霭堂》注〔五〕。

〔九〕何与：何如，与……比怎么样。此处意谓曹操临终托付幼子，不如生前多多爱护。

〔一〇〕会垣：省城，都市。

〔一一〕况瘁：见第一四篇《与杨松波》注〔六〕。

〔一二〕策：督促，使进步。

〔一三〕剪烛：见第一七篇《与童齐安》注〔五〕。

五七、与杨春洲

客馆孤清，案头无色。承足下赠我杏花，置诸胆瓶〔一〕，终日相对，无异十五女郎，含羞匿笑，依依可人〔二〕。乃红颜已老，香质将残，希再采半吐者两三枝，以添春色，勿谓我弃旧怜新也。

注释

〔一〕胆瓶：长颈大腹的花瓶，因形如悬胆而名。

〔二〕依依：轻柔貌。可人：合人的心意。

五八、答丁品江

渔阳得芳讯后，旋即弹铗津门〔一〕。邮筒莫辨〔二〕，音问阙如。嗣闻贵东调任宝坻，因足下久怀归志，或即乘张翰扁舟，寻故园鲈脍〔三〕。心轮梦毂〔四〕，每结想于吴淞烟水间〔五〕。

昨接手书，知南州徐子，仍偕陈榻而来〔六〕。且台驾过省时，承垂询鄙况，念我实深，则弟之失于采访〔七〕，其疏懒为何如也。

宝邑政赋殷繁，幸足下才学超群，万花飞舞，留使待书，倚马成檄，不足为能者劳耳〔八〕。弟萍泛随波，未能自主。有惭旧雨，勉倚新云〔九〕。白发三千，青衫一领，恐相见时不复识我矣〔一〇〕。

到津后，竟无暇作韵语。足下琴歌酒赋，逸兴不凡，驿使之便，肯寄一枝否〔一一〕？冗此率复，不尽驰溯〔一二〕。

注释

〔一〕弹铗：化用冯谖典故，见第二四篇《与王言如》注〔五〕。此处意为在衙门做幕友。

〔二〕邮筒：古时封寄书函的竹管。此处代指邮件、信函。

〔三〕贵东：对友人幕主的敬称。乘张翰扁舟，寻故园鲈脍：用张翰典故。张翰字季鹰，善属文。《世说新语·识鉴》云："张季鹰辟齐王东曹掾，在洛，见秋风起，因思吴中莼菜羹、鲈鱼脍，曰：'人生贵得适意尔，何能羁宦数千里以要名爵！'遂命驾便归。"后来诗文中常以鲈脍莼羹作为辞官、退隐的典故。鲙，通"脍"，指细切的肉。

〔四〕心轮梦毂（gǔ）：以心为轮，以梦为毂，指自己思乡心切，常梦回故乡。毂，车轮中心，有洞可以插轴的部分，借指车轮或车。

〔五〕结想：反复思念，念念不忘。

〔六〕南州徐子，仍偕陈榻而来：南州徐孺子来见陈蕃。意指故人来相会。见第三九篇《答王兰畦》注〔三〕。

〔七〕采访：探采寻访，探望。

〔八〕万花飞舞：此处比喻友人多才多艺，才智不凡。留使待书：用阮籍典故，形容才思敏捷。《晋书·阮籍传》载公卿请阮籍作《劝进文》，使者来取书时，阮籍尚未写就，乃留使者稍等片刻，即挥笔而就，文意畅顺，只字不改。倚马成檄：用袁宏典故，亦形容才思敏捷。《世说新语·文学》载桓温北征，唤袁宏倚马前，令作檄文。袁宏手不停笔，片刻写完。

〔九〕旧雨：老朋友的代称，又叫"旧故"。杜甫《秋述》："常时车马之客，旧，雨来；今，雨不来。"谓过去宾客遇雨也来，而今遇雨却不来了。后用"旧雨"比喻老朋友、故人，"今雨"比喻新交。新云：

同“新雨”，新朋友，此处指新的幕主。

〔一〇〕青衫：唐制，文官八品、九品服青衫，后泛指官职卑微。

〔一一〕一枝：指书信。见第四〇篇《答丁品江》注〔三〕。

〔一二〕冗此率复：写了如此空洞无用的话，草率作复。不尽驰溯：对您思慕不尽。驰溯，书信用语，表示对对方的向往思慕。

五九、答周介岩

会垣把晤，快慰阔悰，坐我春风，醉我旨酒，感戚谊之弥殷，比情交而更洽〔一〕。拙诗奉教，奖誉过情，岂范大夫初入苎萝，以东施为西子耶〔二〕？

荆襄之间，莲花幕中，诵美公者不绝口，足下真轶伦超群哉〔三〕。

仆壮本无能，老之将至，犹复向东郭墦间，唱《莲花落》而餍酒肉，其情已可想见〔四〕。足下爱我深，其何以策之？

注释

〔一〕阔悰：久别而生的怀念。坐我春风：见第一二篇《与孙配琪》注〔四〕。旨酒：美酒。弥：更加。殷：深厚。

〔二〕范大夫：指范蠡。以东施为西子：见第一八篇《答盐山邓春圃明府》注〔二〕。

〔三〕莲花幕：见第一三篇《答闻人冠云》注〔四〕。轶伦：超出一般。

〔四〕东郭墦间：城东门外的坟墓之间，用《孟子·离娄下》“齐人有一妻一妾”典故。见第三六篇《与孙星木》注〔六〕。莲花落：民间曲艺的一种，常以“莲花落，落莲花”一类句子做衬腔或尾声，常用竹板打节拍。旧时为乞丐所唱。

六〇、答徐克家

子云之亭〔一〕，少所嘉慕。奉翰教，竟许把臂入林〔二〕，何其幸也！

吾辈钝于足者，必当捷于手。老表叔出笔敏捷，有如宿构，古之倚马成文，当亦如是〔三〕。不肖心慕之而笃学之，非敢为当仁不让〔四〕，亦犹步趋恐后之意耳。

秋风乍起，萧馆已凉〔五〕，诸祈保爱，不宣。

注释

〔一〕子云之亭：西汉扬雄，字子云，少好学，博通群籍，长于辞赋。尝专心著述《太玄经》，名其住室为“草玄亭”。

〔二〕把臂入林：携手归隐山林。典出《世说新语·赏誉》：“谢公（谢安）道豫章（谢鲲）：‘若遇七贤，必自把臂入林。’”把臂，握人手臂，表示亲密。

〔三〕宿构：预先构思、草拟，多指诗文。倚马成文：见第五八篇《答丁品江》注〔八〕。

〔四〕当仁不让：表示应做之事，就应积极主动去做，不能推托。语出《论语·卫灵公》：“当仁不让于师。”

〔五〕萧馆：即萧斋，书斋。见第七篇《答周汜符》注〔二四〕。

六一、与交河明府章峻峰

浪游燕赵，计二十年。虽未见知于有道，而倾盖言欢、逢人说项者，惟老先生一人而已〔一〕。

龙蟠凤逸之士，皆欲附于荆州之门〔二〕。某何人斯，而遽邀青睐而加厚焉。生平得一知己，可以无憾。铭感于中，曷其有极〔三〕！

侧闻老先生祉猷并茂，以花封讼狱之区，化为讴歌之地，固知天下无不可格之民，惟在学问经术为何如耳〔四〕。期月已可之治，始于今日验之，岂号称能吏者，所能望其肩背哉〔五〕？

翠华不日经临，贤劳懋绩，定沐殊恩，峻擢酬庸，忭庆奚似〔六〕！鸿便布悃，借候升安〔七〕。

注释

〔一〕倾盖：车上的伞盖靠在一起。常用以指初次相逢或订交。说项：唐代项斯，字子迁，以卷谒杨敬之。杨敬之器重项斯，作《赠项斯》诗，有句云："到处逢人说项斯。"后世谓为人说好话、替人讲情为"说项"。

〔二〕龙蟠凤逸：如龙盘曲，不得舒展，如凤闲逸，不见飞舞。比喻怀才不遇。典出李白《与韩荆州书》："一登龙门，则声誉十倍，所以龙盘凤逸之士，皆欲收名定价于君侯。"荆州：韩朝宗，见第一四篇《与杨松波》注〔一一〕。

〔三〕曷：怎么。

〔四〕侧闻：从旁听到，谓传闻、听说。祉猷：福祉和计谋，指生活和事业。祉，福。猷，谋划。花封：县令的别称。西晋潘岳为河阳县令时，栽种桃李，号称"河阳一县花"，故称。格：感通，感动。

〔五〕期月：指一整月。望其肩背：看见肩膀、背，比喻赶得上。

〔六〕翠华：天子仪仗中以翠羽为饰的旗帜或车盖。此处代指皇帝。峻擢：高升。酬庸：犹酬功、酬劳。忭（biàn）庆：欢乐庆贺。忭，高兴、喜欢。

〔七〕升安：旧时官场间书信，彼此称升安、勋安，是祝颂对方升阶进爵，在功名上有所发展之意。

六二、答许葭村

登堂望远，极目苍凉，正切秋水伊人之想〔一〕。适接瑶章，如同晤对，即满浮三大白，不负茱萸令节也〔二〕。

足下处应酬最繁之地，而又百函并发，纵倚马之才，无难挥洒；而中书君疲于奔走，将有未老先秃之虑〔三〕。相知以心，初不以笔墨间课疏密也〔四〕。

金粟如来，随落尘世，为声色香味触法所扰，久已拖泥带水，受一切苦厄〔五〕。足下具大知慧，早已观自在菩萨矣，尚向舍利子求揭帝之咒哉〔六〕？

注释

〔一〕秋水伊人：语出《诗经·秦风·蒹葭》："蒹葭苍苍，白露为霜。所谓伊人，在水一方。"后以"秋水伊人"谓对景怀人。

〔二〕瑶章：对他人诗文、信札的美称。满浮三大白：见第一三篇《答闻人冠云》注〔五〕。茱萸令节：指重阳节，古代风俗，九月初九重阳节佩戴茱萸登高以"避灾"。茱萸，植物名。

〔三〕百函并发：见第五四篇《又答》注〔一三〕。倚马之才：见第五八篇《答丁品江》注〔八〕。中书君：唐代韩愈作寓言《毛颖传》，称毛笔为"毛颖"，言颖居中山，为蒙恬所获，献于秦皇，秦皇封之于管城，号管城子，"累拜中书令，与上益狎，上尝呼为中书君"。后因以"中书君""管城子"为毛笔的别称。

〔四〕课：根据一定的标准验核。

〔五〕金粟如来：佛名，即维摩诘大士。声色香味触法：佛教称此为"六尘"，认为它们是污染人心，使人产生嗜欲的根缘。

〔六〕观自在菩萨：观世音菩萨的别名。舍利子：见第四一篇《答周友锜》注〔七〕。揭帝：亦作"揭谛"，佛教语，护法神之一。

六三、答谢丙南

奉手书，知足下南旋之意已决。阅历半生，备尝艰苦，竟无刻不以慈亲为念，此人所不及知，而仆知之独深者。此番出游甫及一载，囊橐无余，势难遽返，乃一奉慈谕，即束装言旋，孝思之笃，虽曾、狄之贤，无以过之〔一〕。

夫祭而丰，不如养之薄也。菽水承欢，依依膝下，实天伦不易得之至乐。彼子舍欢娱，妾闱阒寂，椿萱将谢，裘马自豪，只知妻子之奉，而不顾父母之望者，闻足下之风，能不愧然疚于心乎〔二〕？

仆与君离，又将一载矣。昨腊匆匆话旧，既复匆匆别去，犹冀岁阑返省，或再剪西窗之烛〔三〕，重纾未尽之怀，今则地北天南，何时再晤？思之能勿惘然！书中情势殷殷，增我陨涕。仆景迫桑榆，室仍悬磬，哺乌抱恨，舐犊增悲，而世路崎岖，交情反复，欲往不可，欲归未能〔四〕。且不能与少年子弟，涂粉墨登场，插科打诨，非特人嫌老陋，自顾亦觉羞颜〔五〕。足下爱我尤深，将何以策我？旋省虽在封篆以前，而行期定于仲冬，即此一尊话别，而亦不可得，能无抑郁〔六〕？鸡声店月，人迹桥霜，客路严寒，千万珍重〔七〕。

注释

〔一〕囊橐（tuó）：口袋。小而有底曰橐，大而无底曰囊。慈谕：母亲口谕。曾、狄：指曾参和狄仁杰。曾参父曾皙嗜羊枣，死后，曾参便不食羊枣了。狄仁杰赴任途中，登上太行，南望白云一片，对身边人说："吾亲所居，在此云下。"站立许久，直到白云移动才重新上路。后言人之孝顺，常以曾、狄二人为喻。

〔二〕菽水：见第二一篇《答同学诸友》注〔六〕。阒（qù）寂：静寂，宁静。椿萱：指父母。《庄子·逍遥游》谓大椿长寿，后世因以椿称父。《诗经·卫风·伯兮》："焉得谖草，言树之背。"谖草，萱草。后世因以萱称母。椿、萱连用，代称父母。裘马：见第五四篇《又答》注〔二七〕。

〔三〕剪西窗之烛：见第一七篇《与童齐安》注〔五〕。

〔四〕桑榆：见第三八篇《答李霭堂》注〔五〕。悬罄：形容空无所有。哺乌：旧称乌鸦反哺，常以喻子女之奉养父母。

〔五〕粉墨：演员化妆用的白粉与黑墨。插科打诨：指戏曲演员在表演中插入一些滑稽的动作和诙谐的语言来引人发笑，泛指不庄重地开玩笑逗乐。

〔六〕封篆：见第三〇篇《与王吉人》注〔四〕。一尊：一杯酒。尊，酒器。

〔七〕鸡声店月，人迹桥霜：语出温庭筠《商山早行》："鸡声茅店月，人迹板桥霜。"意谓鸡声嘹亮，简陋的旅店还沐浴着晓月的余辉，而覆盖着黎明寒霜的木板桥早已足迹凌乱。

六四、答章炎甫

去冬得挹芝光〔一〕，顿慰三年积想。惟匆匆数语，不及畅伸景慕〔二〕。新正趋贺，知晓寝方浓，未敢惊梦。而高轩枉过，又复失于倒屣，歉怅至今〔三〕。

闻西州雅望，下榻天雄，深为观察得人之庆〔四〕。正拟肃笺申悃，乃承瑶函先颁，感记注之弥殷，更驰思之倍切〔五〕。

足下经才纬抱，名重燕南。天雄清简之地，实不足展其所长，然附青云而借吹嘘〔六〕，则福之所被者广。三郡名官，咸翘首而慕风徽矣〔七〕。

新奉上谕，令道员奏事〔八〕。足下具倚马之才，握雕龙之笔，自当为观察公敷奏陈言，劻襄宏业，乃蒙询及鄙人，商其可否〔九〕。

弟思国计民生，前人言之详矣。而或有不尽言者，则似有不可言之故。圣天子聪明睿知，臣下何能仰其万一。愚昧之见，似不若行无所事之为愈也。想智珠在握者，正无事葑菲之谈耳〔一〇〕。

钱绳兹、朱梅溪同在郡城，斋政之暇〔一一〕，常得畅谈。而僻处劳人，未能一坐春风为怅〔一二〕。来函㧑谦，实深惭悚〔一三〕。若云与今为友，则古有二阮之交〔一四〕；若以仆马齿加增，则门有孔李之好〔一五〕。倘承不弃，愿附金兰，庶几略迹谈心，益增契合，何幸如之〔一六〕！

注释

〔一〕芝光：又称“芝宇”“芝颜”，对他人容貌的美称。常用于书信中。

〔二〕景慕：景仰，仰慕。

〔三〕倒屣（xǐ）：倒穿着木屐。古人家居，脱鞋席地而坐，有客人到来，因急于出迎，而把鞋子倒穿了。典出《三国志·魏书王粲传》“（蔡邕）闻粲在门，倒屣迎之”，后以倒屣形容主人热情迎客。此两句意谓，正月新春去拜贺，得知您晨睡正酣，没敢打扰您。（后来）您的车马经过，我又没能热情迎接，心中愧疚不已。

〔四〕西州：在今江苏南京望仙桥一带，东晋、南朝为扬州刺史治所。雅望：清高的名望。天雄：见第一四篇《与杨松波》注〔九〕。观察：见第三七篇《与景州刘刺史》注〔一〕。

〔五〕肃笺：敬致书信之意。瑶函：同“瑶章”，见第六二篇《答许葭村》注〔二〕。驰思：心驰神思之意。

〔六〕青云：喻高官显爵，也比喻道德高尚有威望。吹嘘：比喻奖掖擢升，提携。

〔七〕咸：全，都。风徽：风范，美德。

〔八〕道员：即道台。清时省以下、府以上一级的官员，也称观察。

〔九〕倚马之才：见第五八篇《答丁品江》注〔八〕。雕龙：雕镂龙纹。比喻善于修饰文辞或刻意雕琢文字。劻襄：辅佐。劻，同“匡”。

〔一〇〕智珠：见第三八篇《答李霭堂》注〔一五〕。无事：无须，没有必要。葑菲（fēng fēi）：出自《诗经·邶风·谷风》：“采葑采菲，无以下体。”葑与菲均为菜蔬，叶与根皆可食。但其根略带苦味，人们因其苦而弃之。后因以“葑菲”用为鄙陋之人或有一德可取之谦辞。全句意为，想来您是明达事理的智者，用不着我这鄙陋之人提醒您。

〔一一〕斋政：谓书斋中笔墨之事。

〔一二〕坐春风：见第一二篇《与孙配琪》注〔四〕。

〔一三〕㧑（huī）谦：见第五三篇《答许葭村》注〔二〇〕。惭悚（sǒng）：羞惭惶恐。

〔一四〕二阮：指阮籍与阮咸。二人均为竹林七贤。

〔一五〕马齿：见第五四篇《又答》注〔一五〕。孔李之好：孔家和李家世代友好之谊。用东汉孔融典故。《世说新语·言语》载：“孔文举年十岁，随父到洛。时李元礼有盛名……文举至门，谓吏曰：‘我是李府君亲。’……元礼问曰：‘君与仆有何亲？’对曰：‘昔先君仲尼与君先人伯阳有师资之尊，是仆与君奕世为通好也。’元礼及宾客莫不奇之。”

〔一六〕金兰：见第五四篇《又答》注〔一五〕。略迹：“略迹原情”之省略，指撇开事实不谈，而推究本情。此处指不拘形迹，倾心交谈。

六五、答沈霭堂

弹铗侯门，三十年为一世，所见翩翩公子，固不乏也，欲如君家伯仲叔季，各自峥嵘者，既不多觏，而二世长兄先生，才华出众，外文明而内柔顺，更超棣萼荆花之上〔一〕。盖德门积善贻谋，所由来者远矣〔二〕。

数年相聚，良有天缘，每挹芝光〔三〕，时聆兰语，令人有一往情深之意。临歧洒泪〔四〕，分手依依。离别年余，思如山积。而寸函未达者，只以春树暮云〔五〕，不足绘我离情也。乃蒙垂念之殷，手书远至，回环把诵，楮短情长，益使我低徊勿置也〔六〕。

荣迁外翰，即内翰之先声〔七〕。上苑杏花，仙宫丹桂，天之所以予孝友于读书人者，历历不爽〔八〕。足下自操之而自得之，又何疑焉？

更喜五世兄同应秋闱，元方季方，天香并染〔九〕。驻听捷报传来，使堂上椿萱，齐开笑口，快何如之〔一〇〕！令郎年未弱冠，而文雅恂恂，更以读书为乐，此又千里驹也〔一一〕。均可告慰。

弟桑榆景迫，瓶罄仍羞，齐人处室，流落他乡〔一二〕。陶氏生儿，惟知梨枣〔一三〕。幸衰年眠食俱佳，旅寓无患，足舒绮注〔一四〕。

注释

〔一〕弹铗侯门：指在衙门做幕僚。见第二四篇《与王言如》注〔五〕。伯仲叔季：古代以伯、仲、叔、季表示兄弟之间的顺序，此处指各位兄弟。觏（gòu）：遇见。棣萼：犹萼华。出自《诗经·小雅·常棣》："常棣之华，鄂不韡韡。凡今之人，莫如兄弟。"后因以棣华、棣萼喻兄弟。荆花：犹言"荆枝"。见第三九篇《答王兰畦》注〔五〕。

〔二〕贻谋：《诗经·大雅·文王有声》："诒厥孙谋，以燕翼子。"后以"贻谋"指父祖对子孙的训诲。

〔三〕芝光：见第六四篇《答章炎甫》注〔一〕。

〔四〕临歧：本为面临歧路，后用为赠别之辞。

〔五〕春树暮云：语出杜甫《春日忆李白》诗："渭北春天树，江东日暮云。"借云树而写思念之情。后遂以"春树暮云""云树苍茫"为仰慕、怀念友人之辞。

〔六〕楮：原指落叶乔木，树皮是制造桑皮纸和宣纸的原料，后用作纸的代称。低徊：回味，留恋地回顾。

〔七〕外翰：清代称翰林院编修官为外翰。内翰：清代称内阁中书为内翰。

〔八〕上苑：皇家的园林。杏花：喻科举及第者。明清以科举取士，会试时间定于春季，其时正值杏花开放，故杏花有"及第之花"的美誉。丹桂：旧时称科举中第为折桂，因以丹桂比喻科第。

〔九〕秋闱：明清科举制，乡试例于八月举行，故称"秋闱"。元方季方：意指两人难分高下，后称兄弟皆贤为"难兄难弟"或"元方季方"。元方与季方为陈寔子，陈寔评价两个儿子说："元方难为兄，季方难为弟。"天香：指桂、梅、牡丹等花香。这里喻美好的事物，即弟兄二人同时中举。

〔一〇〕椿萱：见第六三篇《答谢丙南》注〔二〕。

〔一一〕弱冠：见第五四篇《又答》注〔一六〕。恂（xún）恂：温顺恭谨貌。千里驹：指能日行千里的良马，用来比喻英俊有为的青少年。

〔一二〕桑榆：见第三八篇《答李霭堂》注〔五〕。瓶罄：见第三八篇《答李霭堂》注〔一一〕。齐人处室：见第三六篇《与孙星木》注〔六〕。

〔一三〕陶氏生儿，惟知梨枣：陶家的儿子只知道梨与枣。作者自谦儿子不成才。典出陶渊明《责子》："通子垂九龄，但觅梨与栗。"

〔一四〕舒：宣泄积滞，抒发。绮注：同"锦注"，称别人对自己关注之敬辞。

六六、与陈美陂

渔阳邂逅，倾盖言欢，晨夕谈心，益征契合〔一〕。足下风骨秀侠，神情彻朗，濮阳洗马，罕见其俦〔二〕。他日领符出治〔三〕，莫不望为神仙中人。

奉诵大著，文藻横逸，词源直泻，有议论，有警句，皆未经人道过，而浓艳处则又如十五女郎，拈花自笑，喜若撩人，知作者字炼句锻，皆在庾开府、李义山而外，自成一家者〔四〕。亟宜寿诸梨枣〔五〕，以供同好。不谓仙才仙品，能于风尘中幸遇之也。

珠玉在前，自惭形秽，乃承许为同调，岂足下有嗜痂之癖欤〔六〕？旬余小别，景若三秋，幸命驾速临，慰我饥渴。

注释

〔一〕邂逅：不期而遇。倾盖：见第六一篇《与交河明府章峻峰》注〔一〕。征：证，验证，证明。

〔二〕彻朗：指心地清净光明。彻，同"澈"。濮阳洗马：指汲黯，濮阳人，汉景帝时为太子洗马，武帝时为东海郡太守。为人忠良方正，敢于面折廷诤，被武帝称为社稷之臣。此以之喻贤良方正之人。俦（chóu）：同辈。

〔三〕领符出治：奉诏出任地方官。

〔四〕横逸：纵横奔放，不受拘束，层出不穷。词源：喻滔滔不绝的文词。庾开府：指庾信。见第一三篇《答闻人冠云》注〔三〕。李义山：指李商隐，晚唐杰出诗人。

〔五〕寿诸梨枣：诗歌永远流传之意。旧时刻版印书多用梨木或枣木，故以“梨枣”为书版的代称。

〔六〕珠玉在前，自惭形秽：指在容态、德才都超越自己的人面前，自己感觉到惭愧。语出《世说新语·容止》。同调：音调相同，喻志趣或主张一致的人。嗜痂之癖：见第七篇《答周氾荇》注〔一八〕。

六七、与王吉人

居庸山之最高者，八达岭。策骑临之，真八荒归一览焉〔一〕。马上口占一绝云：“绝岭与云齐，临风骄马嘶。纵观真八达，无处不山低。”〔二〕

今晚往岔道，明日到怀来，当谒莲斋〔三〕，倾斗酒，谈家中近事。先录此文，顺马递上，作莲幕之传单何如〔四〕？呵呵！

注释

〔一〕八荒：八方荒远的地方。

〔二〕骄马：矫健、健壮的马。纵观：放眼观看。

〔三〕莲斋：见第二五篇《与王言如》注〔四〕。

〔四〕莲幕：见第一三篇《答闻人冠云》注〔四〕。

六八、答陈韫玉

暮春之初，曾致一函。清和之后，奉手书未经提及，岂驿使有洪乔，抑贵署偶效石头城故事耶〔一〕？至好关心，原非笔札间课疏密，然陶靖节千古高人，《停云》四章，一唱三叹，相思之切，形为歌咏，则尺鲤传情，亦古人所不废〔二〕。此意惟足下与仆知之，不似时下英流，以声希为贵也〔三〕。

来翰云："别数月而思若经年。"挚情挚语，从肺腑而出，而示以敝寓平安家信，益见关切之真。闻近日眠食未佳，右臂酸痛，或系血气有亏，或为风寒所袭，虚实判然两途，补散未便误用，颇为系怀。蠡吾僻地，素乏良医，离省未遥，当求精于岐黄者治之，未可延缓〔四〕。

仆健饭安眠，精神尚好，惟左右车牙，时时作痛，亦秋信将至之兆也〔五〕。

承嘱题《松菊犹存图》小照，既用渊明《归去来辞》之意，自应就本地风光，写雅人深致〔六〕，较之别作诗歌，似为非泛。因依陶韵，效西子之颦〔七〕。

因思足下田园未芜，令郎又能克绍箕裘〔八〕，数十年之内，原可笑赋归辞。若仆则负郭无田，箪瓢莫继，么豚暮鹨，乳臭未干，归期之约，何敢预订〔九〕！

惟食贫栖淡，性所能安，人世浮华，久已悬绝。倘使六旬内外，稍积鹤料之余，必当言旋陋巷，息影蓬庐〔一〇〕。庶几一片春帆，迓我于西陵渡口；三杯菊酒，访君于东沛桥边〔一一〕。返他乡之旧侣，为故里之素交。其愿非奢，其言或可践，故不禁于辞内侈及之，以为他日披图相对之券。足下闻之，必然色喜也。惟文不能工，取其意而已。

贵恙调治痊可，望即示慰。陆放翁诗云："斟酌生平如意事，及身强健早还乡。"祈留意焉。

归去来兮，故乡虽远胡不归？他邦不可以久处，时矫首而兴悲〔一二〕。知盛游之难再，悟逝景之莫追；幸回车其未晚，岂命驾而犹非？挹细雨于飞盖，洗轻尘于征衣〔一三〕。指钱江而宵渡，喜曙色之熹微〔一四〕。舟停东浦，载欣载奔。儿童无识，老稚盈门。草多依旧，松菊犹存。幽香入座，清阴覆樽〔一五〕。倚北窗而寄傲，寻三径以开颜。乐箪瓢以自足，铭陋室之可安。迹无因而入市，心常静以息关。行四时之乐事，齐万物而达观。鱼闻琴而出听，鸟识林而知还。邀野老以命酌，携文孙而盘桓〔一六〕。归去来兮，予亦悔夫远游。既修名之不立，将利禄之焉求？聊为稼以没世，招素心以消忧。童仆告予以客至，偕纵览郊畴。或乘轻舟，或泛扁舟，思揣奇而选胜，恒临水而登邱。挹千岩之竞秀，啸万壑之争流。极吾人之逸志，适吾生之行休。已矣乎！富贵功名能几时，朱颜绿鬓谁能留〔一七〕？胡为伥伥无所之〔一八〕？同游既非愿，同归知可期。君移松而补菊，余植杖以耘耔〔一九〕。值东篱之花发，时醉酒而赋诗。披斯图而相笑，惟我与尔复奚疑〔二〇〕？

注释

〔一〕清和：指农历四月。见第三八篇《答李霭堂》注〔一九〕。洪乔：殷羡字洪乔。《世说新语·任诞》记其："作豫章郡，临去，都下人因附百许函书。既至石头，悉掷水中，因祝曰：'沉者自沉，浮者自浮，殷洪乔不能作致书邮。'"下句"石头城故事"即指此。后因称不可信托的寄信人为"洪乔"。

〔二〕至好：最亲密、最要好的朋友。《停云》：陶渊明有《停云》诗四首，自序称"停云，思亲友也"。一唱三叹：谓一人歌唱，三人相和。后多用以形容音乐、诗文优美，富有余味，令人赞赏不已。尺鲤：书信，见第五四篇《又答》注〔一〕。

〔三〕英流：本义指才智杰出的人物，此处指一般的士人，带有讥讽意味。声希："声希味淡"之省称，本指平淡无奇，没有名声，有曲高和寡、不为人知之意。此处意指淡漠交游，减少书信来往。

〔四〕蠡吾：地处今河北博野县。岐黄：岐伯和黄帝，相传为医家之祖。后以"岐黄"为中医学的代称。

〔五〕左右车牙：见第三八篇《答李霭堂》注〔五〕。秋信：秋天到来的信息。此指秋天。

〔六〕雅人深致：高雅的人有高深的志趣。

〔七〕效西子之颦：见第一八篇《答盐山邓春圃明府》注〔二〕。

〔八〕克绍：能够继承。箕裘：《礼记·学记》云："良冶之子，必学为裘；良弓之子，必学为箕。"意谓子弟由于耳濡目染，往往继承父兄之业。后因以"箕裘"比喻祖上的事业。

〔九〕么豚暮鹨（liù）：指晚年生出的子女。么豚，最后出生的小猪。暮鹨，最后生出的小雉。鹨，小鸡。

〔一〇〕鹤料：见第七篇《答周氾荇》注〔一八〕。言旋：回还，归乡。言，语首助词。息影：停止活动，退隐闲居。蓬庐：用蓬草编成的门户。形容穷苦人家的简陋房屋，此处指隐居之所。

〔一一〕迟我：见第一五篇《答姜云标》注〔一七〕。

〔一二〕矫首：抬起头。

〔一三〕飞盖：言车行如飞。盖，车篷。飞，犹言其轻。征衣：旅外远人所穿的衣服。

〔一四〕熹微：微明，光未盛的样子。

〔一五〕清阴：清凉的树荫。

〔一六〕文孙：周文王之孙。后泛用为对他人之孙的美称。盘桓：徘徊，逗留。

〔一七〕朱颜绿鬓：红润的脸色，乌黑的鬓发，形容青年人美好的容颜，比喻青春年华。

〔一八〕伥伥：无所适从的样子。

〔一九〕耘耔（yún zǐ）：语本《诗经·小雅·甫田》"今适南亩，或耘或耔"，谓除草培土。后因以"耘耔"泛指从事田间劳动。

〔二〇〕东篱之花：指菊花。典出陶渊明《饮酒》诗："采菊东篱下，悠然见南山。"后以"东篱"代指菊圃。披：打开，展开。

六九、答姜云标

小暑方酷，正抱采薪[一]，忽清风徐来，知芳函飞到。开缄把读，顿解烦臆，一服清凉散，恐尚无此功效也。

人生六十曰衰，吾辈神为形役，其衰更易。弟年未六十，而齿豁头童[二]，须发早白，平生壮志，早已消磨。只以苦债未完，犹作场中傀儡，秋风短笛，粉墨登场，此更桑榆景迫[三]，所黯然神伤者，盖亦心怜之而不得不作如是云尔。

足下一生游历，未染世情，独往独来，不与时贤为伍，此弟二十年来，亦以此硁硁自守者[四]。

坐是四壁仍空[五]，一贫如故。窃以为幕而贫，清且贵也；幕而富，浊且贱也。良田美宅，肥马轻裘，仅只快于一时，必致贻祸于没世[六]，曷若以贫始者以贫终，仍不失本来面目之为愈[七]。

惟足下先赋归与，弟须三四年后始能践约。耕山钓水之乐，请先独得之。陆放翁诗云："斟酌平生如意事，及身强健早还乡。"能不羡而且妒？

惟是相别四十余年，彼此音信罕通，行藏未悉[八]。承知己爱人以德，动故土之思，固已他人有心，予忖度之者[九]，弟方感之不暇，而来翰转以为冒昧，岂外见之耶？

保阳僦居[一〇]，每苦迁徙，不得已买屋数椽，去之亦易。买产之说，乃舍弟想当然之言耳。

小病初瘳，握管尚懒，书不尽言[一一]。赘以小诗四首，诗不足取，或情见乎词也。

少小本同窗，分离四十年。行藏浑莫识，音信未能传。积恨高嵩岳，相思壅洛川。何期来尺素，喜极舞蹁跹[一二]。

君作游梁客，我为冀野游。家乡徒有梦，儿女亦登楼。命薄风尘老，才疏时俗羞。可怜双鬓雪，底事尚淹留？

闻道三秋日，言旋八口家。江鲈初入馔，篱菊正开花。喜拂征尘叠，欢承舞袖斜。鉴湖烟水阔，垂钓足生涯。

三载以为期，携家返里时。与君同把酒，对景共吟诗。禹庙秋山好，兰亭春草滋。杖藜扶二老，争羡旧相知[一三]。

附上以博一粲。

注释

〔一〕采薪："采薪之忧"的省称，指身患疾病，不能外出打柴，常作为自称有病的婉辞。

〔二〕齿豁头童：齿缺发秃，形容老态。

〔三〕桑榆景迫：见第三八篇《答李霭堂》注〔五〕。

〔四〕硁硁自守：浅陋固执地自己坚持。硁硁，见第五四篇《又答》注〔三八〕。

〔五〕坐是：因此。坐，因、由于。

〔六〕没世：终身，永远。

〔七〕曷若：何如，用反问的语气表示不如。愈：更好，较好，胜过。

〔八〕行藏：见第一五篇《答姜云标》注〔五〕。

〔九〕他人有心，予忖度之：语出《诗经·小雅·巧言》。此处意谓别人的心思，我能推测知晓。

〔一〇〕僦（jiù）居：租屋而居。僦，租赁。

〔一一〕瘳（chōu）：病愈。懒：疲倦，没力气。

〔一二〕蹁跹（pián xiān）：旋舞的样子。

〔一三〕杖藜：藜木制成的手杖。藜，野生植物，茎坚韧，可做拐杖。

七〇、又　答

读途中《述怀诗》八首，皆从肺腑中流出，无一句门面话，而又敲金戛玉，直可掷地有声〔一〕。沈小如明府和诗，沉郁顿挫，跌荡风流，盖李杜之逸响也〔二〕。

二公可为诗中之雄也。东家施只应雌伏〔三〕，乃虽令效颦，恐西子不能捧心，只得捧腹，奈何！奉上博笑。

注释

〔一〕敲金戛（jiá）玉：同“敲金击石”，敲钟击磬之意，喻诗文声调铿锵动听。掷地有声：扔到地上有响声，形容辞章优美，文采不凡。

〔二〕明府：见第六篇《答孙位三》注〔四〕。沉郁顿挫：谓文辞深沉蕴藉，音调抑扬有致。跌荡风流：音调起伏变化又流畅。跌荡，指音调或行文富有顿挫波折。逸响：指雄浑奔放的诗文。

〔三〕雌伏：指屈居下位，甘拜下风。

七一、与王培元

今夕何夕，岂非除耶？策马至居庸关，馆人燃红烛，进绿醑〔一〕，请守岁焉。独酌无欢〔二〕，凄清万状，因命仆买纸爆千余，登山岭放之，一响而万山皆应，空中下无数霹雳声，心脾为之一快。

因思雷闻百里，足下在州署，距关五十里，当闻殷殷其雷在关之上乎〔三〕？

以除夕而犹作客，登雄关而放爆竹，此奇人奇地奇事也。书此交顺马驰递，为奉贺元旦，一鸣惊人先声〔四〕。

注释

〔一〕绿醑（xǔ）：绿色的美酒。

〔二〕独酌：独自饮酒。

〔三〕殷殷：象声词，形容雷声。

〔四〕一鸣惊人：见第二二篇《与家乡戚友》注〔四〕。

七二、贺阮锡侯入赘

佳期已至，想见天台仙子，舒玉手纤纤，携阮郎看玉洞桃花，饮玉液琼浆，沉醉玉楼春，歌“软玉温香抱满怀”也〔一〕。

惟风流莲幕，距弄玉妆台〔二〕，计一里许，未免于双膝之外，更添玉趾之劳。

然画眉而出〔三〕，踏月而归，正已半日相思，益增十分滋味。此月下老人，于姻缘簿中，所巧为作合者〔四〕，未识何以谢我。书此奉贺。

注释

〔一〕天台仙子：相传刘晨、阮肇两人入天台山采药，遇两仙女，相邀入一山洞，结为夫妻。半年后回家，世上已过七代。纤纤：柔美的样子。软玉温香抱满怀：《西厢记》唱词。意即将女子抱在怀中。软玉、温香皆女子的代称，形容女子的肌肤细腻芳香。

〔二〕莲幕：见第一三篇《答闻人冠云》注〔四〕。弄玉：相传为秦穆公女，嫁善吹箫之萧史。穆公为作凤台以居之。后夫妻乘凤飞天仙去。

〔三〕画眉：用汉代张敞典故。张敞为京兆尹，曾为妻子画眉毛，竟使宣帝在朝堂上亲自过问此事。后以“张敞画眉”比喻夫妻感情恩好。

〔四〕月下老人：神话传说中掌管婚姻之神。后多用作媒人的代称。作合：男女结为夫妻，引申指做媒。

七三、与阮锡侯

中秋后，数行奉复，谅达典签〔一〕。弹指秋光已老，西风淅淅，落叶萧萧，孤馆凄清，更甚春愁几许。足下有情人，正不知增多少离思。

惟玉麟天降，正在其时，潭报驰来，想色飞眉舞，破闷为喜，满浮三大白矣〔二〕。

幸不靳以好音，俾月下老人〔三〕，夸功道德，作一番雀跃也。

京差已过，热闹非常，千里红尘人不见，车如流水马如云，诚一大观。非有福者，不足以当此。

客里光阴，惟三冬易逝。腊初附骥之约〔四〕，能不爽否？

注释

〔一〕典签：见第五三篇《答许葭村》注〔一〕。

〔二〕玉麟：对他人儿子的美称。潭报：潭府之报。潭府指位尊者的深宅大院。此处指阮锡侯的家书。满浮三大白：满饮三大杯酒。见第一三篇《答闻人冠云》注〔五〕。

〔三〕不靳：不吝惜。靳，吝惜、不肯给予。月下老人：见第七二篇《贺阮锡侯入赘》注〔四〕。

〔四〕附骥：见第二三篇《与徐克家》注〔一〕。

七四、与许葭村

重九后，数行复候起居，知邀青照〔一〕。小阳佳日，舞彩调琴〔二〕，天伦至乐，远胜蓬瀛。而玉麟早已投怀，何竟秘而不宣，劳远人揣度乎〔三〕？

阮君书来，道其夫人九月有如达之喜〔四〕。因思是月也，雀入大水〔五〕，故敝署五产而皆雌。今来函又改于十月娩身，其得蛟龙也必矣。第亲自造作者，竟不知其月，抑又奇也〔六〕。

舍侄甘林得馆之难，正如其伯之得子，岂其东家尚未诞生也？

今年曾寄寓信，计六十余函。足下阴行善事，不厌其烦，何以报之？惟有学近日官场，念《金刚经》万遍，保佑足下多子耳。

注释

〔一〕青照：青眼照看。此处指对方已读到自己寄的书信。

〔二〕小阳："小阳春"之省称，指农历十月。舞彩：用老莱子典故。见第五四篇《又答》注〔二〇〕。调琴：弹琴，喻夫妻合好。用《诗经·周南·关雎》"窈窕淑女，琴瑟友之"诗意。

〔三〕玉麟早已投怀：儿子已经进入怀中，指朋友的妻子已经怀有身孕。揣度：忖度，估量。

〔四〕如达之喜：生子之喜。《诗经·大雅·生民》："诞弥厥月，先生如达。"朱熹注曰："先生，首生也。达，小羊也。羊子易生，无留难也。"

〔五〕雀入大水：《礼记·月令》云："季秋之月……鸿雁来宾，雀入大水为蛤。"蛤蚌之类，常用以比喻女人，故雀入水化为蛤，常代指生女孩。季秋为农历九月，故作者言九月所生皆女儿。

〔六〕造作：制造，制作。此句意谓，亲生父亲竟不知孩子预产日期，令人诧异。

七五、答东光明府赵青圃

奉展复函，敬聆种种。贤者二字，为近日官场套话，惟老弟台于民间疾苦，痛痒相关，不遗余力，使民咸被其庥，真可谓贤而多劳者。尊体之瘁而能安，士女之怜而兴感，此天人感应之机，难为肉食者道也〔一〕。

地原称瘠，官岂能肥？然则小人所以养君子，惟在君子有以治之。能肥其民，则官亦不瘠；百姓足，君孰与不足〔二〕？圣人之言，岂欺人哉！

人生一官易得，迎养为难。老弟二十余年心事，仆所深知。今一日得遂素愿，想太夫人安舆至境，百里侯率父老子妇，环抱舆前，齐声而颂贤母，太夫人顾而乐之，为不负熊丸画荻之苦心也〔三〕。未知此时，五采绣衣，作何戏舞耳〔四〕。

仆东隅已失，安望桑榆〔五〕？只以四壁萧然，老牛舐犊，梨园旧脚，不得不逐队登场。然穷老衰年，岂能终日唱“大江东去”〔六〕？拟向偏街僻巷，打几套《莲花落》〔七〕，借作下场声调，不问旁观者笑我以鼻也。

注释

〔一〕瘁而能安：劳累却能安然无恙。瘁，疾病、劳累。肉食者：指居高位者。典出《左传·庄公十年》：“肉食者鄙，未能远谋。”

〔二〕百姓足，君孰与不足：百姓富足了，君主自然也就富足了。语出《论语·颜渊》。

〔三〕百里侯：指县令。典出《孟子·万章下》：“天子之制，地方千里，公侯皆方百里。”百里侯原意为诸侯封地方圆百里。至汉代，一县之地方圆百里，故称县令为百里宰，称人堪当县令，则谓之“百里才”。熊丸：以熊胆制成的药丸。唐代柳仲郢幼嗜学，其母曾调制熊胆丸，让他夜里咀咽，以苦志提神。后用为贤母教子的典故。画荻：北宋欧阳修四岁而孤，家贫，母郑氏以荻管画地写字，教其读书。后以“画荻”为称颂母教之典。

〔四〕五采绣衣，作何戏舞耳：用老莱子典故。见第五四篇《又答》注〔二〇〕。

〔五〕东隅已失，安望桑榆：早起已经失去了，还怎么奢望晚上得到。东隅、桑榆，见第三八篇《答李霭堂》注〔九〕。

〔六〕梨园：唐玄宗时教练伶人的处所。后世因称戏班为梨园，又称戏剧演员为梨园弟子。脚：脚色。演员扮演的戏剧中人物。作者此句意谓重操旧业，做幕僚。大江东去：语出苏轼《念奴娇·赤壁怀古》。

〔七〕莲花落：见第五九篇《答周介岩》注〔四〕。

七六、与孙星木

居庸关外，淹滞三年，谏不行，言不听，而犹未去，则可愧之甚矣〔一〕。

兹已决意南旋，腊初买车起程。惟与知己远违，未免怏怅〔二〕。

明岁之冬，仍作北游。慷慨悲歌之士，总在燕南赵北之间〔三〕，后会正可期耳。

注释

〔一〕谏不行，言不听：反用《孟子·离娄下》之“谏行言听”。见第七篇《答周氾荇》注〔四〕。

〔二〕怏怅：犹言抱歉。

〔三〕慷慨悲歌之士，总在燕南赵北之间：燕赵多忠义之士。韩愈《送董邵南序》云：“燕赵古称多感慨悲歌之士。”慷慨，充满正气，情绪激昂。

七七、答赵青圃

笼鸟盆鱼，访友已虚千里驾；江鸿云雁，怀人最是九秋天〔一〕。矧知己非比泛交，而小别竟成久阔，能不抚摇落而增悲，惜离群而兴叹〔二〕？

忆昨临津聚首，官舍连床，雄辩则四座风生，手谭则一枰星落〔三〕。飞觞月下，参差醉影如仙；联句花间，馥郁文心似锦。岂意盛游不再，欢会难长，抛残座上之樽，阳关三叠；隔断梦中之路，云树数重〔四〕。何人索解，几同缄口之三；镇日相思，奚止回肠之九〔五〕？对黄花而消瘦，览明月以低徊〔六〕。

所幸足下志切青云，性耽黄卷；受鸾毫于郭璞，借凤彩于罗含〔七〕。他年鹏运，定扬激水之程，此日龙媒，已擅绝尘之誉〔八〕。然而寸阴宜惜，一篑须加〔九〕。良马见影而即飞；霜鹰下鞲而辄中〔一〇〕。攀丹桂于月宫，天香染袖；探杏花于上苑，春色沾袍〔一一〕。显扬之志欲酬，磨励之功宜豫。虽悲秋宋玉，难禁陟屺之思；而奋迹陶侃，且振摩天之翼〔一二〕。

若仆学昧蹲鸱，才同疥骆〔一三〕。笑豕蹢之皆白，叹鱼尾之将赪〔一四〕。郭隗陈台，空悲骏骨；燕王旧里，徒望黄金〔一五〕。敝季子之黑貂，羞言刺股；弹冯骥之长铗，耻欲蒙头〔一六〕。魏徵山前，望白云而肠枯寸寸；仲宣楼上，对红树而泪迸双双〔一七〕。已矣哉，四十无闻；奈之何，百年轻掷。虽万斛不足量愁，即十车未能载恨。

乃惠承锦念，惠我瑶章〔一八〕。庾信清新之句，字字含情；徐陵悱恻之词，言言寄怨〔一九〕。击碎唾壶，烦忧并集；浇空酒盏，感憾交深〔二〇〕。

爰裁尺素以纾情，且托双鲤而广意。开缄把读，无非新旧啼痕；掩袂长思，却是故人心血。知越石中宵起舞，不俟闻鸡；而相如半道题桥，终当乘驷〔二一〕。惟祈努力，跂予望之〔二二〕。

注释

〔一〕笼鸟盆鱼：如鸟之在笼，鱼之在盆，喻所处之地极小。九秋天：指秋天。

〔二〕矧：况且。摇落：凋谢，零落。此处指秋天落叶。

〔三〕津：渡口，渡水的地方。官舍：专门接待来往官员的宾馆、旅舍。连床：并榻或同床而卧，形容情谊笃厚。手谭：即手谈，下围棋。一枰（píng）星落：棋子落满棋盘。枰，棋盘。星，喻棋子。

〔四〕阳关三叠：又称《阳关曲》《渭城曲》，取材于唐代王维《送元二使安西》诗“渭城朝雨浥轻尘，客舍青青柳色新。劝君更尽一杯酒，西出阳关无故人”。在唐代编成琴曲，分为三段，除叠唱原诗外，加入根据诗意衍生的若干词句，在当时广为传唱。诗中“西出阳关无故人”反复吟唱三遍，故称《阳关三叠》。梦中之路：梦中寻友之路。南朝沈约《别范安成》云“梦中不识路，何以慰相思”，李善注引《韩非子》曰：“六国时，张敏与高惠二人为友，每相思不能得见，敏便于梦中往寻，但行至半道，即迷不知路，遂回。如此者三。”云树：详见第六五篇《答沈霱堂》注〔五〕。

〔五〕缄口之三：谨慎不说话。见第四〇篇《答丁品江》注〔七〕。回肠之九：比喻愁苦、悲痛之情郁结于内，辗转不解。语出司马迁《报任少卿书》：“是以肠一日而九回。”

〔六〕对黄花而消瘦：因离别相思而消瘦。语本李清照《醉花阴》：“东篱把酒黄昏后，有暗香盈袖。莫道不消魂，帘卷西风，人比黄花瘦。”黄花，指菊花。览明月以低徊：谓因思念故人而不寐、徘徊。语本古诗《明月何皎皎》：“明月何皎皎，照我罗床帏。忧愁不能寐，揽衣起徘徊。”

〔七〕黄卷：书籍。古人写书用纸，以黄檗汁染之防蠹，故称书为黄卷。受鸾毫于郭璞：从郭璞那儿得到五彩笔，为称赞他人文才之语。用江淹典故。传说江淹梦中被郭璞取走五色笔，后作诗再无佳句。借凤彩于罗含：《晋书·罗含传》载罗含梦见一只文彩异常的鸟飞入口中，后文藻日新。后因以“梦鸟”“梦鸟文藻”喻诗文才思之富。

〔八〕鹏运：如大鹏之奋然高飞。语本《庄子·逍遥游》“鹏之徙于南冥也，水击三千里，抟扶摇而上者九万里”。龙媒：见第五四篇《又答》注〔二二〕。擅绝尘之誉：获得极高的声誉。绝尘，脚不沾尘，形容高妙、超凡脱俗。

〔九〕一篑（kuì）须加：即需要作最后的努力，使事情成功。篑，盛土竹器。

〔一〇〕良马见影而即飞：好马看到鞭影而疾奔，比喻才智高的人不必督促而自努力向前。语本《杂阿含经》“世有四种良马，有良马驾以平乘，顾其鞭影驰驶，善能观察御者形势，迟足左右随御者心，是名比丘世间良马第一之德”。霜鹰下韝（gōu）而辄中：鹞鹰一脱离臂套飞起，必能抓住猎物，比喻赶考必然高中。韝，臂套，用革制成，用以束衣袖。

〔一一〕攀丹桂于月宫，天香染袖：即考中举人之意。见第六五篇《答沈霱堂》注〔八〕。探杏花于上苑，春色沾袍：即考中进士之意。

见第六五篇《答沈霭堂》注〔八〕。

〔一二〕悲秋宋玉：宋玉曾作《九辩》，其中有“悲哉秋之为气也”。陟（zhì）屺（qǐ）之思：思念母亲之情。《诗经·魏风·涉岵》云：“陟彼岵兮，瞻望父兮。”“陟彼屺兮，瞻望母兮。”陟，登上。岵（hù），有草木之山；屺，无草木之山。后因以陟岵、陟屺喻思亲。奋迹陶侃：《晋书·陶侃传》载陶侃担心自己过于安逸，不能任事，于是每天早上搬数百块砖到室外，傍晚再搬回室内。后世以陶侃为勤奋的典型。

〔一三〕学昧蹲鸱（chī）：即连芋艿也不认识，没有学问的意思。芋艿之大者称蹲鸱，言其如蹲着的猫头鹰。疥骆：《北史·刘昼传》载邢子才评刘昼赋作“正似疥骆驼，伏而无妩媚”。疥骆，生疥疮的骆驼。后以“才同疥驼”作为才学浅陋的自谦之词。

〔一四〕豕蹢（dí）之皆白：《诗经·小雅·渐渐之石》云：“有豕白蹢，烝涉波矣。”引起下文对征路艰难的描述。蹢，蹄子。鱼尾之将赪：《诗经·周南·汝坟》云：“鲂鱼赪尾，王室如毁。虽则如毁，父母孔迩。”鲂鱼，又名鳊鱼，一种肥美的细鳞鱼。赪，赤红色。鲂鱼尾本不红，劳累则变红。鲂鱼赪尾，形容役人劳于王事，十分困累。

〔一五〕郭隗陈台，空悲骏骨；燕王旧里，徒望黄金：燕昭王听从郭隗建议，以三百金买了骏马骨殖，后得众贤士，燕国大强。又，相传昭王筑台，置千金于台上，以延天下士。此四句表示作者不得志于当时，不能如郭隗一样，得到昭王的敬重。

〔一六〕敝季子之黑貂，羞言刺股：用苏秦典故，苏秦去秦国推行自己的主张，没有成功，盘缠用尽，连黑貂裘都破败不堪，只好回家，发奋攻读，想睡的时候，就用锥刺自己的大腿。季子是苏秦的字。此句言自己正如苏秦首次游说归来般处在困境，却不能像他那样勤奋刻苦了。弹冯骥之长铗，耻欲蒙头：用冯骥典故。见第二四篇《与王言如》注〔五〕。

〔一七〕“魏徵山前”句：此处“白云”用狄仁杰望远思亲典故，疑作者误记。仲宣楼上：指思乡之情。见第三〇篇《与王吉人》注〔二〕。

〔一八〕锦念：敬称他人对自己挂念、关注。

〔一九〕庾信：见第一三篇《答闻人冠云》注〔三〕。徐陵：字孝穆，以诗文闻名，梁武帝时期，任东宫学士，为当时宫体诗人，与庾信齐名，并称“徐庾”。

〔二〇〕击碎唾壶：见第七篇《答周氾荇》注〔二六〕。浇空酒盏：用阮籍典故。《世说新语·任诞》云阮籍胸中愁苦不平，故以酒浇胸中块垒。作者用“浇空酒盏”写自己心中感慨。

〔二一〕越石中宵起舞，不俟闻鸡：西晋刘琨，字越石，与好友祖逖任司州主簿时，常同被而眠，具有建功之心。二人听闻鸡叫，遂起床练剑，终成一代名将。相如半道题桥，终当乘驷：据说司马相如初离蜀赴长安，曾于成都城北升仙桥题句于桥柱，自述致身通显之志，曰："不乘赤车驷马，不过汝下也！"后以"题桥柱"比喻对功名有所抱负。亦省作"题桥""题柱"。

〔二二〕跂予望之：踮起脚尖远望，此处形容急切盼望。跂，古通"企"，踮起脚尖。

七八、答丁星使

自司署分袂后〔一〕，忽忽二十余年，不特把晤缘稀，即音问亦皆阔绝。沈约"梦中不识路"，今日无梦之可寻，惟于屋梁落月，想见颜色耳〔二〕。尺素颁来，深感故人之意，兼悉佳况之详，不谓足下复作燕赵游。曾忆云雨寺前，坐柳阴而听黄鸟，足下纵酒肆谈，解衣磅礴〔三〕，有不可一世之概，今尚得如当年豪迈否？

弟潦倒风尘，年逾知命〔四〕，往时意气，消磨殆尽，惟剩得几根残骨，依然肮脏人间〔五〕，而一贫如故，不得不随少年子弟，涂粉墨登场。

足下既有山可耕，水可钓，尽可赋《归去来兮》，消受鉴湖春色，何尚稽滞为耶〔六〕？地非剡水，人非子猷，欲谋过访，彼此俱难，更未识此生得再见否〔七〕。

注释

〔一〕分袂：指离别、分别。

〔二〕沈约：字休文，南朝史学家、文学家。在齐梁时期文坛上负有重望，为"永明体"重要诗人。"梦中不识路"是其诗句，谓极度怀念朋友，梦中欲探望却因不识路，无由前往。见第七七篇《答赵青圃》注〔四〕。

屋梁落月：见第一五篇《答姜云标》注〔六〕。

〔三〕解衣磅礴：指神闲意定，不拘形迹。后亦指行为随便，不受拘束。

〔四〕知命：五十岁。典出《论语·为政》："五十而知天命。"后以"知天命""知命"为五十岁的代称。

〔五〕肮脏（kǎng zǎng）：指高亢刚直。

〔六〕《归去来兮》：陶渊明所作辞赋，抒归隐田园之情。作者以此指归隐家园。稽滞：拖延，延误。

〔七〕地非剡水，人非子猷：用王徽之"雪夜访戴"故事。见第一九篇《与周介岩》注〔三〕。

七九、答朱桐轩

一枝甫寄，双鲤遥颁，承奖饰之过情，何记注之独挚〔一〕。回环雒诵，惭感交萦。神交二十余年，芝光乍挹，判袂匆匆，关山阻隔，欲晤无由，转不若希响风徽，结想千载也〔二〕。

伏谂二兄大人，倚马才高，雕龙望重，固可振翮云霄，腾骧王路；何以依红泛绿，久郁壮图〔三〕？末路才人，能勿同声一叹！然而浮云富贵，泡影功名，本无关乎荣辱，读庄周《齐物》之篇，正可作破闷汤也〔四〕。惟高轩游历，足饱风尘，而松雪未荒，青山可稳。潘岳有板舆之奉，谢庭多玉树之荣〔五〕，实天伦之至乐，固不肯以彼易此。况乔木已久借全枝，陈榻非南州不下，主人谊重，国士情深，少陵所云"束缚酬知己"者，又处于无可如何耳〔六〕。

弟才不通方，性难谐俗，生无傲骨，而苦乏媚容，人本清贫，而翻忧浊富〔七〕。一生心血，消磨于簿书钱谷、长笺尺牍之中；半世佣资，耗费于仰事俯畜、雪炭绨袍之际〔八〕。

今则桑榆已迫，蒲柳先衰，尚欲抹粉登场，与少年子弟插科打诨，其事可悲，其情可悯。贫者士之常，以贫始者，固应以贫终。拟迁延两三载，必当挈眷南旋。即寒饿衡门，亦胜飘蓬异地〔九〕。吾兄襟怀高旷，能许以雍之言然否耶〔一〇〕？

省垣虽不乏名流，而素心难得。衙斋独处，兴味萧然，安得与知己促膝，一话生平哉！

雨窗岑寂，伸纸作书，并录俚言，附求郢政〔一一〕。情性所寄，略见一斑，吾兄见其人而略其诗可也。饮蒲节近〔一二〕，吉人之祉，定增康胜〔一三〕。

注释

〔一〕一枝：见第四〇篇《答丁品江》注〔三〕。双鲤：见第一三篇《答闻人冠云》注〔一〕。记注：挂怀，关注。

〔二〕芝光：见第六四篇《答章炎甫》注〔一〕。判袂：分别。希响：心中希望。风徽：风范，美德。

〔三〕倚马才高：见第五八篇《答丁品江》注〔八〕。腾骧王路：在大道上奔驰，意谓前途光明。王路，大路、大道。依红泛绿：指做幕僚。见第三四篇《又答王言如》注〔六〕。

〔四〕庄周《齐物》之篇：庄子有《齐物论》一篇，内容以齐是非、齐彼此、齐物我、齐夭寿为主，正与作者“浮云富贵，泡影功名”思想相同，故可作为破解心中郁闷之汤药。

〔五〕板舆：见第五四篇《又答》注〔一八〕。谢庭多玉树之荣：南朝谢氏多贤俊子孙。见第一五篇《答姜云标》注〔一一〕。

〔六〕陈榻非南州不下：用东汉陈蕃、徐穉典故。见第三九篇《答王兰畦》注〔三〕。束缚酬知己：语出杜甫《遣闷奉呈严公二十韵》诗。杜诗用管仲典故。据清代仇兆鳌注，《说苑》云：“鲍叔奉酒而起曰：‘祝在君无忘其出而在莒也，使管仲无忘其束缚而从鲁也。’”

〔七〕通方：见第一五篇《答姜云标》注〔一二〕。浊富：见第五四篇《又答》注〔二六〕。

〔八〕仰事俯畜：见第二二篇《与家乡戚友》注〔六〕。

〔九〕衡门：见第七篇《答周氾荇》注〔七〕。飘蓬异地：在异乡漂泊。

〔一〇〕雍之言然：意谓同意我的看法。语出《论语·雍也》：“仲弓曰：‘居敬而行简，以临其民，不亦可乎？居简而行简，无乃大简乎？’

子曰：'雍之言然。'"

〔一一〕俚言：不高雅的文章，常用于自谦。郢政：即郢正、斧正，指正、修改之意。典出《庄子·徐无鬼》，其言郢人鼻尖沾上了白土，薄如蝉翼，请名叫石的工匠用斧子削去白土。匠石挥动斧头，疾风一般，削去白土而不伤鼻尖，郢人站立不动，面不改色。后世文人常以斧正、郢政等称请人修改文章，以示谦恭。

〔一二〕饮蒲节：农历五月初五为端阳，民俗于此日须饮菖蒲酒以避邪或驱瘟疫，故又称饮蒲节。

〔一三〕康胜：犹言"安好"，旧时书信中常用作祝词。

八〇、答陈胜园

自送仙舟，神与俱往，仆回，奉华翰，知片帆无恙，安抵保阳，借以稍慰。

晦明风雨，两换春秋。案牍浩繁，深劳擘画〔一〕。而埋头之暇，或商榷时事，或虚写衷怀，无不语出同心，情如一致，可谓得相资之益，极相聚之乐者。

不图高踪遐举，远赋骊歌，愧絷维之未能，徒黯然而伤别〔二〕。弟固知足下之不忍弃余，即足下亦知弟之不忍相离也。而行或使之，止或尼之，此中盖有数所定，而不可强者〔三〕。

惟足下芳名素著，不难到处逢迎〔四〕。而鄙人衰病无能，顿失良朋勖助，且相与诉晨夕者，更何处再得素心〔五〕？岂仅索居无偶、寂寞寡欢而已哉！

沈聚亭闻台驾之行，颇为叹息，欲于中秋后来郡相帮。望其形迹，无烦折简而邀〔六〕；怜我衰颓，肯作一臂之助。是真古道而兼谦德者欤〔七〕，能不令人钦感！

注释

〔一〕擘画：筹划，安排。

〔二〕骊歌：骊驹之歌的简称，即告别之歌。骊驹，逸《诗》篇名。古代告别时所赋的歌词。絷维：语出《诗经·小雅·白驹》："皎皎白驹，食我场苗，絷之维之，以永今朝。"谓绊马足、系马缰，示留客之意，后以"絷维"指挽留人才。此处指挽留友人。黯然而伤别：因为离别而心神沮丧。江淹《别赋》云："黯然销魂者，唯别而已矣！"

〔三〕行或使之，止或尼之：语出《孟子·梁惠王下》："行或使之，止或尼之。行止，非人所能也。"意谓一个人或行或止，一定受某种力量影响，并非是人为的力量所能决定的。

〔四〕逢迎：迎接，招待。此句谓陈胜园素有令名，无论到何处就职都能得到接纳。

〔五〕且相与诉晨夕者，更何处再得素心：意谓与友人分别后，自己再无朝夕相处、心地质朴的朋友了。语本陶渊明《移居二首》："闻多素心人，乐与数晨夕。"

〔六〕折简：谓裁纸写信。

〔七〕古道而兼谦德者：古道热肠又兼具谦德的人。古道，朴实淳厚的德行、作风。一般称颂不趋附流俗，为人诚挚，乐于助人者，如"古道热肠""古道可风"。

八一、与交河明府王达溪

每殷御李，甫慰瞻韩〔一〕。蒙长者独垂青盼，宠爱异常，敬聆快诲，顿开咸邱之胸；更荷隆情，特下陈蕃之榻〔二〕。而且虑其赋闲，广为说项〔三〕，感之至者，不言感矣。

抵保次日，适李年伯遣使探邀〔四〕，因作札辞谢。即或复我，断不再往，鹪鹩虽不择枝，而荆棘丛中，未敢再为寄足，此意惟长者鉴之〔五〕。

注释

〔一〕御李：东汉李膺有贤名，士大夫被他接见的，身价大大提高，被称作登龙门。荀爽去拜访他，并为他驾御车马，回家后对人说："今日乃得御李君矣！"后因以"御李"谓得以亲近贤者，对人极为钦仰之意。瞻韩：见第一四篇《与杨松波》注〔一一〕。

〔二〕青盼：犹青眼，谓重视。咸邱：复姓，此处指孟子学生咸邱蒙。暗含愿为学生师事友人之意。下陈蕃之榻：见第三九篇《答王兰畦》注〔三〕。

〔三〕赋闲：西晋潘岳辞官归家，作《闲居赋》，后以"赋闲"指没有职业，或辞职在家闲居。说项：见第六一篇《与交河明府章峻峰》注〔一〕。

〔四〕年伯：见第四九篇《与昌平州归》注〔三〕。

〔五〕复我：重来召我。典出《论语·雍也》："季氏使闵子骞为费宰，闵子骞曰：'善为我辞焉！如有复我者，则吾必在汶上矣。'"鸲鹆：见第一一篇《与方启明》注〔四〕。

八二、辞宣化太守李年伯

车至汝水，晤丙南谢四兄，出示钧谕，命侄径往上谷，毋庸到保，以省旅费。垂眷愈殷，感铭愈切。冰雪长途，如登仁宇，俾寒酸五内俱春〔一〕。

仲春二日抵保，适盛纪何忠到寓，问出关之期。询悉年伯大人晋福敷猷，潭祺增庆，双旌五马，到处欢腾，慰忭何似〔二〕！

侄赋性迂疏，诸多未谙，蒙长者收置笼中，委以重务，坐春风者七载，縻清俸者三年〔三〕。昨腊辞归，先承订约。今冬甫出，复荷远邀。寒士笔耕将母〔四〕，得贤主人若此，亦终生之幸也。若欲遽萌退志，另择新交，虽至愚极谬，当不出此。

惟侄才不足以惊人，言不足以动听，见善而不知劝，见过而不能规，鹿鹿鱼鱼〔五〕，无关轻重。三年上谷，亦已自愧素餐，若再腼然分禄，则负德疚心，其何能解〔六〕！

且关外水寒，致生脾泻，回来医治，迄未就痊。年未四旬，而精神不振。以年伯之肆应宏通，案牍之外，百函并发，而使庸碌病躯，虱于其间，能不苟简迟误〔七〕？延友者何所取义，得脩者更有何颜！若以主人情重，必勉力疾趋，则食少事繁，断难长久。

上有垂白之亲，下无襁褓之息，以不可即死之身，而必欲殉之，其为报则得矣，其如不孝何？罗昭谏诗云："身不许人因母在。"〔八〕当亦仁人君子之心，所恻然而深谅者也。

淮阴怀一饭之恩，尚思酬报，岂有久侍龙门，备邀垂眷，而竟恝然如弃，同于负心之徒〔九〕？盖其不得已之苦情，有自知之而不能言之者，此实福薄命穷之所致。感慨低徊，寸心如结！

惟祈俯垂清听，宥之格外，速延硕学，克助治烦，从此勋业日新，令闻上播〔一〇〕。侄虽未依德座，而区区欲报之血诚，借他人而稍慰，是则有益于年伯者非浅〔一一〕。

昔人有荐贤自代者〔一二〕，此侄不敢自欺以欺长者之愚忱也〔一三〕。专函布悃，伏冀鉴原〔一四〕。

注释

〔一〕仁宇：谓在仁德覆庇之下。宇，覆庇。本用以赞颂帝王，后也用为一般赞颂之词。五内：心肝脾肾肺，亦称五脏，指内心。

〔二〕年伯：见第四九篇《与昌平州归》注〔三〕。晋福敷猷：晋升之福符合计划，谓如期得到晋升，祝贺之语。潭祺：居家安宁幸福之意，多用于书信语体的祝颂语。潭，代指潭第、潭府，即尊者之家。祺，平安幸福之意。双旌：唐代节度领刺史者出行时的仪仗。后泛指高官之仪仗，借指高官。五马：太守的代称。汉时太守乘坐的车用五匹马驾辕，因借指太守的车驾。

〔三〕迂疏：迂远疏阔。笼中：暗用狄仁杰、元澹典故。《新唐书·元行冲传》记元澹向狄仁杰自荐，表示愿做狄门下的药石，狄仁杰答说："君正吾药笼中物，不可一日无也。"此处"笼中"既有自谦，又有希望有所裨益之意。坐春风：见第一二篇《与孙配琪》注〔四〕。縻（mí）：通“靡”，浪费，消耗。

〔四〕笔耕将母：靠文字工作奉养母亲。见第二一篇《答同学诸友》注〔一〇〕。

〔五〕劝：勉励，努力。规：规劝，匡正。鹿鹿鱼鱼：形容平庸，无作为。

〔六〕素餐：无功受禄，不劳而食。语出《诗经·魏风·伐檀》：“彼君子兮，不素餐兮。”腼（miǎn）然：厚颜貌。负德疚心：承受恩德带来的愧疚之情。负德，承受恩德。疚心，因愧疚而内心不安。

〔七〕肆应：见第五六篇《答沈回言》注〔四〕。宏通：博大通彻，通达事理。百函并发：见第五四篇《又答》注〔一三〕。虱于其间：如虱子寄生其中。苟简：草率而简略。

〔八〕垂白：白发下垂，谓年老。襁褓：背负婴儿用的宽带和包裹婴儿的被子，后亦借指婴幼儿。殉：为某种目的而牺牲生命。罗昭谏：唐罗隐字昭谏，新城（今属浙江杭州）人。有诗名，尤长于咏史，多所讥讽。

〔九〕淮阴怀一饭之恩：见第四八篇《谢陈和章》注〔二〕。龙门：用李膺典故。见第一四篇《与杨松波》注〔八〕。垂眷：俯念，关怀。恝（jiá）然：漠不关心，冷淡的样子。

〔一〇〕宥（yòu）：宽容，原谅。治烦：治理丛杂之事务。烦，烦剧。

〔一一〕血诚：犹赤诚。谓极其真诚的心意。

〔一二〕昔人有荐贤自代者：指鲍叔之荐管仲于齐桓，徐庶之荐诸葛于先主等事。

〔一三〕愚忱：犹言“我的一片诚心”。愚，自谦之辞。忱，诚恳、真诚的心意。

〔一四〕鉴原：体察实情而原谅。

八三、再辞宣化太守李年伯

仲春下旬，拜奉赐函，知前肃寸椷，已邀垂照〔一〕。乃荷年伯大人不加谴责，谬爱愈殷。雒诵回环，感惭交集。

侄以袜线庸才〔二〕，蒙为许可。七载承风，三年分俸，不为不久，岂有熟道不由，而反寻生路乎？

惟侄毫无学问，谏不足以格非，言不足以动听，危而不持，颠而不扶，而顾因菽水无资，靦颜窃食，自为计则得矣，其如负延友之盛德何〔三〕？

来翰云："岂视拙宦不合时宜，遂弃去耶？"又云："岂以为不足与交，防终隙耶〔四〕？"夫不合时宜，侄所欲改而未能者。年伯如果不合时宜，正可庆水乳之融，何肯去此而投人所忌？若不足与交，则七载登龙，依依不舍者为何？矧贫贱之士，得以上交显者，亦深幸际遇之隆矣。此长者之垂爱过深，遂不觉设此疑词，而侄之不敢奉命者，盖在彼而不在此也。尚祈鉴其愚忱，是所深感。

注释

〔一〕寸槭（jiān）：同"寸缄"，书信。垂照：重视，此处指友人已经读过作者之前的书信。

〔二〕袜线：典出孙光宪《北梦琐言》："韩昭……粗有文章，至于琴棋书算射法，悉皆涉猎。……时有朝士李台嘏曰：'韩八座事艺，如拆袜线，无一条长。'"后因谓艺多而无一精者，亦比喻才学短浅。

〔三〕格非：纠正错误。语出《尚书·冏命》："绳愆纠谬，格其非心。"菽水：见第二一篇《答同学诸友》注〔六〕。靦（miǎn）颜窃食：厚着脸皮偷东西吃，此处乃作者自谦无才而强为幕僚之语。延友：延聘幕友。

〔四〕终隙：谓人之交谊，始则友善，终而生隙。

八四、辞宁津明府刘三标

滥竽瀛渤之间〔一〕，即耳仁声仁政，向往固已久矣。而明府因交河公谬为说项〔二〕，乃蒙招致。至馆未旬日，驺从即赴差所〔三〕，频行，以署务谆谆委托，似有不甚放心者。知人则哲〔四〕，自昔为难，无足怪也。

某赋性迂拘，与人落落，生无傲骨，而苦乏媚容；人本清贫，而翻嫌浊富[五]。遇事则宁方无圆，宁拙无巧，宁为众恶而不随私好。此心不肯自负，而尤不忍负人。故不知者以为难亲，而知之者未尝不喜与共事。

即宣郡太守之所以不我遐弃者，亦深信其心之无他，而某之所以不敢复往者，实因谏不行，言不听，未敢素餐也[六]。

顷李太守遣使致书，欲申前约，并有札致记室[七]，嘱为雇车送往。某于上谷，业已辞绝。在明府或肯以一友之故，而取憾于上台，或出于谬爱之殷，而不妨饰覆[八]，均非吾之所得而知，亦非可以勉强。

若鲰生之去留，本无关乎轻重，幸勿以此介意，致费踌躇也[九]。

注释

〔一〕滥竽：见第一五篇《答姜云标》注〔一二〕。瀛渤：瀛，瀛州，即河北河间。渤，指渤海。此处指自己在河北河间做幕僚。

〔二〕说项：见第六一篇《与交河明府章峻峰》注〔一〕。

〔三〕驺从：见第一八篇《答盐山邓春圃明府》注〔五〕。

〔四〕知人则哲：谓能识拔人才是最大的智慧。语出《尚书·皋陶谟》："知人则哲，能官人。"

〔五〕迂拘：迂阔保守，不能顺应潮流，拘守陈规，不知变通。落落：形容孤高，与人难合。浊富：见第五四篇《又答》注〔二六〕。

〔六〕谏不行，言不听：见第七篇《答周氾荇》注〔四〕。素餐：见第四五篇《与沈聚亭》注〔一〇〕。

〔七〕记室：官名。东汉始置，诸王三公及大将军都设有记室令史，掌章表书记文檄等。后代因之，或称记室督、记室参军等，元代废。

〔八〕上台：上司，上官。饰覆：犹言文过饰非，掩盖过错。

〔九〕鲰生：见第三七篇《与景州刘刺史》注〔一〕。踌躇：思量，考虑。

八五、与谢丙南

昨接李年伯札，知复起山东，仍接冀北，而又念及鲰生，谆谆邀致〔一〕。经一番挫折，自当改观。而阅来札，依然旧日规模，其情可感，其幕断不可就，因婉辞却之。旋即补授泉州，又承致书相邀，情词更切。更以仆言婉而讽之，则云鄙性如此，欲改未能。如是则欲其入而闭之也〔二〕，故复辞之。

嗟乎！为贫而幕，犹古之为贫而仕也。抱关击柝之中，岂无一二贤豪者流〔三〕？然读《简兮》之诗，则古之不得志于时者，亦不乏人矣〔四〕。

佣笔生涯，何足动人观听，惟自愧执艺之卑而已。知足下当亦怃然〔五〕。

注释

〔一〕复起：同“起复”，明清时指服父母丧期满后重新复出做官，泛指一般开缺或革职官员重被起用。以书信语气观之，此处为第二种意思。鲰生：见第三七篇《与景州刘刺史》注〔一〕。谆谆：忠谨诚恳的样子。

〔二〕欲其入而闭之：想要让他进入却闭上了门。语本《孟子·万章下》：“欲见贤人而不以其道，犹欲其入而闭之门也。”

〔三〕抱关击柝：见第七篇《答周氾荇》注〔九〕。

〔四〕《简兮》之诗：指《诗经·邶风·简兮》，旧说此诗是讽刺卫君不能任贤授能，使贤者不得其志，故而作者下面说古代不得志者也大有人在。

〔五〕怃然：怅然失意貌。

八六、辞保定太守顾学潮

伯乐过冀北之野，而凡马皆良〔一〕。士经品题，则声价即倍〔二〕。所以知己之感，必思图报，而后于心无憾。

郡伯大人当代鸿儒，千秋金鉴〔三〕，士被容接者，夸耀过于龙门。晚以疏庸，遽蒙青睐，许备药笼，鼎言垂询，华衮同荣〔四〕。草木有心，亦知鼓舞，晚何敢自弃门墙〔五〕？实缘素患脾泄，致气体虚弱。简僻之区，尚可黾勉，繁剧之地，虑不能胜〔六〕。倘刻意求劳，自欺以欺君子，则获愆辜情，何能自赎〔七〕！

况晚素性拘迂〔八〕，惮于逢迎，省垣冠盖如云，非疏懒者所可居，此区区之苦衷，不得不略陈于长者之前。

惟冀云霄俯照，格外曲原〔九〕。而知己之感，铭诸心版，尚当图报于异日。肃函鸣悃，并申谢忱。

注释

〔一〕“伯乐”句：语本韩愈《送温处士赴河阳军序》：“伯乐一过冀北之野，而马群遂空。”意谓伯乐将冀北良马搜选一空。此处谓伯乐为马之知己。

〔二〕“士经品题”句：用李膺典故，见第八一篇《与交河明府王访溪》注〔一〕。

〔三〕鸿儒：博学的人。千秋金鉴：《新唐书·张九龄传》载：“千秋节，公、王并献宝鉴，九龄上‘事鉴’十章，号《千秋金鉴录》，以伸讽喻。”后以“金鉴”指对人进行讽喻的文章和书籍。此处作者以“金鉴”赞扬顾学潮之明察，称其善于识人、荐人。

〔四〕许备药笼：用狄仁杰、元澹典故，见第八二篇《辞宣化太守李年伯》注〔三〕。鼎言：有分量的言论，常用于请人说话帮助的敬词。垂询：旧称上对下有所询问。华衮：古代王公贵族的礼服，常用以表示极高的荣宠。

〔五〕门墙：师长之门。

〔六〕简僻：此处指偏僻事少。黾（mǐn）勉：勉励，尽力。繁剧：谓事务繁重之极。

〔七〕获愆辜情：因辜负情谊而获罪。自赎：自己弥补罪过，自己赎罪。

〔八〕拘迂：拘执而迂腐，同“迂拘”。

〔九〕云霄：比喻很高的地位，此指顾学潮太守。曲原：曲加原谅。

八七、与孙星木

于正定大寺，而见佛之大；于正定县署，而见官之大。始知宇宙奇观，非吾辈不能遍阅也。

独是佛之大，丈六金身，若藐焉一躬，长不满六尺，官不过百里，何庞然若此？孔子曰：“宁武子，其愚不可及也。”〔一〕殆仰承先德，变本而加厉者乎〔二〕？接见后，即思告退，因吾兄嘱令代庖〔三〕，不得不候吾兄之来。闻台驾已到省，幸惠然速临，毋使弟仰之弥高〔四〕，喟然长叹也。

注释

〔一〕宁武子，其愚不可及也：语出《论语·公冶长》“宁武子，邦有道，则知；邦无道，则愚。其知可及也，其愚不可及也”。宁武子，名俞，谥号为“武”，春秋时期卫国大夫。

〔二〕变本而加厉：原意是在本来的基础上更加发展。后多形容情况比原来更加严重。

〔三〕代庖：代替厨师做饭，比喻替别人办事、越权包办。典出《庄子·逍遥游》：“庖人虽不治庖，尸祝不越樽俎而代之矣。”

〔四〕仰之弥高：愈仰望愈觉得其崇高，表示极其敬仰之意。语出《论语·子罕》：“仰之弥高，钻之弥坚，瞻之在前，忽焉在后。”作者乃用此典字面意思，表示盼望见面，劝友人不要让自己越盼越远。

八八、答蔚州宁刺史

佣笔生涯，本以得馆为幸。乃奉大夫之招，而以疾辞，盖亦取瑟而歌之意〔一〕。不意大夫不察，复以今日之辞为是，则前日之就为非；以前日之就为是，则今日之辞为非。殷殷致责，是大夫尚未知辞与就皆是也。

恒山之就，乃为星木兄代庖，非明府之延致也。蔚州之辞，乃大夫谬爱，非不才所敢奉令承教也〔二〕。

虽今日之大夫，即明日之明府，既可伏庖于前，何不可应聘于后？不知未到恒山，曾怀愿识荆州之慕；既到恒山，仰见明府巍巍气象，有五岳不足喻其高，九州不足喻其广者，迂拙鲰生，非龙蟠凤逸之士，何敢谬立于君侯之门〔三〕？而迁延数阅月者，以此馆为星木之馆，当奉完璧以归赵耳〔四〕。

今大夫德愈高，位愈峻，指听而气使者更不乏人〔五〕。碌碌庸人，断不能供奔走之役，故不得不以疾辞。

贫士之处世也，进以礼，退以义，非苟焉而已也。因奉大夫之责，不敢不略举以对，惟大夫察之。

注释

〔一〕取瑟而歌：语出《论语·阳货》：“孺悲欲见孔子，孔子辞以疾。将命者出户。取瑟而歌，使之闻之。”孔子以疾病为借口辞却孺悲见面的请求，却又鼓瑟唱歌，使其知道自己并未生病，意在使其在碰壁后反省自己的所作所为。作者在信中言其前次推辞亦是此意。

〔二〕奉令承教：遵从命令，承受教诲。此处指继续在蔚州任职。

〔三〕怀愿识荆州之慕：见第一四篇《与杨松波》注〔一一〕。鲰生：

见第三七篇《与景州刘刺史》注〔一〕。龙蟠凤逸：见第六一篇《与交河明府章峻峰》注〔二〕。

〔四〕奉完璧以归赵：指蔺相如完璧归赵故事。

〔五〕指听而气使者：受命于人，听从别人指令的人。

八九、答刘刺史

奉展赐函，三复三叹〔一〕。老先生情真谊挚，乃一至于斯耶！钱刑本有分管，特令尃总理其成，脩脯较此加丰，卸篆后仍许授餐，忠信重禄，所以待士者至矣〔二〕。某非有胸而无心者，敢不仰副雅意〔三〕？惟是馆蠡载余，居停情文备至，水乳交融，若遽尔告辞，不特难以启齿，并觉无以问心〔四〕。且当时以闲居难赋，急订新云；若今因东阁仍开，重寻旧雨，则揆之去就之义，恐贻凉薄之讥〔五〕。

“还君明珠双泪垂，恨不相逢未嫁时。”〔六〕此某今日之情景也。尚祈爱我者鉴而原之，铭泐亦无涯矣。

注释

〔一〕三复三叹：多次感叹。三复，反复多次之意。三叹，多次感叹，形容慨叹之深。

〔二〕脩脯：干肉，指薪俸。卸篆：卸印，谓辞去官职。

〔三〕仰副雅意：遵从您的意见。仰副，敬辞，遵从之意。雅意，旧时敬辞，用于指对方的情意，对方的意见。

〔四〕馆蠡：在蠡吾县坐馆任职。居停：见第一四篇《与杨松波》注〔二〕。水乳交融：像水和乳汁那样融合在一起，比喻关系非常融洽或彼此结合得十分紧密。遽尔：骤然，突然。无以问心：不能问心无愧。

〔五〕闲居：潘岳曾作《闲居赋》，后常用此典指归隐。此处“闲居难赋”谓难以辞官归隐。新云：见第五八篇《答丁品江》注〔九〕。东阁：

古代称宰相招致、款待宾客的地方。《汉书·公孙弘传》谓弘至宰相封侯，“于是起客馆，开东阁以延贤人，与参谋议”。后因以“东阁”称招贤之地。旧雨：见第五八篇《答丁品江》注〔九〕。

〔六〕还君明珠双泪垂，恨不相逢未嫁时：张籍《节妇吟寄东平李司空师道》诗中句子。作者引此委婉表达了自己不能前往入幕之意。

九〇、与蠡县沈慕堂明府

某学不通古，性不宜今，承老先生鉴识于时趋之外〔一〕，出肺腑以相示，求之于世，讵可易得？此昌黎公所谓知己重感恩也。

女为悦己者容，士为知己者用〔二〕。鲍子既已知我，而犹靳其情而不与，此真谓之有胸而无心〔三〕。

蠡县两载有余，未尝不殚精竭力，以期无愆于己者，无负于人，而才因事困，不能自谓无过。

荣调匡城，地僻事简，正可从容勷助〔四〕，以补不逮。即老先生援我之心，亦未尝不欲从容就理者，俾得稍弛其力也〔五〕。

况佣值生涯，三月无君则吊〔六〕。以不合时宜之人，处捷足先登之世，则下乔木而入幽谷者明矣。

即或嗜痂有癖，采葑不遗〔七〕，而弃旧图新，能无抱疚？固宜长依莲幕，无烦致词，只以归谋诸妇，均以千里迢遥，往返不易，加以糟糠之妻，病不下床，惟恐远离即同永诀〔八〕。

窃念山荆薄命，辛苦相从，痼疾已深，危如朝露〔九〕。既无应门三尺之童，亦鲜任事葭莩之戚〔一〇〕，一有不虞，仓皇莫措，非惟情有不忍，亦且事实难行。

夫儿女情长，朋友谊短，达人不耻，壮士不为，而境与愿违，心因累阻，致乖初念，有负盛怀。

在老先生体物恤情，必能谅其事之不获已。而知己隆宠之情，感于衷而思所以报，实不能自解于凉薄之讥。

所愿老先生一岁三迁，移节近省〔一一〕，则前缘未断，旧雨重逢，图报之诚，正自有日耳。

惟是浪游燕赵将二十年，我不乞怜于人，而人亦无怜之者，坐是落拓依然〔一二〕，食贫如故。既得贤主人，而又处得为之地，乃复不能甘苦相依，稍苏涸鲋〔一三〕，何命途之穷，至于此极！此某于负心负德之外，低徊郁结而不能自释者也。一函布悃，笔不逮言，言不尽意。

注释

〔一〕时趋：犹时尚、时俗。

〔二〕女为悦己者容，士为知己者用：谓女人只为那些喜欢她的男人梳妆打扮，有识之士愿意为赏识自己的人所用。语本《战国策·赵策一》："士为知己者死，女为悦己者容。"

〔三〕鲍子：鲍叔牙。见第三四篇《又答王言如》注〔一〕。此处以之代指沈慕堂。

〔四〕勷助：帮助，辅助。勷，古同"襄"。

〔五〕俾（bǐ）得：使得。稍弛其力：稍稍放松。

〔六〕三月无君则吊：三个月不侍奉君主，朋友们就要登门慰问。语出《孟子·滕文公下》："古之人，三月无君则吊。"无君，谓不得为官以事君主。

〔七〕嗜痂有癖：见第七篇《答周汜荇》注〔一八〕。采葑：见第六四篇《答章炎甫》注〔一〇〕。

〔八〕莲幕：见第一三篇《答闻人冠云》注〔四〕。糟糠之妻：典出《后汉书·宋弘传》，谓贫贱之时共食糟糠的妻子，后即以"糟糠"为妻的代称。

〔九〕山荆：对人谦称自己的妻子。痼疾：积久难以治愈的病。危如朝露：像朝露一样危险，因朝露见太阳即蒸发，转瞬即逝。

〔一〇〕葭莩：见第四三篇《答陶愚亭亲家》注〔一〕。

〔一一〕移节：旧称大吏转任或改变驻地。节，符节。

〔一二〕落拓：贫困失意，冷落，寂寞。

〔一三〕涸鲋：涸辙之鲋，干涸的车辙中的鱼，比喻在困境中急待援救的人。典出《庄子·外物》："周昨来，有中道而呼者，周顾视车辙中，有鲋鱼焉。"

九一、答景州刘刺史

奉翰教，以沈公既调长垣，即当以广川为延津之合〔一〕。念旧情殷，久而弥挚。某几番订约，岂敢有隔初心？

惟此中则又有甚难者。陈赞兄系萼至好，其赴莲幕也，又以某为之介，贤嘉契合，又极水乳之融〔二〕。今欲延旧友而去新交，在老先生近于不情；荐于前而夺于后，在某更属不义。非特某之不肯出此，即老先生亦何必出此也。尚祈鉴之。

注释

〔一〕延津之合：见第五篇《与刘刺史》注〔五〕。

〔二〕莲幕：见第一三篇《答闻人冠云》注〔四〕。贤嘉：见第六篇《答孙位三》注〔三〕。水乳之融：见第八九篇《答刘刺史》注〔四〕。

九二、答秦载光

再奉华翰，雒诵回环，使弟无以自安。弟与足下总角论交，他乡重聚，情深谊笃，金石同坚〔一〕。

今足下久客思归，命弟谬承其乏，而有拂雅怀，交友之谓何〔二〕？无怪乎刘孝标激于中而愤然著论也〔三〕。

而弟不敢应召之苦衷，前函仅言其概，兹奉谆责〔四〕，不得不为知己备陈之。

弟与刘刺史宾主十年，离而复合，其情实有可感者。今当灾赈吃紧之时，断难遽易生手，若竟恝然他往[五]，问心实无以自安。

天地一情之所结，即如足下归思甚浓，必思择人而代，然后登程，其不忍遽尔言别者，亦情之所感者深也。

且弟命途坎坷，百不如人。糟糠之妻，不能下床者三载；子则生而死，死则竟不复生。奉倩心忧，惟恐鼓庄周之缶；商瞿望切，亦思书李相之獐[六]。是以隔月须归，归必旬日。遂使鲍昭之车，常来常往；陈蕃之榻，时下时悬[七]。居停因系夙好[八]，故能鉴其苦衷。

三津繁剧之地，观察亦肆应宏才[九]。既入笼中[一〇]，即应随时听用。适子之馆，而阒无人焉，下交者何所取义乎[一一]？

夫依人成事，孰不愿附青云而名益显[一二]？况观察原属旧交，其所以引掖而提携者[一三]，较他人为尤切。今自愿弃大匠之门，岂人之情也哉？无如福浅缘薄，境与愿违，翘首龙门，未能厕足[一四]，此实处于无可如何耳。

足下思归既切，则燕赵不乏高才，举所知而罗致之，不俟旬日，而张翰扁舟，犹及莼羹鲈脍[一五]，幸勿以不肖为念，转至愁闷填胸，以致故人之罪。三十年至好，实不敢稍有饰词，惟足下鉴而原之也。

中秋节近，想见南楼雅集[一六]，宾客俱仙，酒赋琴歌，定饶逸兴。弟因灾务正忙，未能旋省，诵少陵“双照泪痕干”之句[一七]，不禁凄然。

注释

〔一〕总角：见第一五篇《答姜云标》注〔二〕。金石同坚：像金属和石头那样坚硬，形容极为坚硬或强固。

〔二〕谬承其乏：暂任某职的谦辞。承乏，承继空缺的职位。后多用作任官的谦词。拂：违背，不顺应。雅怀：高雅的情怀，风雅的襟怀。此处指内心志意。

〔三〕刘孝标激于中而愤然著论：见第五四篇《又答》注〔三七〕。

〔四〕谆责：诚恳的批评。谆，恳切、诚恳。

〔五〕恝然：见第八二篇《辞宣化太守李年伯》注〔九〕。

〔六〕糟糠之妻：见第九〇篇《与蠡县沈慕堂明府》注〔八〕。奉倩心忧：见第三八篇《答李霭堂》注〔七〕。鼓庄周之缶：典出《庄子·至乐》："庄子妻死，惠子吊之，庄子则方箕踞，鼓盆而歌。"盆即瓦缶。后因称妻死为鼓盆之戚。缶（fǒu），古代一种大肚子小口儿的盛酒瓦器。商瞿望切：像商瞿那样急切渴望（有个儿子）。商瞿字子木，随孔子学《易》，年四十而无子。李相之獐：指生儿子。古时生儿称"弄璋"，唐朝宰相李林甫贺其舅子得子，贺信中将"弄璋"错为"弄獐"。

〔七〕鲍昭：即鲍照，曾任参军。当时参军相当于清朝的师爷，后人故以鲍照为师爷的代称。陈蕃之榻：见第三九篇《答王兰畦》注〔三〕。

〔八〕居停：见第一四篇《与杨松波》注〔二〕。夙好：旧交，老友。

〔九〕三津：即天津。肆应：见第五六篇《答沈回言》注〔四〕。

〔一〇〕笼中：见第八二篇《辞宣化太守李年伯》注〔三〕。

〔一一〕下交：地位高的人与地位低的人交往，与不如己者为友。

〔一二〕青云：见第六四篇《答章炎甫》注〔六〕。

〔一三〕引掖：引导扶持。提携：提拔。

〔一四〕厕足：置足，参与，进入某领域。

〔一五〕张翰扁舟，犹及莼羹鲈脍：见第五八篇《答丁品江》注〔三〕。

〔一六〕南楼雅集：用庾亮典故。《世说新语·容止》记庾亮在武昌时，秋夜与属下殷浩、王胡之等登南楼理咏。南楼，在湖北鄂城南。

〔一七〕双照泪痕干：杜甫《月夜》诗中句子。作者以此代指回家团聚。

九三、与胡坤如

春正奉袂，极承挚爱殷拳〔一〕；风送浮萍，又作天涯之别。眷怀道范，弥切神驰〔二〕。

比谂某兄大人春祺畅遂，福履冲和〔三〕。制府礼贤国士〔四〕，此夫子温良恭俭之所致。而泛绿依红，不移莲幄，是则令人羡慕者〔五〕。

闻贺端翁辞馆后，有谬及鲰生之说〔六〕。虽事所必无，而未宠先惊，不得不预陈衷曲，仰冀清听。

弟识浅才疏，不学无术，本不敢出而应世，只以饥来驱人，不得不浪游燕赵，溷迹吹竽〔七〕。川泽之鱼，只知污潦之广〔八〕，若与之泛沧海，涉洪涛，鲜不望洋而返。况三十余年，奔走风尘，备尝辛苦，今年甫望六，精力已衰，委靡不振，非仅齿豁头童，目昏耳闭。强弩之末，鲁缟难穿；骐骥之衰，后于驽马〔九〕。长垣政务尚简，居停又系素交，可以偷安；而秉性迂疏，不谙世故，颓唐傲慢，有阮嗣宗之七不堪、二不可之病〔一〇〕。若妄侧王公大人之前，必致动辄得咎〔一一〕。

惟佣值生涯，未有不愿附青云以显名者。李太白之欲识荆州，杜少陵之欣依严武，此皆龙蟠凤逸之士也〔一二〕。

宫保大人理学经纶，文章勋业，当代第一名臣，龙门峻望，中外欲瞻〔一三〕。草野庸愚，俾得虱于其间〔一四〕，奉命而承教，其为遭际之隆，有不可以言喻，岂肯灭迹销声，甘于自弃？而不才才疏福薄，多病命穷，不特自揣甚明，即吾兄亦所深知。若刻意求荣，非惟自取其辱，窃恐有伤藻鉴〔一五〕。

往年陆方伯强邀入幕，不期月而辞者，盖其性之所成，有非韦弦所能改〔一六〕。不慎于始，必悔于终，此弟之所以鳃鳃过虑〔一七〕。惟知我爱我者，先赐垂鉴焉。

注释

〔一〕奉袂：犹言见面。殷拳：诚恳。殷，深厚、恳切。拳，“拳拳”之省称，诚恳、深切的样子。

〔二〕眷怀：怀念。道范：敬称他人的容颜、风范。

〔三〕福履：犹福禄。冲和：淡泊平和。

〔四〕制府：明清两代的总督尊称为“制府”。

〔五〕泛绿依红：见第三四篇《又答王言如》注〔六〕。莲幄：即莲幕。见第一三篇《答闻人冠云》注〔四〕。

〔六〕鲰生：见第三七篇《与景州刘刺史》注〔一〕。

〔七〕溷迹吹竽：见第五三篇《答许葭村》注〔九〕。

〔八〕污潦：积水坑，小水洼。潦，路上的流水、积水。

〔九〕望六：年将六十。齿豁头童：见第六九篇《答姜云标》注〔二〕。强弩之末，鲁缟难穿；骐骥之衰，后于驽马：见第三八篇《答李霭堂》注〔六〕。

〔一〇〕迂疏：迂远疏阔，不切实际。颓唐：萎靡不振的样子。阮嗣宗之七不堪、二不可之病：应为“嵇康之七不堪、二不可之病”，典出嵇康《与山巨源绝交书》。嵇康此信中有“必不堪者七，甚不可者二”之语。后来诗文中将“七不堪”“二不可”作为疏懒或才能不称的典故。作者以此自谦。

〔一一〕侧：侧立，站于其旁。此处指在王公大人身边任职。动辄得咎：一有举动就常常得罪或受到责备。咎，罪过、过失。

〔一二〕李太白之欲识荆州：见第一四篇《与杨松波》注〔一一〕。杜少陵之欣依严武：杜甫迁居蜀地后，尝依附于严武，赖其长期接济。龙蟠凤逸：见第六一篇《与交河明府章峻峰》注〔二〕。

〔一三〕宫保：太子太保、少保的通称。明代习惯上尊称太子太保为宫保，清代则用以称太子少保。龙门峻望：见第一四篇《与杨松波》注〔八〕。

〔一四〕虱于其间：见第八二篇《辞宣化太守李年伯》注〔七〕。

〔一五〕藻鉴：品藻和鉴别（人才），引申为担任品评鉴别人才的职务。

〔一六〕非韦弦所能改：不是佩戴韦弦就能改的。《韩非子·观行》：“西门豹之性急，故佩韦以自缓；董安于之心缓，故佩弦以自急。”二人各以韦、弦提醒自己改善不足之处。后因以“韦弦”比喻外界的启迪和教益，用以警戒、规劝。韦，经去毛加工制成的牛皮，柔而韧。弦，弓弦。

〔一七〕葸（xǐ）葸：恐惧貌。

九四、答　友

载奉华翰，以仆前函为饰词，所以责之者，几无容身之地。仆何敢以言再剖，益增足下之怒。然仆竟默尔不言，恐足下之怒益甚，非所以全友谊也。

仆在直几三十年矣，鹤料所入，诚有如来谕之数，然而一贫如故，十口难归〔一〕。如果平日华美彰身，肥甘适口，高门大厦，骏马轻裘，或纵酒，或呼卢，或昵童，或挟妓，此皆自处于穷，夫复何憾〔二〕！而一身迂谨，俭约自守，羊裘蔽体，徒步当车，不饮酒，不杀牲，征歌选舞之场〔三〕，富室贵游之地，足迹不一至也。此足下之所目见而耳闻之者。

惟伦理中应尽之事，不肯稍遗余力。即交际一端，虽不能添锦上之花，亦未尝不送雪中之炭。计一年佣值之资，仅敷南北交游之地〔四〕，坐是金尽床头，依然四壁耳。

倘使年近五旬，则失之东隅者，犹收之桑榆〔五〕。今则花甲将周，夕阳西下，日暮穷途矣〔六〕。且一生艰苦备尝，心血耗尽，每当金风初起，百病俱生，竟以此身为防秋，溘至之命，危同朝露〔七〕。

么豚暮鹨，乳臭未干，倘二竖相侵，一枝失寄，家无一亩之田，室有十口之累，我不乞怜于人，而人亦无怜之者，则流离琐尾之状，有目不忍睹，而口不忍言，是向后光阴，步步皆成绝境矣〔八〕。

挈眷侨寓〔九〕，情非得已。年年寒食，拜墓无人；岁岁烝尝，守祠有梦〔一〇〕。向遥天而洒泪，徒负疚于寸心。手足五人，死者三矣，生者惟一妹，饥寒未免，赡养未能；犬子应就外傅，不能延师课读〔一一〕。

夫亲死不能祭，人子之大恫也〔一二〕。有妹不能养，有子不能教，父兄之至憾也。而忍心出此，我心岂无平旦之气哉〔一三〕？贫实为之，又谓之何哉？

朋友有通财之义，仆与足下非无所通也。同此笔耕糊口，岂能独有赢余？即或彼善于此，亦不过鼠尾之脓，车辙之水，既补疮而挖肉，一之已甚，况源源相继耶〔一四〕？

非不知作孽钱财，到处同归于尽，即硁硁自守〔一五〕，亦属易穷。而涓涓细流，借以自润于一时，虽为己之鄙谋，亦人心所同然也。

因足下怒而责我，不得不略陈梗概，以释足下之疑，并欲使后之览者，知不肖之落落他乡，非尽人谋之不臧〔一六〕，实相逼而成，出于无可如何耳。

古人云："少壮不努力，老大徒悲伤。"不知壮时欲努力而不能，此才与命穷，虽悔难追也。

注释

〔一〕直：直隶，即今河北。鹤料：见第七篇《答周氾荇》注〔一八〕。

〔二〕呼卢：古代一种赌博游戏。共有五子，五子全黑的叫"卢"，得头彩。掷子时，高声喊叫，希望得全黑，所以叫"呼卢"。昵童：狎昵娈童。昵，亲近。

〔三〕征歌选舞：征集伶伎，选其善者，使之歌舞。

〔四〕敷：足够。

〔五〕失之东隅者，犹收之桑榆：见第三八篇《答李霭堂》注〔九〕。

〔六〕花甲：即一甲子。由天干、地支组合，每一干支代表一年，六十年为一循环。因干支名号错综参互，故称花甲子。后称年满六十为花甲。

〔七〕金风：秋风。古人以西方为秋而主金，故秋风曰金风。防秋：古代西北各游牧部落，往往趁秋高马肥时南侵。届时边军特加警卫，调兵防守，称为"防秋"。此处借指以多病之身而在靠近边疆处任职。溘(kè)至：本谓人生苦短，如朝露般易逝。后以"溘至"指死期来临。

〔八〕么豚暮鹨：见第六八篇《答陈韫玉》注〔九〕。乳臭未干：身上的奶腥味还没有退尽，意谓人年幼无知。二竖：语出《左传·成公十年》："公梦疾为二竖子，曰：'彼良医也，惧伤我，焉逃之？'其一曰：'居肓之上，膏之下，若我何？'医至，曰：'疾不可为也，在肓之上，膏之下，攻之不可，达之不及，药不至焉，不可为也。'"后用以称病魔。一枝失寄：失去寄身栖息的一枝树杈，谓失去生活的依靠。流离琐尾：语出《诗经·邶风·旄丘》："琐兮尾兮，流离之子。"毛传云："琐尾，少好之貌；流离，鸟也。少好长丑。始而愉乐，终以微弱。"后以"流离琐尾"比喻处境由顺利转为艰难。

〔九〕挈（qiè）眷侨寓：带领家眷，侨居他乡。挈，带领。

〔一〇〕忝尝：见第一五篇《答姜云标》注〔一三〕。

〔一一〕外傅：见第五一篇《谢陈友锜》注〔六〕。课读：谓进行教学活动，传授知识。

〔一二〕恫：同"痛"，哀痛，痛苦。

〔一三〕平旦之气：在天刚亮时接触到的清明之气。语出《孟子·告子上》："其日夜之所息，平旦之气，其好恶与人相近也者几希。"意谓他在日夜里潜滋暗长的向善之心，在天刚亮时接触到清明之气，使他的好恶之心同一般人没什么区别。此处借指善心、良心。平旦，清晨。

〔一四〕鼠尾之脓：老鼠尾巴上的脓，比喻少。补疮而挖肉：挖肉补疮，本指只顾眼前，用有害的方法来救急。此处意思偏于"拆东墙补西墙"。

〔一五〕硁硁自守：见第五四篇《又答》注〔三八〕。

〔一六〕不臧：不善，不良。《诗经·邶风·雄雉》："不忮不求，何用不臧。"

九五、与天津太守杨兰如

吹竽燕赵，三十年于兹，所至皆以十稔为期，鲜有半途而止者〔一〕。今春仰荷明公鉴赏于风尘之外〔二〕，许可于流俗之中，委托既专，情谊弥挚。而玉壶冰洁，夙夜在公，更为近时宦途所罕见〔三〕。贫士何修，又逢贤主，从此长依德座，勉赞鸿猷〔四〕，实依人者之深幸矣。

惟津门为繁剧之区，闻幕中向以两友分办，而尚多丛脞[五]。某无过人之才，何能一手经理？所以不敢遽言退者，因知己之感激于中，思竭心力以图报也。乃一岁以来，顿形劳惫，年届花甲，精力日衰，若可强勉鞠躬，必致尽瘁而后已[六]。惟祈另访高明，克襄治剧[七]。言虽近于无情，势实出于境迫。

惟是既获登龙，又因涸鲋，碎琴市上，复从何处觅来知音[八]？则某之福缘浅薄，身与心违，不禁低徊自惜也。惟日祝老先生岁懋三迁，开府畿辅[九]。倘荷垂爱旧交，仍许滥竽门下，则耿耿未报之私，尚冀再效于他日。

理应在署面陈，知深于情者，必不恝然遐弃，转致难以为情，是以归倩毛生，代伸忱悃[一〇]。恳祈鉴其苦衷，怜其衰退，不加谴责，则感激之情，永矢弗谖矣[一一]。

注释

〔一〕吹竽：见第一五篇《答姜云标》注〔一二〕。十稔：见第四五篇《与沈聚亭》注〔七〕。

〔二〕风尘：尘事，平庸的世俗之事。

〔三〕玉壶冰洁：语本唐代王昌龄《芙蓉楼送辛渐》“洛阳亲友如相问，一片冰心在玉壶”之句，言自己有冰清玉洁的节操。夙夜在公：从早到晚，勤于公务。语出《诗经·召南·采蘩》：“被之僮僮，夙夜在公。”

〔四〕鸿猷：鸿业，大业。

〔五〕两友：两位幕友。丛脞（cuǒ）：琐碎，杂乱。

〔六〕强勉鞠躬，必致尽瘁而后已：语本诸葛亮《后出师表》：“臣鞠躬尽瘁，死而后已。”谓恭敬谨慎，竭尽心力，至死方休。

〔七〕治剧：处理繁重难办的事务。

〔八〕登龙：登龙门。见第一四篇《与杨松波》注〔八〕。涸鲋：涸辙之鲋。见第九〇篇《与蠡县沈慕堂明府》注〔一三〕。碎琴：破碎的琴。用陈子昂典故。陈子昂居京师，不为人知。他用千缗买了一把胡琴，设宴于宣阳里，邀人听他弹奏。等众人到齐，他说：“余有文百轴，不为人知。此乐，贱工之役，岂余留心哉！”以文遍赠来者。一日之内，名满都中。作者自谦为不堪用之才。

〔九〕懋：美，高兴。开府：古代指高级官员（如三公、大将军、将军等）成立府署，选置僚属。此处指任高官。畿辅：国都所在的地方，泛指京城附近的地区。此处指河北。

〔一〇〕恝然遐弃：漠然远弃，此指淡漠地辞职远去。倩：请，央求。毛生：即毛笔，韩愈有《毛颖传》，拟毛笔为人而立传。

〔一一〕永矢弗谖：决心永远牢记着。语出《诗经·卫风·考槃》：“独寐寤言，永矢弗谖。”矢，誓。谖，忘记。

九六、辞 寿

仆之旋省，为避生日，非为做生日也。承诸公欲寿我，仆何敢辞？夫所谓寿者，必其人有德可述，位可尊，始寿可做。如仆之鄙且贫者，何寿之有哉？

《淮南子》云：“人老成精。”候仆成精作怪时，诸公为仆挂一《钟馗捉鬼图》〔一〕，摆几席寿酒，听仆说几句鬼话，何如？

注释

〔一〕钟馗（kuí）：中国民间传说中能打鬼驱除邪祟的神，旧时民间常挂钟馗的像。

九七、答秦载光

至好心交，原不必于笔札间课疏密，而数年未见，则彼此顺逆悲欢，以及游历之所至，不得不借笔札以传之。若又雁杳鱼沉〔一〕，更何处觅相思之路？

来翰云：交情难尽，尺素易穷，几为多事矣。即如足下数年往返宁城，停骖上谷，近复移砚清河，兼理柏署，因贤多劳、因劳致疾之况，若非拙札先之，恐此时有金玉尔音，行藏莫悉，空系相思也〔二〕。

矧弟与足下总角相违，边关重合，深情挚谊，岂与悠悠泛泛者比哉〔三〕！

暑退凉生，起居定多佳胜，令郎世兄，日聆庭训〔四〕，成就必卓有可观。莲幕得乔梓之乐〔五〕，甚可羡也。

弟再游燕赵，税驾临津，旅思乡愁，郁结万缕〔六〕。偶吟一律，有"窀穸未安魂梦痛，萱堂多病别离愁。百年嗣续悬孤客，一代书香诱后生"之句，其情绪概可想见〔七〕。

天生吾辈，既不智之，又不愚之，乃予之以不愚不智之身，而困之于不死不生之地，不禁击碎唾壶，作王郎拔剑歌也〔八〕。相隔匪遥，相逢匪易，何时重剪西窗烛，一话边关弹铗风〔九〕？思之黯然。专此邮寄，不尽欲言。

注释

〔一〕雁杳鱼沉：即不通音信之意。

〔二〕移砚：迁移办事之地。砚，指代笔墨之事、公务。柏署：御史官署的别称。汉代御史府中列植柏树，常有野鸟数千栖其上。后因以"柏台"称御史台。清代亦称按察使（臬台）为柏台。金玉尔音：将你的音讯视同金玉般珍贵，谓书信来往少。语出《诗经·小雅·白驹》："毋金玉尔音，而有遐心。"行藏：见第一五篇《答姜云标》注〔五〕。

〔三〕总角：见第一五篇《答姜云标》注〔二〕。悠悠：眇邈无期貌。泛泛：浮而不实者。

〔四〕庭训：父亲的教诲。典出《论语·季氏》。孔子尝独立在庭，其子伯鱼趋而过之，孔子教以学《诗》《礼》。后因称父教为庭训。

〔五〕莲幕：见第一三篇《答闻人冠云》注〔四〕。乔梓之乐：父子朝夕相处之乐。《尚书·大传》记商子语曰"乔者，父道也""梓者，子道也"，后因以"乔梓"比喻父子。

〔六〕税驾：解驾停车，代指休息、归宿。此处指任职。郁结：积聚，不舒畅。

〔七〕窀穸：见第三六篇《与孙星木》注〔四〕。萱堂：《诗经·卫风·伯兮》："焉得谖草，言树之背。"谓北堂树萱，可以令人忘忧。古制，北堂为主妇之居室。后因以"萱堂"指母亲的居室，并借以指母亲。嗣续：后裔。悬：悬念。孤客：犹言旅居在外之人。

〔八〕击碎唾壶：见第七篇《答周氾荇》注〔二六〕。王郎拔剑歌：杜甫《短歌行赠王郎司直》中首句为"王郎酒酣拔剑斫地歌莫哀"。王郎郁郁不得志，酒后拔剑起舞，歌声悲怆。

〔九〕剪西窗烛：见第一七篇《与童齐安》注〔五〕。弹铗：见第二四篇《与王言如》注〔五〕。

九八、与丁品江

秋初数行奉答，谅登记室。两月来，彼此雁杳鱼沉，想见百函并发，无暇分毫〔一〕。弟亦双管将枯，懒于染翰〔二〕。

然寸心千古，默契精微，对月临风，形诸想像，知足下亦同此情也。

莲幕在万山之中，山川人物，正堪吾辈流连〔三〕。未识古锦囊中，贮得多少呕心之句〔四〕？何时惠寄，发我尘蒙〔五〕。

弟况如常。舍侄甘林从瀛郡旋省〔六〕，又赋闲居，凄然欲绝。聊凭尺素，以当晤谈。

注释

〔一〕雁杳鱼沉：见第九七篇《答秦载光》注〔一〕。百函并发：见第五四篇《又答》注〔一三〕。分毫：分出笔力、时间（写信）。毫，毛笔。

〔二〕双管：指笔。用唐代张璪典故。宋郭若虚《图画见闻志》记，张璪善画松树，能手握双管，一管画生枝，一管画枯干。后有成语"双管齐下"。染翰：言以笔蘸墨，指写字、写信。

〔三〕莲幕：见第一三篇《答闻人冠云》注〔四〕。流连：留恋、徘徊，不忍离去。

〔四〕古锦囊：用李贺典故。《新唐书·李贺传》："（贺）每旦日出，骑弱马，从小奚奴，背古锦囊，遇所得，书投囊中。"其母说他呕出心才罢休。锦囊，用锦制成的袋子，古人多用以藏诗稿或机密文件。呕心：形容构思诗文时的劳心苦虑，又喻用尽心思和精神从事工作。

〔五〕尘蒙：犹言世俗愚蒙。

〔六〕瀛郡：见第二五篇《与王言如》注〔一〕。

九九、与周丹友

别十余年，不得一晤，中间消息，又复茫然。沈约"梦中不识路"，今更无梦之可寻，惟对屋梁落月，想像颜色而已〔一〕。

兹移砚渔阳，知足下安榻通潞，三程相望，仍作云树苍茫之感〔二〕。人生几何，堪此久别也。

足下年近六旬，家有贤嗣，犹奔走三千里外，觅衣食资，岂负郭无田，析薪莫荷耶〔三〕？

吾辈佣值生涯，原不能为生孙计。若能立相如之壁，不空颜子之瓢〔四〕，一粥一饭，家园团聚，便可作世上闲人。

近来精力如何？眠食如何？南北景况，望示以一二，慰我惓惓〔五〕。弟则未老先衰，然酒酣耳热，犹能歌老骥伏枥之句，击碎唾壶也〔六〕。

注释

〔一〕沈约"梦中不识路"：见第七八篇《答丁星使》注〔二〕。屋梁落月：见第一五篇《答姜云标》注〔六〕。

〔二〕移砚：见第九七篇《答秦载光》注〔二〕。三程：犹言"一段路程"。云树苍茫：见第六五篇《答沈霭堂》注〔五〕。

〔三〕负郭：见第七篇《答周氾荇》注〔七〕。析薪：见第一五篇《答姜云标》注〔一一〕。

〔四〕相如之壁：《史记·司马相如列传》说相如“家居徒四壁立”。此处言能有像相如之立壁般的条件，亦可安居。颜子之瓢：《论语·雍也》云：“一箪食，一瓢饮，在陋巷，人不堪其忧，回也不改其乐。”此处借指最基本的生活条件。

〔五〕惓惓：深切思念，念念不忘。

〔六〕老骥伏枥：语出曹操《步出夏门行》，比喻有志向的人虽然年老，仍有雄心壮志。枥，马槽。击碎唾壶：见第七篇《答周氾荇》注〔二六〕。

一〇〇、与谢丙南

平生不解藏人善，到处逢人说项斯〔一〕。昨吴桥杨明府，因公来临津，道及莲幕需贤，仆即以足下应。杨公知曹邱素无虚誉，即备关聘路费，专人奉迓，嘱仆一言为介〔二〕。

因思往年居庸关外，虽客游寂寞，而与足下三载连床〔三〕，足消旅感。今宁吴相距半程，过从甚易，是前后居停，若能为我两人撮合者，此实缘遇之奇，知足下必辴然喜也〔四〕。数行奉布，希即命驾。

注释

〔一〕项斯：见第六一篇《与交河明府章峻峰》注〔一〕。

〔二〕莲幕：见第一三篇《答闻人冠云》注〔四〕。曹邱：即曹丘。汉代有曹丘生，对季布的任侠义勇到处赞扬，季布因之享有盛名。后因以“曹丘”或“曹丘生”作为荐引者、称扬者的代称。关聘：指聘书，旧时延请幕宾或教师的帖子叫关书或聘书。奉迓：敬辞，迎接。

〔三〕连床：并榻或同床而卧，多形容情谊笃厚。

〔四〕过从：来访，相互往来。辴（chǎn）然：大笑貌。

一〇一、与方启明

临津简僻之区，正堪藏拙〔一〕。居停循声日著，有海阳之擢〔二〕。彼都为永东剧地，旗民交错，案牍繁多，非微才所能独理〔三〕。

足下明练精纯〔四〕，刑名老手。王履平闻善度支，敢代居停仰攀同事，讨论而修饰之，已成美观，正无俟东邻鄙人为润色〔五〕。

聘关两副，遣使赍呈，惟祈干旌双驾，星言惠临〔六〕。鹄立以俟〔七〕。

注释

〔一〕藏拙：掩藏拙劣，不以示人，常用为自谦之辞。

〔二〕居停：见第一四篇《与杨松波》注〔二〕。循声：循吏之名。循吏，守法循理的官吏。

〔三〕剧地：事务繁杂，难以治理的地区。

〔四〕明练精纯：明达纯熟，精良纯粹。

〔五〕度支：见第三五篇《再与钱亦宏》注〔五〕。讨论而修饰：喻齐心协力，办理政事。语本《论语·宪问》："为命，裨谌草创之，世叔讨论之，行人子羽修饰之，东里子产润色之。"润色：修饰文字，使有文采。

〔六〕聘关：见第一〇〇篇《与谢丙南》注〔二〕。赍（jī）：把东西送给别人。干旌双驾：两人坐着车子一起来。干旌，旌旗的一种，以五色鸟羽饰旗杆，树于车后，以为仪仗，后代指车子。星言：谓披着星星，泛言及早、急速。惠临：称人来临的敬词。

〔七〕鹄立：像鹄一样引颈而立，形容直立。鹄，指鹄鸟，颈长，能望远。

一〇二、与钱亦宏

别将两载，思积九秋。每于尘牍中，见痛快淋漓之墨，胜于晨夕相对。

海阳旗案之繁〔一〕，甲于永东，使人有望洋之叹〔二〕。惟足下才大如海，能造城郭楼台于洪涛万顷中，作无数奇观。

居停仰攀之切，形于寤寐，敢致一言为介。名世高贤，即以名世之数奉敬〔三〕。幸星言夙驾，慰我调饥，并开茅塞〔四〕。

注释

〔一〕旗案：谓满洲八旗人的案件。

〔二〕望洋之叹：比喻看见他人伟大而慨叹自己渺小或处理一件事而慨叹力量不足。语本《庄子·秋水》，河伯以为天下的美景都在自己这里，于是顺流下至北海，却见一片汪洋。于是河伯望洋而叹曰：“闻道百以为莫己若者，我之谓也。”

〔三〕名世：名显于世。

〔四〕星言：见第一〇一篇《与方启明》注〔六〕。夙：早。调饥：朝饥，早上没吃东西时的饥饿状态，形容渴慕的心情。语本《诗经·周南·汝坟》：“未见君子，惄如调饥。”茅塞：谓为茅草所堵塞。比喻思路闭塞，或愚昧无知。多作为自谦之词。

一〇三、答陈美陂

柳枝无主，憔悴东风矣〔一〕。贤刺史欲择人而嫁，别驾见而悦之〔二〕，此仁人好丽之心也。当作月下翁〔三〕，成此一段佳话。

弟未识尊夫人，为河洲之鸠也，抑河东之狮耶〔四〕？幸以实告我，毋使章台弱柳〔五〕，又复攀折他人，增我罪过也。

注释

〔一〕柳枝无主，憔悴东风：春风拂柳，始有生机；无主柳枝，春风当亦为之憔悴。此处柳枝喻女子，东风喻男子。

〔二〕别驾：官名，亦称别驾从事，置于汉代，为州刺史的佐官。因其地位较高，出巡时不与刺史同车，别乘一车，故名。宋代以后以别驾为通判之习称。

〔三〕月下翁：见第七二篇《贺阮锡侯入赘》注〔四〕。

〔四〕河洲之鸠：《诗经·周南·关雎》云："关关雎鸠，在河之洲。窈窕淑女，君子好逑。"河洲之鸠喻有德妇女。河东之狮：喻悍妒之妇女。典出宋代洪迈《容斋随笔》，陈季常妻柳氏非常凶妒，曾在陈季常与苏轼歌舞宴乐之时醋性大发，捶杖大叫。苏轼作诗戏云："龙丘居士亦可怜，谈空说有夜不眠。忽闻河东狮子吼，拄杖落手心茫然。"后遂称悍妇为河东狮。此句是问朋友妻子脾气性情。

〔五〕章台弱柳：唐代韩翃有姬柳氏，以艳丽称。安史乱起，柳出家为尼。后韩为平卢节度使侯希逸书记，使人寄柳诗，曰："章台柳，章台柳，昔日青青今在否？纵使长条似旧垂，亦应攀折他人手。"后以"章台柳"喻美貌女性。

一〇四、与东光明府赵青圃

君果乘车，我终戴笠，乃承下车揖我，并邀适馆授餐，古谊之隆，犹见今日〔一〕。且老棣台未得县以前〔二〕，原有此约，仆更何说之辞？

乃津门三载，太守情谊日深，若携铗别弹，非特萦维兴歌，并于去就之道，亦未协如〔三〕。

莲幕需才，有孙位三先生者，品纯学粹，燕赵名流中，当屈一指，与仆交最契，老棣台谅亦有所闻。如以仆为庾公之斯〔四〕，则竟备聘关相邀〔五〕，水乳之融，不待下榻而可知也。

注释

〔一〕君果乘车，我终戴笠，乃承下车揖我：周处《风土记》记越俗，初与人交，封土为坛，祭以犬鸡，祝曰："卿虽乘车我戴笠，后日相逢下车揖。我步行，卿乘马，后日相逢卿当下。"乘车、跨马，喻富贵；戴笠、担簦，喻贫贱。言富贵不相忘，交谊不分贵贱。簦，古代有柄之笠，类似今之雨伞。适馆授餐：到（你）家里去，（你）还提供饭食。《诗经·郑风·缁衣》云："适子之馆兮，还，予授子之粲兮。"粲，餐也。

〔二〕老棣台：即老弟。棣，通"弟"。

〔三〕携铗别弹：犹言去此就彼。见第二四篇《与王言如》注〔五〕。絷维：见第八〇篇《答陈胜园》注〔二〕。协如：相合。

〔四〕庾公之斯：语出《孟子·离娄下》："庾公之斯学射于尹公之他，尹公之他学射于我。夫尹公之他，端人也，其取友必端矣。"信中言"仆为庾公之斯"，意谓相信我的朋友也像我一样，是规矩人。

〔五〕聘关：见第一〇〇篇《与谢丙南》注〔二〕。

一〇五、答王言如

接来翰，以兄得妾为贺，此未知我之苦衷也。重来燕赵，又越两年，定省久违，望云目断〔一〕。子职多愆，遑问后嗣〔二〕？且家乡小姬，非不宜男，只以内子卧病床第，甘旨之奉，井臼之操，以伶仃弱女任之，随致积劳成疾，亦不忍怜新而舍旧〔三〕。

因家母望孙甚切，慈命谆谆，不得已于省中觅得东施，正添无限伤怀也。

日前已遣仆归家接眷，至津门，应舍舟遵陆，希足下代雇车辆，俾速登程，则感照拂之谊多矣〔四〕。

注释

〔一〕定省：《礼记·曲礼上》云："凡为人子之礼，冬温而夏凊，昏定而晨省。"后谓子女早晚向父母请安叫定省。温，谓温被使暖；凊，谓扇席使凉。皆古代子女奉养父母之道。望云：仰望白云，谓思念家乡、思念父母。用狄仁杰之典，见第六三篇《答谢丙南》注〔一〕。

〔二〕子职：儿子对父母应尽的职责。后嗣：后代子孙。

〔三〕宜男：谓多子。内子：丈夫对人称自己的妻子为内子。笫（zǐ）：垫在床上的竹席，亦为床的代称。甘旨之奉，井臼之操：见第四六篇《答孙位三》注〔四〕。

〔四〕遵陆：循陆路而行。照拂：照顾，照料。

一〇六、与滦州刺史

六载相依，交深水乳，种承高谊〔一〕，如积层云。虽惭非国士，而任劳任怨，所以奉报者，亦复不遗余力。

濒行更叨厚赐〔二〕，俾壮行装，载德而还，直令人一望一回首也。端阳后五日抵署，获福星之庇，车轮无恙，可慰注怀。

陈丰源先生明于钱谷而熟于旗务〔三〕，为燕赵老手。惟老逾六旬，其敏捷似稍逊于钱某。第不得亮而得瑜，已足相助为理，幸加意焉〔四〕。

注释

〔一〕种承高谊：诸事得到好处。种，种种、事事。

〔二〕濒行更叨（tāo）厚赐：临行时又得到您丰厚的赐赠。叨，承受。

〔三〕旗务：旗民的事务。

〔四〕不得亮而得瑜：得不到诸葛亮而得到周瑜。亮，指诸葛亮。瑜，指周瑜。加意：留意。

一〇七、答秦载光

奉展瑶函，因台驾欲赋归与，观察欲令鲰生入幕〔一〕，承嘉贤之雅意，以下士为能人。

第观察公前宰宣化时，弟幕上谷，窃见经才纬略，辟易千人〔二〕。转瞬秉臬陈藩，总制畿辅〔三〕。药笼之中，当收俊物，岂可以牛溲马渤，溷充其数〔四〕？想亦足下阿其所好，而观察公谬采虚声也〔五〕。

弟有知人之鉴，而又有自知之明，翘首龙门〔六〕，实不敢冒昧应命。尚祈善为我辞，则曹邱之德不浅矣〔七〕。

注释

〔一〕欲赋归与：想要回去。归与，回去。鲰生：见第三七篇《与景州刘刺史》注〔一〕。

〔二〕辟易：指屏退、击退，意谓胜过。

〔三〕秉臬陈藩：见第四九篇《与昌平州归》注〔一〕。畿辅：见第四三篇《答陶愚亭亲家》注〔一五〕。

〔四〕药笼：见第八二篇《辞宣化太守李年伯》注〔三〕。牛溲马渤：借指卑贱而有用之材。牛溲，即牛遗，车前草的别名。马渤，亦作“马勃”，一名屎菰，生于湿地及腐木的菌类。两者皆至贱，均可入药。

〔五〕阿其所好：迎合别人的喜爱或顺从其意图。语出《孟子·公孙丑上》：“宰我、子贡、有若，智足以知圣人，污不至阿其所好。”谬采虚声：错误地相信了虚传的名声。

〔六〕龙门：见第一四篇《与杨松波》注〔八〕。

〔七〕曹邱：见第一〇〇篇《与谢丙南》注〔二〕。

一〇八、与孙成三

二十年吹竽燕赵〔一〕，历见名流时俊，欲如足下之敦本重伦，品高行洁，不务才，不恃学，而又学醇者，实难多觏。以故形迹虽疏，而神依倍切也。

昨谒龙门，未得捧袂。署方伯明日莅任，不得不急倩毛生，代述鄙衷，仰冀垂鉴〔二〕。

弟秉性迂愚，立身耿介，虽无傲骨，苦乏媚容，只可弹铗侯门〔三〕，容其疏慢，若欲奔走于王公大人之侧，鲜不为狂且怪者。

陆方伯谬采虚声，强之入幕，幸为日未久，而望见颜色者，亦只两次。然仆观之，胡然而天，胡然而帝也〔四〕，已令人惊走百里外矣。

贫者，士之自为贫也，不意贫士而至于今日，竟卑卑不足数〔五〕。然此姑置之勿论，即以办事而言，必精神才识，有余于事之外者，始能尽力于事之中。今每日稿案，以百余十宗计，恐才如士元，亦未必能逐件而笔削之〔六〕。

然则阅如不阅，而胥吏之舞弊者，惛然而不知察，案件之舛错者，茫茫而不知改〔七〕。将以之自欺乎，抑欺人乎？

若欲久处其中，必须先坏心术而后可。如心术可坏，则天下求富之途甚广，又何必沾沾于幕耶〔八〕？以迂拙不通之人，处举世披靡之地，势必凿枘不入，自取其辱矣〔九〕。

闻薇署官易而幕难，惟恐何方伯不知其不能而即允充其数，后来者又不知而复合，倘厕足其间，非仅断送老头皮已也〔一〇〕。

何公惟足下之言是听，用敢仰恳设词，若提而出诸罟擭陷阱之中，则图报隆施，宜当矢诸没世〔一一〕。情急于中，语无采择，惟冀融鉴。毋任激切待命之至。

注释

〔一〕吹竽：见第五三篇《答许葭村》注〔九〕。

〔二〕署：署理，代理。莅任：官吏上任。毛生：见第九五篇《与天津太守杨兰如》注〔一〇〕。

〔三〕耿介：正直，不同于流俗。弹铗：见第二四篇《与王言如》注〔五〕。

〔四〕胡然而天，胡然而帝：原为形容服饰容貌像天神一样美丽，后用于贬义，形容言语荒唐、行为放肆。

〔五〕卑卑：平庸，微不足道。

〔六〕士元：庞统，字士元，号凤雏。为刘备重要谋士。《三国演义》言其任耒阳令，好酒而不理县事。面对张飞质问，不到半日时间便将百余日之事处理完毕。笔削：谓对作品删改订正。此处指处理文案工作。

〔七〕胥吏：见第七篇《答周汜荇》注〔六〕。惛然：神志不清貌。舛错：差错，不正确。

〔八〕沾沾：执着，拘执。

〔九〕披靡：谓草木随风倒伏。凿枘（ruì）不入：比喻两者不相投合。语本《楚辞·九辩》："圜凿而方枘兮，吾固知其鉏铻而难入。"凿，榫眼。枘，榫头。

〔一〇〕薇署：清代指藩台（布政司）衙门。断送老头皮：宋代赵令畤《侯鲭录》卷六载，宋真宗访隐者，得杨朴，能为诗。问："临行有人作诗送卿否？"杨朴说只有妻子有诗一首云："更休落魄贪杯酒，亦莫猖狂爱咏诗。今日捉将官里去，这回断送老头皮！"后以"老头皮"为年老男子的戏称。

〔一一〕罟擭（gǔ huò）：捕取禽兽的工具，即扣网。罟，网。擭，捕兽机槛。矢诸没世：终生记得（您的恩德）。

一〇九、答杨松波

流金烁石中，获奉瑶答，穆如清风，使人肺腑生凉，不仅古色古香，与夏鼎商彝堪同宝贵也〔一〕。

某学不通方，才非应世，而彩诸君阿其所好，慕堂明府，更妄嗜痂，致先生谬采虚声，倍作訾语，岂大君子善善从长，将诱掖而使之于道欤〔二〕？胡琴讵值十万缗，子昂持其价于市，惭汗几不胜拂矣〔三〕。然回环芳讯，又觉垂爱之殷，出于心中之至诚，原知非故作谀词者〔四〕。士得一知己，可以无憾，得君子知，则其荣更当何似！

昔人负笈从师，不远千里，今只三舍之隔，未获一登函丈，高论亲承，读陶彭泽《停云》之咏，不禁怅惘低徊〔五〕。然合剑有时，及门可望〔六〕。他日捧袂倾心，叙十余年彼此相思之切，觉迟之又久而始合者，倍惬欢情焉。

称谓在师弟之间，此事应属冒昧，然心之所敬，遂敢笔之于书。先生超然物外，学道名山，则某有亦步亦趋之意云尔〔七〕。他日上谒龙门，应通名纸，则柴也愚，先生其许之否〔八〕？

注释

〔一〕流金烁石：言天气酷热，甚至可以熔化金石。夏鼎商彝：谓夏代的鼎，商代的彝器，比喻珍贵的东西。

〔二〕通方：见第一五篇《答姜云标》注〔一二〕。彩诸君阿其所好：受到诸君阿其所好的藻饰。阿其所好，见第一〇七篇《答秦载光》注〔五〕。嗜痂：见第七篇《答周氾苻》注〔一八〕。訾（wèi）语：虚妄不足信的话。訾，伪，不信之言。善善从长：原意指颂扬美德，源远流长。后引申为称扬他人美好德行，学习他人的长处。善善，称赞善事。从，遵从。

此处用“颂扬美德”义。诱掖：引导扶植，扶助。

〔三〕“胡琴”句：用陈子昂典故。见第九五篇《与天津太守杨兰如》注〔八〕。缗，古代串铜钱的绳子，又为古代计量单位，十万缗，即十万串铜钱，每串一千文。

〔四〕回环芳讯：反复诵读来信。芳讯，对他人来信的美称。谀词：谄媚的言辞，奉承话。

〔五〕负笈：背着书箱，指游学外地。笈，书箱。三舍：古时行军三十里而舍（安营），三舍即九十里。函丈：原谓讲学者与听讲者坐席之间相距一丈。后用以指讲学的坐席，又用为弟子对老师的敬称。此处指长者之家。陶彭泽《停云》之咏：见第一五篇《答姜云标》注〔六〕。

〔六〕合剑：同“延津之合”，见第五篇《与刘刺史》注〔五〕。及门可望：相会之期，指日可待。

〔七〕亦步亦趋：《庄子·田子方》：“夫子步亦步，夫子趋亦趋。”比喻处处模仿、追随别人。此处作者言向师友学习。

〔八〕名纸：犹名片。孔平仲《孔氏谈苑·名刺门状》云：“古者未有纸，削竹木以书姓名，故谓之刺；后以纸书，故谓之名纸。”柴也愚：语出《论语·先进》：“柴也愚，参也鲁，师也辟，由也喭。”柴，高柴，字子羔，孔子弟子。作者以此自许。

一一〇、与钱亦宏

奉手书，知起居纳福，并悉正佐夫人，俱梦熊罴，此仆所晨夕祷者，快慰何似〔一〕！小儿女出花无恙〔二〕，亦只暂慰目前，长成与否，惟姑听之。因思吾辈得子之难，皆由生来命薄，不应佣笔代耕，故逸其身者难其嗣也。挽回之法，惟有随时积德，到处吃亏，而且不使阿堵浊物，积而相克，或彼苍怜念清贫，延其代绪，亦未可知〔三〕。

省垣无事，颇可读书。静参身世，觉此中似有所得。知足下有同心，故举以共勖焉。

交道之难，至今日而益甚。往往一片热肠，转视为千重城府〔四〕，阅来函不禁怃然。但只求己之无愧，不必求其人之能谅也。

舍侄甘林，颇有见识，笔墨亦卓乎可观，惟脱颖为难，倘有相当刑席，仰祈长者吹嘘，渠具有心胸，必不似以怨报德耳〔五〕。

注释

〔一〕正佐夫人：旧时对人之妻与妾的敬称。梦熊罴：古人以梦见熊罴为生男的征兆。后以“梦熊”作生男的颂语。语本《诗经·小雅·斯干》：“吉梦维何？维熊维罴。”又：“大人占之，维熊维罴，男子之祥。”快慰：愉快而心安，欣慰。

〔二〕出花：出天花。一种急性传染病。

〔三〕阿堵浊物：见第七篇《答周氾荇》注〔一四〕。代绪：世代之系绪。

〔四〕千重城府：喻心机深隐，难于揣测，如城府之千重深阻。

〔五〕脱颖：用毛遂典故。见第五四篇《又答》注〔二二〕。吹嘘：见第六四篇《答章炎甫》注〔六〕。

一一一、与画友

仆会稽人也，家住怪山之中。此山自琅琊东湖海中飞来，高不过十寻〔一〕，广不过十亩。居人恐其飞去，山之巅建七级浮屠以镇之，周围绕以梵宫〔二〕，左矗文昌阁。

山之下清流萦绕，茅屋千家，春花夏风，秋月冬霜，四时佳景，登眺不穷。

仆离乡十余年矣，形之梦寐，恨不得长房缩地法〔三〕，移置眼前。闻先生腕下有驱山铎，能将宇内名山大川，驱之纸上，供人卧游〔四〕。因书怪山之胜，烦先生驱来贻我，悬诸斋头，不特可当卧游，恍置我于怪山之下，身在他乡，神游故里也。所惠良多，为谢无既。

注释

〔一〕十寻：古代的长度单位，八尺为一寻，十寻即八十尺。

〔二〕浮屠：亦作“浮图”，即宝塔。梵宫：原指梵天的宫殿，后多指佛寺。

〔三〕长房缩地法：据说费长房从壶公入山学仙，能医重病，有缩地术，一日之间可在千里之外数处。

〔四〕驱山铎：传说中的一种神钟，形状如铎，可以驱山，为秦始皇的宝物。铎，大铃。卧游：见第四一篇《答周友锜》注〔四〕。

一一二、与章含章

诸君子之至于斯也，仆未尝不倒屣而迎也〔一〕。而素畏应酬，又无斯须之不懒〔二〕，竟至有来而无往。“最爱客来偏懒答，剧怜花放却慵栽”〔三〕，此十年前之句，非是今日始疏懒，方知人性有不可以药者。

而外间随以仆为傲。夫有周公之才之美，尚不可以骄吝，矧吾辈依人作嫁，碌碌鱼鱼，无足以傲世，更何所傲为〔四〕！

弟与足下交最久，知我独深，望为我言曰：“其为人也，懒也，非傲也。”至诸侯大夫之至止者，为丞相长者耳，更与交游者无涉〔五〕。懒也，傲也，均无关于轻重，可一笑置之。因有所闻，用布区区，希诸君子鉴之。感甚，幸甚！

注释

〔一〕倒屣而迎：见第六四篇《答章炎甫》注〔三〕。

〔二〕斯须：须臾，片刻。

〔三〕剧怜：酷爱。怜，喜爱。慵栽：懒于栽培。

〔四〕骄吝：骄傲而吝啬。此处谓骄傲之意。依人作嫁：唐代秦韬玉《贫女》诗有句云："苦恨年年压金线，为他人作嫁衣裳。"后世谓为他人辛苦忙碌叫为人作嫁或依人作嫁。碌碌鱼鱼：平庸无能。

〔五〕至止：到来之意。止，语气助词。

一一三、答许葭村

俗尘中不能作韵语，因偶有所感，借此发抒沉闷，不可言诗，矧其为佳也？足下何誉之太过，得毋阿其所好乎〔一〕？然几块残砖，换得一缄尺牍，则亦有引玉之功。

封篆非遥，干旌东指，萱帏康乐，荆树敷荣，调琴瑟于璚窗，拥芝兰于绣榻，天爵人伦，罕有其俪〔二〕。而薄命劳人，亦当为度岁之行，惟惯为冯妇，遇虎翻惊；暂学渔郎，问津多误〔三〕。明岁之局，尚未可定。万千情绪，不获与知己一吐，怅结何似！

贵东许我和诗，尚未赐读，雨雪载途，所望于阳春者甚切，希一致之。

注释

〔一〕阿其所好：见第一〇七篇《答秦载光》注〔五〕。

〔二〕封篆：见第三〇篇《与王吉人》注〔四〕。干旌：见第一〇一篇《与方启明》注〔六〕。萱帏：犹言"萱堂"，指母亲。荆树敷荣：兄弟繁盛。荆树，喻兄弟，见第三九篇《答王兰畦》注〔五〕。敷荣，开花。琴瑟：琴瑟同时弹奏，其音谐和，比喻夫妇和睦。芝兰：贤佳子弟，见第一五篇《答姜云标》注〔一一〕。天爵：天然的爵位，指高尚的道德修养，因德高则受人尊敬，胜于有爵位，故称。人伦：礼教所规定的人与人之间的关系，特指尊卑长幼之间的等级关系。罕有其俪：能与之比拟者少。俪，相并、对偶。

〔三〕冯妇：见第三六篇《与孙星木》注〔八〕。暂学渔郎，问津多误：用陶渊明《桃花源记》典故，言渔人出桃花源，后去寻找，则找不到路。

作者用其意，谓自己游幕实为误入歧途。问津，打听渡口，引申为探求途径或尝试。

一一四、与许葭村

槐荫满庭，荷香在沼，足下来津，正其时矣。而高轩果至，岂真数有前定，抑予言之偶中耶？

匆匆一谈，未畅情愫。三津成为泽国，足下舍车而舟，作破浪乘风之想，志亦壮哉！

邓明府与仆结交已久，不意德星忽堕，殊切人琴之痛〔一〕。曾寄我诀别数行，声与泪俱，不忍卒读。

登贤书而现宰官身，上应列宿，亦属无负素怀〔二〕。第十年压线，白首仍郎〔三〕，苦境累人，清贫如故，天之所以厄人，果如是耶？

阅详禀，具见足下古道热肠〔四〕，此诚吾辈中有血性者。凡有可为力处，仆无不留意。

生前如水，死后如醴，君子之交如此。希足下在邓诸侯灵前，代焚楮香〔五〕，以仆言告之。

注释

〔一〕德星：古以景星、岁星等为德星，认为国有道有福或有贤人出现，则德星现。后亦以德星喻贤士。人琴之痛：典出《世说新语·伤逝》："王子猷、子敬俱病笃，而子敬先亡。……子敬素好琴，便径入坐灵床上，取子敬琴弹，弦既不调，掷地云：'子敬子敬，人琴俱亡。'因恸绝良久，月余亦卒。"后即以"人琴"为悼念亡友之词。

〔二〕登贤书：科举时代称乡试中式为登贤书。宰官：泛指官吏。列宿：众星宿，旧时以天下之伟人俱为天上之一星宿，后以"上应列宿"为对人之赞语。素怀：平素的抱负。

〔三〕压线：见第四四篇《与周氾荇》注〔三〕。白首仍郎：年老了仍旧只是一个小官。郎，官名，为侍从官之通称，如郎中、员外郎等，泛指低级官吏。此处用冯唐典故，西汉冯唐身历三朝，至年老尚且为郎官，至汉武帝时，举贤良，已九十余岁，不能为官。后有成语“冯唐易老”。

〔四〕详禀：官文书。下级官员对上级官长的报告称“详”。古道热肠：不趋附流俗而热心快肠。

〔五〕楮（chǔ）香：香烛纸钱。

一一五、答赵南湖

重阳日正饮茱萸，得手书，知陶愚亭亲家舟至维扬，患疔毒〔一〕，挈眷乘小舟，于七月十三日赶回里门，十五日即去世，不觉酒杯落地，拍案惊叫。恐老眼昏花，再读之，字字无讹。斯人也，而有斯疾也，斯人而死如是之速也。

端阳后一日，愚亭舟次津门，进敝斋与杨樾庵亲家，杯酒高谈，意气豪迈之象，依然犹在目前，万不料相隔两月余，愚亭即死也。

愚亭年近五旬，生平无甚疾病，不过偶染疔毒，毒何至死？维扬不乏名医，何不速治？吾实为之不解。

余与愚亭分手时，愚亭含泪而言曰：“鄙人今去，后会无期。”哽噎不复作一语。岂愚亭自知其将死也耶？抑不知而不觉作断肠语耶？余与愚亭志同道合，臭味相投〔二〕，虽数月交，而有千古之感。正期两三年后，还乡与愚亭居同处，出同游，正首邱而同死〔二〕，而愚亭先我而去，而去又如是之速，使异地孤踪，无可开目。吾哭愚亭，并以自哭。未知愚亭在地下能闻之否耶？

惟是愚亭五十年辛苦，仅止草草成家，竟能急流勇退，锐志还乡〔四〕，使妻子妾女，环绕膝前，瞑目而逝，天之所以报愚亭者，正自不薄。

吾辈少壮离家，衰年流落，一贫如故，归计茫然，燕南赵北，正不知何地埋骨者，比之奚啻霄壤？又不禁为愚亭羡也。

然此亦不过于无可奈何之中，作此自宽之论。而愚亭究竟死矣，其何能已于痛哉！

愚亭死后，家计如何？余不忍问，又不得不问。老表叔至戚关情，如有所闻，务祈示悉。

注释

〔一〕重阳日正饮茱萸：见第六二篇《答许葭村》注〔二〕。维扬：扬州的别称。疔毒：症状发展到很严重地步的疔疮。

〔二〕臭（xiù）味相投：即气味相投，指思想情趣相同的人彼此合得来。

〔三〕首邱：传说狐死后其头犹向着巢穴。后称不忘故土或死后归葬故乡为“归正首邱”。

〔四〕锐志：意志坚决，愿望迫切。

一一六、与沈聚亭

古所谓寿，在德不在年也。今人无德之足述，而有势位富厚者，亦从而寿之。若无德而又贫且贱焉，与麋鹿同其生，草木同其腐而已，何所为年，何所为寿？

仆少孤，食衣于奔走，贫贱终身。上之不能显亲扬名，次之不能进德修业，不可为人，不可为子。哀哀父母，生我劬劳〔一〕，终天抱恨，有不待初度之辰而心痛者。

而足下以弟年介六秩〔二〕，遍告同人。然斯世固有借马齿之增，以博蝇头之利者，不肖素鄙其为人，若尤而效之，丑孰甚焉〔三〕！

弟固知足下偶然谈及，必不以之告人，而未宠先惊，不得不预陈鄙陋，并望足下亦勿蹈世故。爱我以德，感非浅鲜。

注释

〔一〕哀哀父母，生我劬（qú）劳：可怜的父母啊，为了生养我受尽辛劳。语出《诗经·小雅·蓼莪》。哀哀，悲伤不已。劬劳，劳苦。

〔二〕六秩：六十。秩，十年。

〔三〕马齿：见第五四篇《又答》注〔一五〕。蝇头：比喻微小，如苍蝇之头。尤而效之：认为（别人行为）是错的却要仿效它。尤，过失。

一一七、与许葭村

病后正不能搦管〔一〕，而一息尚存，又未甘与草木同腐。平时偶作诗词，只堪覆瓿〔二〕。

惟三十余年，客窗酬应之札，自摅胸膈〔三〕，畅所欲言，虽于尺牍之道去之千里，而性情所寄，似有不忍弃者，遂于病后录而集之。

内中惟仆与足下酬答为独多，惜足下鸿篇短制，为爱者携去，仅存四六一函〔四〕，录之于集。借美玉之光，以辉燕石〔五〕，并欲使后之览者，知仆与足下乃文字之交，非势利交也。

因足下素有嗜痂之癖〔六〕，故书以奉告。容录出一番，另请教削，知许子之不惮烦也〔七〕。

注释

〔一〕搦（nuò）管：握笔，执笔为文。搦，握、持。

〔二〕覆瓿（bù）：喻著作毫无价值或不被人重视，亦用以表示自谦。瓿，古代的一种小瓮，青铜或陶制，用以盛酒或水。

〔三〕自摅（shū）胸膈：抒发自己胸臆。摅，抒发。胸膈，犹胸怀、胸臆。

〔四〕四六：代指骈文，因骈文多以四字、六字相间成句，故称。此处指骈文写成的信。

〔五〕燕石：《太平御览》卷五一引《阙子》：宋愚人得一燕石，以为大宝，归而藏之。周客听说后来观赏，见而大笑说："此燕石也，与瓦甓不异。"后以"燕石"喻不足珍贵之物。此处为作者自谦，称己之书信平庸。

〔六〕嗜痂之癖：见第七篇《答周氾荇》注〔一八〕。

〔七〕许子之不惮烦：许子不怕麻烦。语出《孟子·滕文公上》："何许子之不惮烦？"此处借指许葭村。

一一八、答谢丙南

奉手书，知驾已回省，不谓此行如是之暂也。卢龙陈公，情意既殷，又系乔公观察所汲引，若却而不就，恐无以对乔公。吾人去就之义，不可使人议论，岂可以脩脯稍轻，致虚说项之殷〔一〕？

并悉老弟二年后，必须南旋，甚为欣羡。老弟家有薄田，可资饘粥；庭有玉树，克绍箕裘〔二〕。暂作负米之游，旋奉晨昏之乐〔三〕，亦幕中不易得之境也。

兄年逼桑榆，室仍悬罄〔四〕，一家十口，旅食维艰。而且老年得子，舐犊情殷，然使长成，曾何与于生前？自挈眷离乡，已将十载，秋霜春露，目断松楸〔五〕；乡梦旅魂，路迷门径。倘使终于流落，遽尔长辞，则木本水源，从此断绝，为天地间第一罪人矣。

所冀向后机缘，较前差胜，稍有余资，便谋归里，箪瓢陋巷，终身首邱〔六〕。老弟于耕山钓水之余，屈指春秋屡易，果能一片归帆，迟我于西陵渡口，必当三杯薄酒，邀君于东武山头，诉平昔之离悰〔七〕，叙家园之乐事，岂不快哉！兴言及之，又不觉转愁为喜。二千里外，未获接席谈心，聊寄双鱼〔八〕，以纾沉闷。

注释

〔一〕脩脯：见第四三篇《答陶愚亭亲家》注〔一〇〕。说项：见第六一篇《与交河明府章峻峰》注〔一〕。

〔二〕饘（zhān）粥：稠粥。玉树：见第一五篇《答姜云标》注〔一一〕。克绍箕裘：能继承家业。见第六八篇《答陈韫玉》注〔八〕。

〔三〕负米之游：见第三四篇《又答王言如》注〔六〕。晨昏：指昏定晨省。见第一〇五篇《答王言如》注〔一〕。

〔四〕桑榆：见第三八篇《答李霭堂》注〔五〕。悬罄：见第六三篇《答谢丙南》注〔四〕。

〔五〕松楸：见第三八篇《答李霭堂》注〔七〕。

〔六〕差胜：略胜。箪瓢陋巷：喻生活简朴。见第九九篇《与周丹友》注〔四〕“颜子之瓢”。终身首邱：见第一一五篇《答赵南湖》注〔三〕。

〔七〕离悰（cóng）：惜别的心情。

〔八〕双鱼：书信。见第一三篇《答闻人冠云》注〔一〕。

一一九、答章又梁

住省虽两月，畅叙无几时。《唐棣》诗云“岂不尔思，室是远而”者〔一〕，若为我两人咏也。

仲春抵馆，展案头所存去冬寄我之书，读至追随亲侧数语，不觉泪涔涔下。此景此情，十五年前，曾亲历之，今不堪复忆，虽悔亦不能追矣。

老弟二年之后，必赋归与，侍奉慈颜，今有日矣。闻之不胜欣羡。书中垂注殷殷，足征挚爱。忆二十余年前，同入穷途，共尝艰苦，气味之投，情谊之浃〔二〕，不啻同胞。交好为吾两人，可真百年如一日。

衣不如新，人不如故，只此落落晨星〔三〕，何必阴阴其雨？把接回环，两情如接。

省垣案牍多劳，应酬又剧，惟祈酒减加餐，万千珍重。

注释

〔一〕“《唐棣》诗云”句：《唐棣之华》是《诗经》逸诗，见于《论语·子罕》。引文意思是，难道是不思念你吗，只是你居住得太遥远了。

〔二〕浃（jiā）：深入，融洽。

〔三〕落落晨星：像早起寥落的星星，形容数量少。

一二〇、答许葭村

陈遵尺牍，名重当时〔一〕。然高自位置〔二〕，惜墨如金，不肯轻投一札，足下殆亦有此癖。

今有人焉，以莫须有之事〔三〕，使足下忘其癖，而洋洋焉，洒洒焉，不能自惜其墨焉，仆始怪若人之愚，今则喜若人巧为其能，以莫须有之事，得不易有之书也。

而近亦因足下之书，恍然得所解。盖足下握三寸之管，若决江河，一波未平，一波复起。迹之字里行间，则悄然无风也。若人之波，不必欲有风而始起，始见得足下削简之法乎〔四〕？

使若人而见足下之书，心且诩然曰：“一枝未借，尺璧先来〔五〕，失在彼而得在此，夫亦可无憾。”恐足下闻之，又将高自位置，惜墨如金，奈何！

注释

〔一〕陈遵尺牍，名重当时：见第五三篇《答许葭村》注〔八〕。

〔二〕高自位置：高自标持，言自己将自己的地位看得很高。

〔三〕莫须有：恐怕有，也许有。形容无中生有，罗织罪名。

〔四〕削简：古时用刀削竹木作简册，在上面写字，叫削简。此处即写信的意思。

〔五〕诩（xǔ）然：犹欣然。一枝：同“一枝梅”，见第四〇篇《答丁品江》注〔三〕。尺璧：直径一尺的璧玉，比喻美好的诗文。

一二一、与杨松波

“百书不如一见面，几日归来两慰心。”弟与足下十载神交，虽音敬常伸，而芝光未接〔一〕。今得一朝捧袂，欣幸之忱，觉山谷老人之句〔二〕，犹不足罄其形容也。

浮丽竞逐之场，窃见先生渊深静默，和而不同，陆士龙所谓“和神当春，清节为秋”者〔三〕，庶乎似之。

惟弟朴陋迂疏，毫无足采，恐龙门座上，殊有见不如闻之叹。或者鉴其向往，亦许攀跻，是又鲰生之幸耳〔四〕。

注释

〔一〕芝光：见第六四篇《答章炎甫》注〔一〕。

〔二〕捧袂：见第一二篇《与孙配琪》注〔一〕。山谷老人：黄庭坚字鲁直，号山谷道人，为宋代诗文大家。本篇首句“百书不如一见面，几日归来两慰心”即出自其《寄上叔父夷仲三首》之三。

〔三〕浮丽竞逐：谓人们竞相追逐浮华侈丽。渊深静默：深邃静退，不慕名利。和而不同：谓和衷相济，而又各有所见，不苟同于人。陆士龙：陆云字士龙，吴亡入晋，曾任清河太守，为官清正。和神当春，清节为秋：意为和气待人，好似在春天；高洁的节操，好似秋日的清爽。

〔四〕攀跻：登攀，有仰慕、高攀之意。鲰生：见第三七篇《与景州刘刺史》注〔一〕。

一二二、与沈菊屏

自入尘途，不能作韵语。慕堂明府唱中秋《竹枝词》八首〔一〕，一时和者，名作如林，仆视之皆西子真容也。东家施更不敢自逞其丑，足下强而和之，大是罪过。

然使众西子能颦为笑，而范大夫笑倒花前〔二〕，亦足下之功焉。呵呵！

注释

〔一〕《竹枝词》：唐刘禹锡于贞元中在沅湘所创新词，其形式为七言绝句，唐时多写离人愁绪，或儿女柔情；后人所作多歌咏风土人情。

〔二〕范大夫：即范蠡。西施为范蠡在江边觅得，又荐给吴王，后世因称中间人、介绍人为“范大夫”。

一二三、答天津明府沈小如

抱非常之才者，必有非常之地，以建非常之功，而膺非常之擢〔一〕。二兄大人鸿才伟抱，辟易千人，燕南赵北之间，到处甘棠蔽芾〔二〕！

而具扛鼎之能，必膺最难极繁之地，方足见其才力。三津为水陆都会，冠盖云集，政赋殷繁，非当世人才，鲜能胜任。承示秋初荣莅，想七十二沽之民，歌来暮者久矣〔三〕。

而弟十余年谬承雅爱，去冬渔阳官舍，樽酒论文，唱酬交作，不谓良缘前定，津水重逢，密迩琴堂〔四〕，过从更易。诵少陵诗“感激在知音”之句，不禁喜心翻倒。

注释

〔一〕膺非常之擢：受上峰的特殊擢升。

〔二〕辟易：见第一〇七篇《答秦载光》注〔二〕。甘棠蔽芾（fèi）：棠梨树高大茂盛，后用作称颂官吏政绩之词，意谓为官清正，做了许多有益于老百姓的事。语出《诗经·召南·甘棠》。甘棠，棠梨、杜梨，高大的落叶乔木，春华秋实，花色白，果实圆而小，味涩可食。蔽芾，小貌，一说树木高大茂密的样子。

〔三〕七十二沽：天津旧时的别名，又叫津门、津沽、沽上。沽是一条古河名，沿河两岸的村庄名称多带有“沽”字，因称天津为“七十二沽”，非确指之数。歌来暮：用廉范的典故。《后汉书·廉范传》载廉范取消禁止民众夜作的命令，只让民众多储水以防火灾。民众歌颂他说：“廉叔度，来何暮？不禁火，民安作。”廉范字叔度。后遂以“来暮”为称颂地方官德政之辞。

〔四〕渔阳：地名。战国燕置渔阳郡，秦汉治所在渔阳（今北京市密云区）。琴堂：见第五二篇《答署献县刘刺史》注〔六〕。

一二四、答许葭村

昨岁三十六旬中，得陈遵之牍者仅二〔一〕。若欲攀贯驾，则梦想所不敢期。不谓严寒凛冽时，忽觉春风入座，盖造化小儿，知足下吝于手者，故劳以足也。

今岁仆拟移铗他往，与足下远数百里，近亦三四程，片羽寸鳞，无复敢望；乃冯骥竟为冯妇，萧斋仍尔莲斋〔二〕。而干旌抵馆月余，始达一信，窃恐流金砾石中，有烦策蹇往临矣〔三〕。仆无他能，惟亿则屡中〔四〕，请志之以为临时之验。

足下到馆后，即动思家之念，并以仆必有同情。仆出保定城，舆中口占一绝云："走尽天涯鬓已华，肯将别恨载征车。衰年儿女情偏重，才出东门便忆家。"则不待到馆，而离绪已经万斛〔五〕，岂情之所钟，正在我辈耶？

空斋闷坐，杏花未放，诗兴全无。欲与贤宾主琴歌酒赋，则此生尚未修到也。

注释

〔一〕三十六旬：即三百六十天，意谓一年。旬，十天。陈遵之牍：见第五三篇《答许葭村》注〔八〕。

〔二〕移铁：犹言改就。片羽寸鳞：犹言片言寸书。冯驩：见第二四篇《与王言如》注〔五〕。冯妇：见第三六篇《与孙星木》注〔八〕。萧斋：见第七篇《答周氾荇》注〔二四〕。莲斋：见第二五篇《与王言如》注〔四〕。

〔三〕流金砾石：见第一〇九篇《答杨松波》注〔一〕。策蹇：见第五二篇《答署献县刘刺史》注〔七〕。

〔四〕亿则屡中：谓料事多中。亿，预料、猜想。

〔五〕万斛：十斗为斛，万斛，极言其多。

一二五、答陆默庵

别后两奉芳讯，注谂甚殷〔一〕。惟潘郎尚赋闲居，曹邱能无抱愧〔二〕？古人已邈，新样日增。捷足者先登，跬步者在后，不特幕为然，而幕其尤甚者也〔三〕。

悔从前择术之疏，计此后改途之晚，惟有安之若素，听时命之适然而已〔四〕。

至于裘马翩翩，坐客常满，此固一时之豪也，然而子舍欢娱，亲闱寂寞，受嗟来之食，不以为羞，竭朋友之忠，而不以为愧，俯仰身世，苟平旦之气梏亡未尽，必有汗流于背，悚然不能自安者〔五〕。

以吾辈内省不疚，蔬食饮水，有君子固穷，小人斯滥之别，何无聊之有〔六〕？

来书云“往日亲朋今不见”，此更人情之常，无足怪者。仆常笑翟廷尉署门〔七〕，未免多事。逐臭之夫，与驱膻之蝇无异；几见衡门泌水之旁，芳草芝兰之室，有青蝇飞集者乎〔八〕？惟鲍鱼之肆，则争先恐后，结群而趋，卒之势去时穷，蝇朋尽散，而收子母之息者，日踵其门，欲求一二清高之士，长跽而请教，不可得矣，岂不悲哉〔九〕！吾辈门庭，知今日之不闹热，定卜他年之不寂寞也。

足下豪情任侠，谊笃友朋，偏作曹邱，不遗余力，吾党中借通缓急而赖吹嘘者，亦不乏人。

今偶尔息羽，竟作袖手之观，宜刘孝标之愤然作论〔一〇〕。然碧梧翠竹，伫待凤栖。梁伯鸾热不因人，正无藉于悠悠之口〔一一〕。请浮大白，以纾闷怀。

注释

〔一〕注谂（shěn）：牵挂，思念。

〔二〕潘郎尚赋闲居：见第七篇《答周汜荇》注〔一八〕。曹邱：见第一〇〇篇《与谢丙南》注〔二〕。

〔三〕捷足者：指行动迅速的人。跬步：半步。

〔四〕择术之疏：疏于择术，指择业不当。安之若素：安然相处，像平常一样对待。听时命之适然：听从命运的安排。

〔五〕裘马：轻裘肥马，形容生活奢华。翩翩：自得自喜的样子。坐客常满：用孔融之典。《后汉书·孔融传》记，孔融常叹曰“坐上客恒满，樽中酒不空，吾无忧矣”。子舍：小房，偏室。一说诸子所居的屋舍。此处指儿子所居之处。亲闱：父母所居之内室，也用以借指父母。嗟来之食：典出《礼记·檀弓下》，泛指带有侮辱性的施舍。此处指子女慢待父母。平旦之气：见第九四篇《答友》注〔一三〕。梏亡：语出《孟子·告子上》，谓受到束缚而丧失。悚然：惶恐不安的样子。

〔六〕君子固穷，小人斯滥：见第五四篇《又答》注〔三三〕。

〔七〕翟廷尉署门：见第五四篇《又答》注〔三七〕。

〔八〕逐臭：追逐臭味，常用以喻追逐权势利欲。驱膻：追逐腥膻之味。衡门：见第七篇《答周氾荇》注〔七〕。泌（bì）水：《诗经·陈风·衡门》云："泌之洋洋，可以乐饥。"泌，泉流轻快的样子。衡门泌水，此处指洁身自好之人所居清静之地。

〔九〕鲍鱼之肆：卖咸鱼的店铺，鱼常腐臭，因以喻恶人之所或小人聚集之地。子母：犹言本利。子，利息。母，本金。长跽（jì）：长跪。

〔一〇〕息羽：犹息肩，如鸟之收敛翅膀而不飞。刘孝标之愤然作论：见第五四篇《又答》注〔三七〕。

〔一一〕梁伯鸾热不因人：原指梁鸿不趁他人热灶烧火做饭，后比喻为人孤僻高傲，不仰仗别人。悠悠：指世俗之人，众人。

一二六、与阮锡侯

不能附骥而为前驱，并将滕六将军、雨师风伯，一齐带至长垣，使足下轻车就道，风日暄和，柳拂鞭丝，花迎飞盖，一路淑景怡情，讵非仆之功与〔一〕？

惟是燕尔方浓，骊歌遽唱，萧斋独处，春夜迢迢，新月窥窗，轻风拂帐，依依欲别，当不啻草桥一梦〔二〕。慎勿读闺中少妇之诗，增无限愁也〔三〕。

注释

〔一〕附骥：依附于名人。见第二三篇《与徐克家》注〔一〕。滕六将军：见第五三篇《答许葭村》注〔一〇〕。飞盖：见第六八篇《答陈韫玉》注〔一三〕。淑景怡情：美好的景色使人心情愉快。淑景，美景。怡情，怡悦心情。

〔二〕燕尔：新婚夫妻亲睦和美的样子。语本《诗经·邶风·谷风》：

"宴尔新婚，如兄如弟。"骊歌：见第八〇篇《答陈胜园》注〔二〕。萧斋：见第七篇《答周氾荇》注〔二四〕。不啻（chì）：不止。草桥一梦：见第五三篇《答许葭村》注〔一四〕。

〔三〕闺中少妇之诗：指唐代王昌龄《闺怨》诗"闺中少妇不知愁，春日凝妆上翠楼。忽见陌头杨柳色，悔教夫婿觅封侯"。以思妇之悔恨，侧写相思，读来更增加征夫游子羁旅之愁。

一二七、又 答

奉华翰，知前驱无功，雨雪无情，偏与离人作苦，使深闺别恨之外，添得几重挂念。想寄到回文，细诉双娥蹙损，而不知阮郎情重，旅馆孤灯，早已凄清万状矣〔一〕。

月初接许葭村札云："足下二十日破题儿第一夜。"钟情如仆，当亦代为黯然。而仆日前所寄之函，已有"不啻草桥一梦"之语，千百里外情词如接，岂非情人所见略同耶？

君子之道，造端乎夫妇。文王辗转反侧，后妃嗟我怀人，实开千古钟情之祖，此《关雎》之所以乐而不淫也。仆尝谓弃糟糠而不顾者〔二〕，其人必无朋友之交。三复瑶函，增我企重〔三〕。

注释

〔一〕回文：窦滔被徙流沙。其妻苏蕙因织锦为回文旋图诗赠滔，以寄离思。一说窦滔出镇襄阳，只带宠姬赴任，并与苏蕙断绝音信。蕙乃织锦赠滔，滔为之感动，遂接蕙至襄阳。据说诗有二百余首，计八百余字，可回环诵读，皆成章句。此处指朋友妻子寄给朋友的信。双娥：双眉。蚕蛾之须，细长而曲，古人常用以喻美人之眉。阮郎：指阮肇。见第七二篇《贺阮锡侯入赘》注〔一〕。

〔二〕"君子之道"句：见第五三篇《答许葭村》注〔一六〕。糟糠：代指妻子。见第九〇篇《与蠡县沈慕堂明府》注〔八〕。

〔三〕三复：见第八九篇《答刘刺史》注〔一〕。企重：深深的思念。企，踮着脚看，今用为盼望的意思。

一二八、答陈韫玉

前接来函，知足下偶尔咳嗽，眠食未佳，正以为念。兹奉手书，知患吐红，精神委顿，此皆调养未善所致〔一〕。中年患此，半由于虚，参苓补其身，寡欲清其心，不可偏废也〔二〕。

吾辈才疏命薄，乞求他乡，分所应尔。必将此穷老骨头送于异地，其罪尚不止此。

然而微波泐石，慢火熬油，当其快意时，不知其损，而日积至疲，遂至不可复救〔三〕。承足下爱我之深，故以此自儆者举以相儆〔四〕。屈指交游，能作松菊犹存小照者，惟足下一人。

而仆亦不自揣，妄冀归正首邱〔五〕。他日白头二老，携杖于兰亭、禹庙之间，岂非一大快事〔六〕？愿足下留意焉。

文园卧病，亲旧无闻，宜刘孝标有愤激之论〔七〕。然以道交者，道合而交亲；以利交者，利尽而交绝。财帛势利之场，本与身心性命无关，而欲其患难相维，疾病相扶，岂不难之？

仆与足下，颇知交道为重，心心相印，息息相关，而仆以周急不继富一端，遂为同人所摈〔八〕。足下尚能于雪炭之外，不靳锦花，故不取憎于多口，然真心关切者日鲜〔九〕。人心不古，交道甚难，不足责也。陈友锜来，道及足下违和，悬念之切，情见乎词。此人颇有热肠，然久为时流所弃〔一〇〕，可感慨者，岂止一人一事也哉？

注释

〔一〕吐红：吐血。委顿：疲乏，憔悴。

〔二〕参苓：参，指人参之类的药。苓，指茯苓。均中药名。寡欲：节制欲望，欲望少。《老子》：“见素抱朴，少私寡欲。”

〔三〕微波泐石：言波浪虽小，但冲击日久亦能使石有剥蚀之痕。慢火熬油：言火力虽慢，但煎熬时久，亦足使油尽。

〔四〕儆：使人警醒，不犯过错。

〔五〕归正首邱：言归死于家，葬于故乡。首邱，见第一一五篇《答赵南湖》注〔三〕。

〔六〕二老：指陈韫玉与作者。犹言吾与君二人。兰亭、禹庙：皆作者家乡绍兴的名胜古迹。

〔七〕刘孝标有愤激之论：见第五四篇《又答》注〔三七〕。

〔八〕周急不继富：《论语·雍也》云：“吾闻之也，君子周急不继富。”言君子当周救人之穷极，不继接于富有。摈（bìn）：排除，抛弃。

〔九〕雪炭：即雪中送炭，比喻在他人急需时给以及时的帮助。不靳锦花：不吝惜锦上添花。锦花，锦上添花，在美丽的锦织物上再添加鲜花，引申为好上加好。

〔一〇〕时流：世俗之辈。

一二九、答阮锡侯

入闱而中举〔一〕，怀孕而得男，固乐事也。然登副车者〔二〕，未尝不荣；得女者，未尝不喜。以副车为正榜之兆，得女为先花后果之券也。

足下以千金为先声，安知不万事足于后？惟前信所言月令，竟不可凭，而许葭村云：“当局者已失其期，无怪旁观者难神其卜。”弟借是以解嘲也。

腊月旋省，补乞汤饼，请烧热灶何如〔三〕？

注释

〔一〕入闱：参加科举考试。科举时代，乡试叫“乡闱”或“棘围”，入场应试叫“入闱”。

〔二〕副车：清代称乡试的副榜为贡生，正榜即举人。

〔三〕汤饼：指汤饼会，清代胡鸣玉《订讹杂录·汤饼》：“生儿三日会客，名曰汤饼。”烧热灶：把锅灶烧热。此处作者以玩笑口气言“你要早做准备”。

一三〇、答天津明府沈小如

奉展芳函，俯见明府之古谊论交，与太守之殷怀爱士，若合符节焉。惟以圣门政事文学〔一〕，所以誉弟者，实夫子自道也。

承谕知己重于感恩，道义深于奥味，此必夫人不言，言必有中者〔二〕。弟生平亦曾以肝胆自许，更不必再作琐词，当兼体盛怀，以副雅嘱〔三〕。

三五小星〔四〕，乐而忘返，此为有福者言之。嫁得萧郎爱远游，久已司空见惯矣〔五〕。东风解冻〔六〕，当买舟而来，快与诗酒之宴。

注释

〔一〕圣门政事文学：孔子所传授的“孔门四科”包括德行、言语、政事、文学，见《论语·先进》。

〔二〕奥味：深刻的意蕴。夫人不言，言必有中：语出《论语·先进》，意谓此人不说则已，一说就说到事情的关键上。

〔三〕肝胆自许：即自认为是您的至交。兼体盛怀：体察尊意，领会您的意思。

〔四〕三五小星：典出《诗经·召南·小星》：“嘒彼小星，三五在东。”后因以“三五小星”代指姬妾。

〔五〕萧郎：泛指美好的男子或女子爱恋的男子。司空见惯：唐代孟棨《本事诗·情感》载，李司空慕刘禹锡名，邀他到宅中款待，命美丽的歌伎唱歌佐酒。刘禹锡赋诗有句云：“司空见惯浑闲事，断尽江南刺史肠。”后因以称事之常见者。

〔六〕东风：指春风。

一三一、答余宁州

去腊捧读复函，未遑裁答，忽忽又过新年矣。毫无善状，添得数茎白发，羞入少年场，而苦债未满，依然作拽磨之牛〔一〕。

足下擎掌上之珠，拥怀中之玉，胜境乐趣，兼而有之〔二〕。乃对绮罗而念及荆布，拟迓夫人来署，足征伉俪情深，迥非弃旧怜新者可比，不胜钦佩之至〔三〕。

将来侨寓保阳，有何善策，以仆为过来人，重承垂询，仆不敢言，而又不敢不言，请即以仆言之。

仆因乏嗣，不能家居，不得不将眷属接来，作暂时之浮寄。初意以为岁之所入，每年可余百金，积至五年，生子亦可四五岁，然后将眷属送归，俾坟墓祭扫有人，不至作忘亲弃土之流，计诚善也。讵保阳米珠薪桂，无物不昂，庆吊馈问之余，更多朘削，所入者仅敷所出〔四〕。子则生而死，死不复生。不特归日何年，未能自主，且恐他乡流落，不待秦二世而亡〔五〕。

请看今日之沿门乞食者，皆当年之车马盈门者也，于是思所以节之，而势又不能节。此仆悔之已晚，而改之不能者也。

足下既已纳宠于前〔六〕，断不能置夫人于后。保阳浮寓而不能归者，计百十余家，岂无聪明能事之人，而甘心于流落他乡乎？

惟是此言也，今日为足下言之，足下必不以为善，至十年后，始信矣。请留此札，以为他日证之。

第仆更有说者。保阳寄居，能秦二世而亡者，不可多得。然则亡于他乡，徒留话柄，曷若亡于故土，犹不失为归正首邱〔七〕。此仆之预有成见，而确切不能移者，亦希足下志之，为他日饯我于东门之证〔八〕。

注释

〔一〕拽磨之牛：磨坊里拉磨的牛，比喻为了生活拼力奋斗。

〔二〕掌上之珠：比喻极受疼爱的人，后多指极受父母钟爱的儿女。怀中之玉：指妾妇。玉，玉人、美人。

〔三〕对绮罗而念及荆布：面对小妾而想起妻子。绮罗，此处指妾妇。荆布，东汉梁鸿妻孟光，荆钗布裙，而有妇德，后人乃以“荆布”指代妻子。迓（yà）：迎接。伉俪：夫妻，配偶。迥（jiǒng）：远。

〔四〕米珠薪桂：米贵如珠，薪贵如桂。极言物价昂贵。语出《战国策·楚策三》：“楚国之粮贵于玉，薪贵于桂。”朘（juān）削：缩减，剥削。语出《汉书·董仲舒传》：“民日削月朘。”

〔五〕不待秦二世而亡：秦二世，即秦始皇少子胡亥。秦传至二世而亡。作者儿子死去，故言不待二世而亡。

〔六〕纳宠：纳妾。

〔七〕归正首邱：见第一一五篇《答赵南湖》注〔三〕。

〔八〕东门：东城门，指送行之门。

一三二、答王兰畦

季秋之望，得手书，连篇累牍，娓娓千言，叙四十年悲欢顺逆，无不可告人，并不足与外人言之事，如入山阴道上，应接不暇，当与《述怀诗》《行路难》同读也〔一〕。《牡丹亭》曲词云：“一生爱好自天然。”足下正坐此病。第不识昔日繁华，今能梦觉否。

碌碌依人，古风已邈。彼借我佣，我贪彼值，此中有利交而无道合，何知己之足云？以严武之贤，杜陵之才，而犹曰束缚酬知己〔二〕，其他更可知矣。

足下挈新宠而归，已属非计；又不挈之而来，则上年纳之者何为？今以金雀音稀，便欲别寻春信，岂相如涤器之余，顿忘卓氏当垆之苦耶[三]？

女子命薄，适我征人，秋月春光，都成虚度。既负糟糠，赋《硕人》而隐痛；又辜巾栉，吟《白头》以兴悲[四]。人孰无情，恐有不忍？

矧金谷残枝，难发桂林之秀；无盐陋质，更非解渴之汤[五]。此乃想入非非，策诚下下。至于一二年后，便图归里，再种蓝田[六]，此亦未思而言，谈何容易。

盖八口之家，必须百亩之田，虽宽以数年，断难如愿；即迟之十载，必不从心。于是客久须归，归家如客。征衫甫脱，未粗杨柳之腰；而骊唱将兴，又啾樱桃之口[七]。既一索之虚占[八]，必三春而再返。年适四十，岂堪任此蹉跎？路隔三千，更属徒劳资斧。保阳接眷而居者，未必尽皆卤莽，盖亦熟筹审处于无可如何也[九]。

老马识途，承足下垂询之殷，敢不剀切以对[一〇]？若成败利钝，非仆之所能逆料也[一一]。

莲幕在万山之中，暇时便于登眺，不意尘网中有此胜境，殊有振衣千仞之想[一二]。

同事丁品江，温文尔雅，坦度清襟，更喜两贤相遇，为神往者久之[一三]。而来翰云："兼叙案牍差务情形，颇为详晰。"此即足下习气未除。美人不务粉饰，名将不讲兵书，矧此佣笔生涯之卑无高论者。请即以清泉一洗尘俗。四年不见，想念为劳；剪烛西窗[一四]，未知何日。

注释

〔一〕山阴道上，应接不暇：语出《世说新语·言语》，原指景物美而多，令人目不暇接。后用以喻事物繁多，应付不及。

〔二〕束缚酬知己：见第七九篇《答朱桐轩》注〔六〕。

〔三〕金雀：古时妇女首饰，雀形金钗，代指妇人。春信：犹言春色。

相如涤器：西汉司马相如得卓文君后，卖酒于临邛，相如涤器，卓氏当垆。司马相如与卓文君情事见第一篇《与闻人冠云》注〔二〕。

〔四〕糟糠：见第九〇篇《与蠡县沈慕堂明府》注〔八〕。《硕人》：《诗经·卫风》篇名。巾栉：巾和梳篦，泛指盥洗用具。古以侍执巾栉为婢妾之事，因以作妻子之谦辞。《白头》：司马相如想纳妾，卓文君作《白头吟》以自绝。

〔五〕金谷残枝：指妓女，谓她们都是残花败柳。金谷，西晋石崇有金谷，此处指奢华烟柳之地。桂林之秀：喻优秀的子女。古代称人之子为桂子。无盐：即战国时齐宣王后钟离春，齐国无盐邑人，为人有德而貌丑。后常用为丑女的代称。

〔六〕蓝田：古蓝田产美玉，因常用以喻父母生佳子。

〔七〕骊唱：离别之歌。见第八〇篇《答陈胜园》注〔二〕。噈（cù）：口相就，亲吻。

〔八〕一索之虚占：言求子不得。一索，据《周易·说卦》，"震一索而得男，故谓之长男；巽一索而得女，故谓之长女"。索，求。

〔九〕资斧：指旅费、盘缠。卤莽：粗率冒失，不计后果。熟筹审处：仔细筹划，审慎处理。

〔一〇〕老马识途：见第三八篇《答李霭堂》注〔一五〕。剀（kǎi）切：恳切，切实。

〔一一〕"若成败利钝"句：语出诸葛亮《后出师表》，谓事情的结果好坏，不是我所能够预料到的。逆料，指预料、预测。

〔一二〕振衣千仞：立于千仞之高的地方，抖去衣上的灰尘。比喻归隐山林，抖落世俗凡尘。语本左思《咏史八首》其五："振衣千仞冈，濯足万里流。"

〔一三〕坦度清襟：指胸怀坦荡高洁。

〔一四〕剪烛西窗：见第一七篇《与童齐安》注〔五〕。

一三三、答王兰畦

中元日接手书〔一〕，知台驾有省垣之行，以不获与仆相见为怅。四年不握手，可谓阔别矣。回忆陋巷蓬庐，与韫山、又梁诸子剧饮雄谈，足下击唾壶，抱琵琶，唱诗书误我之曲，渊渊出金石声，座中无不欷歔泪下，几至酒不成欢，犹见至性至情，肫然流露〔二〕。而不谓曾几何时，而海萍风絮，落落晨星，固不仅堕溷飘茵，风流云散也〔三〕。盛筵难再，思之黯然。

足下两入会垣，所见所闻，必怃然于今昔之殊者。安得长房缩地术，与足下对酒高歌，浇此块磊哉〔四〕？

仆性不宜时，才非应世，碌碌自守，不肯乞怜于人，亦不能于热闹场中，添锦上之花，是以二十余年，一贫如故。今年已五十有四，须发苍而变白，左右车牙，各落其二，存者如买臣之妻，欲去未去，终日勃谿〔五〕。桑榆渐迫，未老先衰。

抑且失侣鹣鹣，无近枝可托，翱翔乎千百里以外，只影自怜。客游至此，真况而愈下矣。每读白太傅诗“欲作云泉计，须营伏腊资”之句，辄废焉兴叹〔六〕。然贫者士之常，阿堵物适足为身心之累〔七〕。苟得箪食瓢饮，息影潜踪，啸傲于稽山、镜水之间〔八〕，于愿足矣。

足下年当强仕〔九〕，健翮冲霄，正未可量。然此中况味，亦已备尝。绿水芙蓉，究不若白蘋紫蓼之为高洁〔一〇〕。惟愿数年中，稍得买山之资，同作归田之赋，庶几三杯菊酒，邀君于东武山头；半艇松烟，迟我于柯亭桥畔。白首青衫，相携老友，耕山钓水，共乐余年。陆剑南诗云：“斟酌平生如意事，及身强健早还乡。”诚不可不预计之耳。意念触此，故缕及之。倘使脑满肠肥者见之〔一一〕，必斥我为鄙且痴也。

莲幕胜地，知有良朋助理，读律之暇，登眺其间，岩光溪色，尽入奚囊〔一二〕，何不临风一寄耶？辰下菊黄蟹紫，露白葭苍，触景怀人，倍增郁结。伸纸濡毫，用纾悃愫。

注释

〔一〕中元日：见第四三篇《答陶愚亭亲家》注〔七〕。

〔二〕击唾壶：见第七篇《答周氾荇》注〔二六〕。渊渊：鼓声。《诗经·小雅·采芑》云："伐鼓渊渊，振旅阗阗。"肫（zhūn）然：惇厚一致貌。

〔三〕海萍风絮：海上浮萍，风中飞絮，言飘泊无定。落落晨星：见第一一九篇《答章又梁》注〔三〕。堕溷（hùn）飘茵：喻人之境遇高下悬殊。茵，垫褥。溷，厕所。语本《梁书·范缜传》："子良精信释教，而缜盛称无佛。子良问曰：'君不信因果，世间何得有富贵，何得有贱贫？'缜答曰：'人之生譬如一树花，同发一枝，俱开一蒂，随风而堕，自有拂帘幌坠于茵席之上，自有关篱墙落于粪溷之侧。坠茵席者，殿下是也；落粪溷者，下官是也。贵贱虽复殊途，因果竟在何处？'"风流云散：风吹过，云飘散，踪迹全消，比喻人飘零离散。

〔四〕长房缩地：见第一一一篇《与画友》注〔三〕。块磊：见第七篇《答周氾荇》注〔二五〕。

〔五〕买臣之妻：西汉朱买臣之妻初嫌朱买臣家贫而出走另嫁。后朱买臣显达，其妻又求回来，朱买臣泼水于地，令妻收回。此处指牙齿将落未落，如朱买臣妻子之犹豫未决。勃䜭：吵架，争斗。此指牙齿相碰撞。

〔六〕白太傅：指白居易。云泉：瀑布，山泉，指隐居之山林。伏腊资：指生活或生活所需的物质资料。

〔七〕阿堵物：见第七篇《答周氾荇》注〔一四〕。

〔八〕稽山、镜水：会稽山与鉴湖，鉴湖原名镜湖。二者均在浙江绍兴，指作者家乡。

〔九〕强仕：四十岁的代称。语本《礼记·曲礼上》："四十曰强，而仕。"

〔一〇〕绿水芙蓉：见第一三篇《答闻人冠云》注〔四〕，此处指游幕。白蘋紫蓼：皆隐花植物，其美不露于外，此处指代归隐山林。

〔一一〕脑满肠肥：大腹便便、肥头鼓脑的形象，形容不劳而食，养尊处优，无所用心。

〔一二〕奚囊：诗囊。见第九八篇《与丁品江》注〔四〕。

一三四、答沈虞橙

奉手书，知税驾巨鹿〔一〕，宾主甚欢，为慰奚似！惟云刘使君重寻旧约，已斥而却之。第谢之则可，斥之则不可。而仆不揣冒昧，窃有进规于足下者。

昔老子问道于商容〔二〕，张口曰："吾舌存乎？"曰："存。"曰："吾齿存乎？"曰："亡。""知之乎？"老子曰："非谓刚亡而弱存乎？"容曰："噫嘻，天下事尽矣。"孔子曰："君子和而不同"，"和而不流"〔三〕。又曰："危行言逊。"〔四〕是刚者必亡，弱者必存；直则难免，和则可通；行危则可式，行逊则可容〔五〕。古圣贤且然，矧为吾辈之庸庸者乎？

足下性刚质直，疾恶太严，而言论所及，往往过激。似宜养之以柔和，出之以婉逊，使人敬爱而不畏，亲近而不忌，庶于立身涉世之道，两无所忤。来翰云令弟已往山右，足下亦将出燕赵而游齐鲁。独不闻和圣有云：直道而事人，焉往而不三黜？枉道而事人，何必去父母之邦〔六〕。道不可枉而亦不宜过直，廉让之间，绰有余地，何必东驰而西突哉？

足下智珠在握，原无借坏土益山〔七〕，而叨爱之深，亦不自知其言之直也。希察其忠告而俯纳焉。

注释

〔一〕税驾：见第九七篇《答秦载光》注〔六〕。巨鹿：县名，在今河北省。

〔二〕商容：传为老子之师，曾用舌、齿的存亡向老子开示"柔"能长久的道理。

〔三〕和而不同：见第一二一篇《与杨松波》注〔三〕。和而不流：谓以和气待人，但不与坏人同流合污。

〔四〕危行言逊：指行为正直，言语谨慎。语出《论语·宪问》。

〔五〕危：端正的，正直的。式：示范，作为榜样。

〔六〕和圣：指柳下惠。《孟子·万章上》云："柳下惠，圣之和者也。"三黜：《论语·微子》云："柳下惠为士师，三黜。人曰：'子未可以去乎？'曰：'直道而事人，焉往而不三黜？枉道而事人，何必去父母之邦？'"后多以"三黜"为多次被罢官，官场失意之典。

〔七〕智珠：见第三八篇《答李霭堂》注〔一五〕。坏土益山：见第三八篇《答李霭堂》注〔一五〕。

一三五、答陆默庵

别后正切离索之感，接手书，倍增感叹。一车孤寂，千里间关，夕阳古道，衰柳长堤，无一非助人愁思。平时诗兴，不知消于何处。昔人云穷而益工，斯言未可信也。

富人饱欲死，贫人饥欲死，自昔为然。惟饥死者系干净菜园，尚有清气〔一〕；若饱而死，酒肉腐肠，死有余臭。

足下尚不甚贫，何至患饥？既为齐人，则东郭墦间之地〔二〕，必有一席以待者，更何患之有？第齐人之在当日，尚可伸足狂歌，酒酣骂座，即随意唱《莲花落》数套〔三〕，亦足动人观听。今则显者之门，曳裾者多〔四〕，残杯冷炙，到处辛酸，若令妻妾见之，不仅讪且泣也。

足下豪气未除，固是英雄本色。然年将望五矣，向后光阴，更觉白驹易过〔五〕。处今之世，似当不亢不卑，立身于廉让之间，可以止则止，可以久则久，苟得陋巷箪瓢，首邱没世〔六〕，胜于乞食侯门万万也。仆景迫桑榆，家随蓬梗〔七〕，一贫如故，八口难归，业已付之无可如何。足下尚有可为，又与仆同病相怜，故不惜出此肺腑肝肠之语。

注释

〔一〕菜园：喻人体。三国时期邯郸淳《笑林》云："有人常食蔬茹，忽食羊肉，梦五脏神曰：'羊踏破菜园！'"

〔二〕东郭墦间：见第五九篇《答周介岩》注〔四〕。

〔三〕莲花落：见第五九篇《答周介岩》注〔四〕。

〔四〕曳裾：见第七篇《答周氾荇》注〔六〕。

〔五〕望五：年近五十。白驹：喻光阴。《庄子·知北游》云："人生天地间，若白驹之过隙，忽然而已。"以白驹过隙比喻时间，言光阴过得很快。

〔六〕首邱：见第一一五篇《答赵南湖》注〔三〕。

〔七〕家随蓬梗：一家人像无根的茅草，漂泊无定。蓬梗，谓如飞蓬断梗，飘荡无定。

一三六、寄廿林侄

今之所谓幕，犹古之参军记室也〔一〕。第经济才华，今之人万不逮于古矣〔二〕。然刑名钱谷之事，实为官声民命所关，则哀矜而勿喜〔三〕，求其生而不得，方可死之。幕中人当常存此念，不仅以轻心锻炼、草率粗略为戒也〔四〕。

差传片稿，亦不可轻。官府一点朱，百姓一碗血，滥差妄拘，则破家荡产之祸，自我而肇。吾乡业于斯者，不可胜数，不及秦二世而亡者，亦不可胜数，岂尽由于心术之不正哉，即此侈然自放〔五〕，而造孽无穷。

吾侄品行素端，可以深慰，而精神才识，不能十倍他人，故举所以自儆者告之，惟时时省察焉。

愚漫游燕赵，几三十年。到馆以后，足不出户庭，身不离几席，慎往来所以远侮慢，戒应酬所以绝营求〔六〕，而自早至三更，不使有片刻之暇，以期无负于己者无负于人，亦惟吾侄师此意焉。

元城案牍尚不甚繁，理事之余，当温习故业，以图北闱之隽〔七〕。幕所以救贫，非可终身，即以愚为前车之鉴。

注释

〔一〕参军记室：见第八四篇《辞宁津明府刘三标》注〔七〕。

〔二〕经济：经世济民。

〔三〕哀矜而勿喜：语出《论语·子张》，谓若为民求得其情，应有怜悯之心，不要自以为喜。

〔四〕轻心：不经意，轻忽。锻炼：冶工陶铸锻炼，使之成熟。此指罗织罪名。

〔五〕侈然：骄纵自大的样子。

〔六〕营求：谋求，钻营求进。

〔七〕北闱：清代称顺天乡试为北闱，江南乡试为南闱。隽：通“俊”，才智出众之意。

一三七、又 答

接来字，知宾主契合，眠食俱佳，为慰。所云词讼旋结旋控，归咎于民情之刁，则大非也。

大畏民志，无情者不得尽其词〔一〕，固不能及矣。既有词讼，当虚心以听，故不曰审而曰听，察言观色，真伪自露。

今之官者以无讼为乐，遇讼民而先厌之，未登堂而即思退；两造之真伪未得，而扑责之威已不可遏，焉能服其心而不再控〔二〕？

愚于情状，事无大小，必令原、被各尽其词而后准讯。禀到时，详细叙略，定其是非，然后令官坐堂而听之，必期案无遁饰〔三〕，使原、被告各无怨言而后已。

慕堂明府，精于听讼，非有节略，则不登堂〔四〕。尝云：官之心思，不免于粗浮，不及幕之心思静而细也。然而好自用者，则以为节略先有成见，不知临轩时之成见更偏〔五〕。依人成事者，有幸有不幸焉。吾故曰：幕之不可为也。吾侄不责之于官，不责之于己，而责之于民，则造孽多矣。吾故曰：幕之不可为也。

注释

〔一〕大畏民志，无情者不得尽其词：出自《大学》第四十二："子曰：听讼吾犹人也。必也使无讼乎？无情者不得尽其词，大畏民志。此谓知本。"

〔二〕扑责：鞭扑笞责。不可遏：不可止。服其心而不再控：使其心服而不再诉讼。

〔三〕遁饰：欺蒙掩饰。

〔四〕节略：纲要，概要。

〔五〕临轩：本指皇帝不坐正殿而御前殿。殿前堂陛之间近檐处两边有槛楯，如车之轩，故称。此处即坐堂之意。

一三八、答严昌期

不与贵交我不贱，不与富交我不贫。足下意气虽高，犹未泯乎富贵贫贱之迹者也〔一〕。

我无愧于己，不求于人，正我知人世间何者为富贵，何者为贫贱，此期慰之流〔二〕，所以不可及也。愿足下勉之。

注释

〔一〕泯：消灭，丧失。

〔二〕期慰：希望有以安慰。

一三九、答甘林侄

接来字，颇以贫为忧。士穷见节义，古人有三旬九食者，贫亦何害[一]？

余成童时[二]，学为诗，有“丈夫当自主，不受世人怜”之句。及二十年而孤，家益贫，衣食于奔走，但不乞怜于人，而人亦无有怜之者。淮阴为中人之雄，其受漂母一饭，报以千金[三]，至今传为盛事。然丈夫义不受怜，千古一怜字，吾为吾侄惜也。

余惟以碌碌终身，不能自立为愧。吾侄当求其所以自立者，贫不足为忧，且断不可忧焉。

注释

〔一〕三旬九食：三十天中只能吃九顿饭。形容家境贫困，得食困难。

〔二〕成童：见第一五篇《答姜云标》注〔九〕。

〔三〕“淮阴为中人之雄”句：韩信报恩事，见第四八篇《谢陈和章》注〔二〕。

一四〇、答韫芳六弟

接来字，以百亩之产，入不敷出，将来有冻饿之忧，欲来保阳学幕。吾弟所虑甚明，而所谋甚拙也。

丈夫生有四方之志，本不应该终身牖下[一]。即有可守之产，亦当自奋于名利之途。

至所谓幕者，乃家无负郭之田，而有兄弟之养，菽水无资，饘粥不继，读书无成，困穷立至，不得已而以幕救贫也〔二〕。

然吾乡之业于斯者，不啻万家，其能温饱者几何？分作孽之余金，而欲为身家久长之计，此天理所不容，梦梦者入其途而不知悔〔三〕，而穷极无聊者，虽悔而亦无可如何。且幕而贫，尚不失幕之本来面目；若幕而富，则其人必不可问，而其祸亦必旋踵〔四〕。是幕也者，不特无名之可成，无利之可图，并欲免祸而亦所不能也。

况幕之一道，亦非我学之断无不成，如涂墙抹壁之易为也；亦非学成之断无不行，如抱布贸丝之可必也〔五〕。千人学幕，成者不过百人；百人就幕，入幕者不过数十人。缘幕虽较于读书为易，然亦须胸有经济，通达时务，庶笔有文藻，肆应不穷，又必须二十内外，记诵难忘，举一隅而三反〔六〕。更须天生美才，善于应酬，妙于言论。若无此三者，断不超群轶伦，到处逢迎，不过借曹邱之揄扬〔七〕，时运之偶合，庸庸碌碌，终其身而已。幕至于庸，则穷亦不可救。

至于就幕，则又有甚难者。一省只此百十余馆，而待聘者倍焉，此中夤缘以势，结纳以利，捷足者先登，下井者投石，人情叵测，世路崎岖，盖有不可胜言〔八〕。而学不足以服人，品不足以信人，虽居宾朋之列，无殊门客之容，其中委曲周旋，病于夏畦之苦〔九〕，更有不可以言喻。此学幕就幕之大概情形也。

吾弟年已及壮，自问其才能学幕否耶？略乎能不能之间，而冒昧以从事，如果穷极无聊，出于势之所不得已，姑不具论；若有产可守，而愿弃之为侥幸之图，田园托之亲友，家务委之女流，十年不返，一信聊通，百两未来，千金已去，得不偿失，后悔何追，曾有何逼而必欲出此？不过以百亩之产，所获甚微，未能锦衣玉食，呼奴使婢耳。不知生无豪杰之才，又无富贵之命，享先人之余泽，以菜饭布衣终老，亦人生不易得之境矣。世上浮华，眼前快乐，惟让有福者受之。羡之无穷，学之不尽，何足以动我虑念哉！

兄二十岁而孤，无半亩之产，而有二百金之券。慈母在堂，两妹未嫁，不得不为西秦之行〔一〇〕。迨年已三十，蒙伯父分金，买得薄田二十余亩，八口之家，未能仰事俯畜，又不得不作燕赵之游。二十余年，佣值已逾万金，皆随手散去，不特一贫如故，并将薄田亦尽出售，而眷属寄住他乡，欲归不得，然则幕果可以救穷否耶？殷鉴不远〔一一〕，吾弟曷不熟思之？

惟望守其所当守，而不必为其所不可为。此札语语真情，言言确论，不异剖心刺血而书者，幸时时省鉴，当善法守之，暮鼓晨钟〔一二〕，则现在之薄产可留，将来之饥寒可免也。

注释

〔一〕牖：窗户。

〔二〕负郭之田：见第七篇《答周氾荇》注〔七〕。菽水：见第二一篇《答同学诸友》注〔六〕。

〔三〕梦梦：昏乱，不明。

〔四〕旋踵：掉转脚跟，比喻时间极短。

〔五〕抱布贸丝：抱着布来买丝。《诗经·卫风·氓》有“氓之蚩蚩，抱布贸丝”之句。贸，交易。

〔六〕肆应：见第五六篇《答沈回言》注〔四〕。举一隅而三反：从一件事情类推而知道其他许多事情。《论语·述而》云：“举一隅，不以三隅反，则不复也。”后以“举一反三”谓触类旁通。

〔七〕曹邱：见第一〇〇篇《与谢丙南》注〔二〕。

〔八〕夤缘：攀援，攀附，比喻拉拢关系，阿上钻营。人情叵（pǒ）测：人的心地不可探测，形容人心险恶。叵，不可。

〔九〕夏畦：见第七篇《答周氾荇》注〔二三〕。

〔一〇〕西秦：指关中陕西一带秦之旧地。

〔一一〕殷鉴不远：谓前人失败的教训就在眼前，应该引以为戒。

〔一二〕暮鼓晨钟：佛寺中早晚报时的钟鼓。比喻使人警悟的言语。

一四一、与安州刺史沈慕堂

濡阳奉借寇君〔一〕，为之不释者竟日。昨晤小如公云大兄大人不以为苦，而转以为乐。安邑猪肝，究胜广文苜蓿，斯言深得犹龙退步法也〔二〕。第为贫而仕，则彭泽亦可弦歌；因逋而官，恐京兆难夸琴鹤〔三〕。安邑猪肝，果足以补虚羸否？

顷奉手教，以官情已冷，事事甘居人后，此进退绰然之时，非一身多累之日也。夫登场演剧，终日唱南浦长亭〔四〕，则观者纷纷欲睡；若大锣鼓演八仙庆寿，进王母蟠桃，则无不同声喝采。似宜振作精神，另开热闹之场，庶几夙逋全清，身名俱泰〔五〕，飘然远去，似海外神仙，可望而不可即。此愚昧之见，未识以雍之言然否〔六〕。

弟年已六十，精力已衰，本宜弃此敝帚，息影荒庐，而箪瓢无资，室人交谪，不得不依栖庑下，勉强佣舂〔七〕。苟负郭可耕，早已弹琴自乐矣。因贫而幕，因逋而官，同此不得已之苦衷，故不觉言之切也。

注释

〔一〕奉借寇君：典出《后汉书·寇恂传》：寇恂为颍川守，入为执金吾。后随皇帝南征，至颍川，盗贼悉降，百姓遮道，说："愿从陛下复借寇君一年。"后以此为挽留地方官的典故。

〔二〕安邑猪肝：据《后汉书·闵仲叔传》记载，闵贡客居安邑县，因贫，每天只买猪肝一片，屠夫有时不肯卖给他。安邑县令知道后，命下属供给。闵贡认为自己不能因口腹之欲劳累安邑县令，于是离开了安邑。广文苜蓿：明清时称儒学教官为广文，因其薪俸较少，生活清苦，常以苜蓿为食，故有"广文苜蓿"之语。犹龙：指老子。孔子曾对弟子说：

"吾今日见老子，其犹龙耶！"言老子之道如神龙见首不见尾，深不可测。后以犹龙为老子的代称，以后又转而称有道之士为犹龙。所谓"退步法"，可能是作者认为老子之道是劝人处处退一步着想的意思。

〔三〕彭泽亦可弦歌：典出《晋书·陶潜传》，陶渊明语亲朋："聊欲弦歌，以为三径之资可乎？"执事者听闻后遂以其为彭泽令。因逋而官：因为贫穷而去做官。逋，拖欠、亏欠。琴鹤：宋代赵抃为人清廉刚正，人称铁面御史。任成都转运使，到官时，随身只带一琴一鹤。

〔四〕南浦长亭：南浦、长亭均为饯别之地，此处借伤怀清冷的戏剧，言人生际遇。

〔五〕夙逋全清：以前的债都还清。身名俱泰：见第三八篇《答李霱堂》注〔一二〕。

〔六〕雍之言然：见第七九篇《答朱桐轩》注〔一〇〕。

〔七〕箪瓢无资，室人交谪：衣食无着，家里人互相埋怨。交谪，交相责难。依栖庑下，勉强佣舂：用汉代梁鸿典故。见第五四篇《又答》注〔三二〕。

一四二、与金背藤

吾辈佣笔生涯，仅得一年一会。人间莲幕，竟同天上银河。分袂后，萍浮南北，梗逐东西，徒切落月停云之感〔一〕。

老表弟理牍之暇，兼温举业，秋闱战捷，云路高翔，鹪鹩一枝，固非鸾凤所宜久栖也〔二〕。少壮不努力，老大徒伤悲，请以余为前车之鉴。

注释

〔一〕落月停云：见第一五篇《答姜云标》注〔六〕。

〔二〕理牍：处理公务。牍，公文。举业：科举时代专为应试的诗文、文字等学业。秋闱：见第六五篇《答沈霱堂》注〔九〕。云路：青云之路，比喻显达的仕途。鹪鹩一枝：见第一一篇《与方启明》注〔四〕。

一四三、复王静山

接奉琅函〔一〕，如天上飞来。范叔虽寒，犹有故人恋恋，不我遐弃，何幸如之〔二〕！维肃再三〔三〕。

敬悉阁下政祉双清，贤劳懋著〔四〕。大官大邑，在在需才，定卜乔枝莺徙〔五〕。微疾暂羁骥足，正为万里云程，养其腾远之气耳。孙女早逝，亦是先抱孙之兆，不足介意，皆可贺也。

弟到省后，赋闲三月，卧病数旬，典质俱空，饥寒交迫。馆事一误再误之后，竟无过而问焉者。每读“不才明主弃，多病故人疏”之句，不禁拍案大叫，声震屋瓦，泪涔涔下矣〔六〕。素蒙阁下推称知己，不识有以教我否耶。

天涯沦落人，穷愁情状，本不敢陈于尊贵之前，然阁下在热闹场中，殷殷垂念，当道罕有其人，故感激涕零，略叙一二，为鲍叔告〔七〕。霜清菊冷，风厉酿寒，起居奚如？企颂不一〔八〕。

注释

〔一〕琅函：书匣的美称，又为对书信的美称。

〔二〕“范叔”句：用范雎典故，见第四九篇《与昌平州归》注〔二〕。恋恋，顾念。不我遐弃，即不遐弃我，否定宾语前置为“不我遐弃”，意思是不抛弃我。

〔三〕维肃再三：不胜感激恭敬之意。肃，恭敬。

〔四〕政祉双清：政事和生活都很清正。祉，福祉。双清，谓思想及行事皆无尘俗气。贤劳懋（mào）著：贤声和劳绩都很著名。

〔五〕莺徙：《诗经·小雅·伐木》：“伐木丁丁，鸟鸣嘤嘤。出自幽谷，迁于乔木。”后常以嘤鸣出谷之鸟为黄莺，以“莺迁”“莺徙”为升擢或迁居的颂词。

〔六〕不才明主弃，多病故人疏：孟浩然《岁暮归南山》诗中句子，意谓我本无才，所以为明主所弃，年迈多病，连朋友也都生疏了。涔（cén）涔：不断流出或渗出的样子。

〔七〕鲍叔：即鲍叔牙，以知人并笃于友谊称于世。后常以“鲍叔”代称知己好友。

〔八〕酿：本指利用发酵作用制造酒、醋、酱油等，后以代指酒。企颂：期望和祝颂。

一四四、寄黄舟山

萍踪偶合〔一〕，获益良多。今秋沦落羊城，更蒙竭情关照，感镌肺腑，没齿难忘〔二〕。比维阁下起居胜常为慰。

弟自前月初一省垣解缆〔三〕。至三十始抵永安，近况之不堪，莫可名状。每夜挑灯独坐，回念起身之际，先受许多无辜委曲，到此自然可想而知。所最可长太息者，此种苦衷，非但不能见谅于人，反致不理于口〔四〕。离家数千里之多，六七年之久，头颅又复如许，乃为此戋戋者，竟到这般地位，不敢怨天，不敢尤人，惟有恨命而已〔五〕。叨在文字知己，情逾骨肉，略陈万一，实因有冤莫白，欲诉无门，不自知其一摇笔，而便如候虫之唧唧复唧唧也〔六〕。

春风又至，枯木皆欣欣而向荣，何潦倒穷途者，竟一无生气耶？先生雅善丹青〔七〕，暇时望为弟画一《形如槁木图》，庶几常坐先生春风中也〔八〕。此布，并候不一。

注释

〔一〕萍踪：浮萍的踪迹，常比喻行踪飘泊无定。

〔二〕羊城：广州的别名，又称五羊城。相传古代有五仙人乘五色羊执六穗秬而至此，故称。

〔三〕解缆：解去系船的缆绳，指开船。

〔四〕不理于口：语出《孟子·尽心下》“稽大不理于口”。意谓被众人所讪笑。理，顺。

〔五〕戋（jiān）戋：形容少、细微。不敢怨天，不敢尤人：不敢怨恨命运，不敢责怪别人。语本《论语·宪问》：“不怨天，不尤人，下学而上达，知我者其天乎？”

〔六〕候虫：随季节而生或发鸣声的昆虫。如夏天的蝉、秋天的蟋蟀等。

〔七〕雅善丹青：善于书画。丹青，见第二二篇《与家乡戚友》注〔五〕。

〔八〕庶几：或许可以，表示希望或推测。坐先生春风中：受到您的教诲。见第一二篇《与孙配琪》注〔四〕。

一四五、寄康若洲

春风又至，怀我故人，闭目凝思，如在无相庵中，坐谈移日也〔一〕。迩想足下履祺潭祉，时与维新，红袖添香，碧窗读画，雅人深致，迥异寻常，羡甚羡甚〔二〕。

弟佣舂庑下，偿值无多，年复一年，不觉老之将至〔三〕。我头易白，人眼难青，嗟嗟，步兵能无穷途之哭耶〔四〕？再伸尺素，聊述寸衷，顺候文安。

注释

〔一〕移日：移动日影，指不短的一段时间。

〔二〕迩想：近来。多用于恭维语的开头。履祺潭祉：意谓身体健康。旧时书信的套语。祺，吉祥、安详。潭，深。时与维新：敬辞，谓工作、生活与时俱进，不断发展。红袖：女子的红色衣袖，代指美女。读画：看画，或品评绘事。雅人深致：指高雅的人情趣深远，举止不俗。

〔三〕佣舂庑下：用梁鸿典故。见第五四篇《又答》注〔三二〕。偿值：即工资。

〔四〕青：指青眼。步兵能无穷途之哭：用阮籍典故。阮籍常驾车随意奔走，走到路尽头便痛哭而返。阮籍曾任步兵校尉，故称阮步兵。

一四六、复杨子良

顷又接手函，并规戒诗一首，药石之语，读之凛然〔一〕。虽拙作初则无聊之极思，继则借题发挥，大都海市蜃楼，不过镜花水月〔二〕。先生层层批驳，体无完肤，真觉一掴一血痕矣〔三〕。噫，吾过矣！吾过矣！

吾离群而索居也，亦已久矣。谨和元韵诗一首以谢云："何须鼓舌与摇唇，爱我无如知己真。欲饮早怜瓶已罄，相因那得更陈陈〔四〕！"专此珍复，不一。

注释

〔一〕药石：药剂和砭石，古时治病的用品，比喻规戒。

〔二〕海市蜃楼：由于光线在大气层中的折射而产生的自然现象。一般发生在沙漠地区和海边，折射的光线把远处的景物显示在空中或地面，形成奇异的幻景。古人误认为是蜃（大蛤蜊）吐气而成。后用来比喻虚幻的事物。镜花水月：镜中花与水中月，指意境不可以形迹求，比喻空幻飘渺。

〔三〕一掴（guó）一血痕：一个耳光一个血印。比喻批评非常恳切、实在。

〔四〕鼓舌与摇唇：鼓动嘴唇，摇动舌头，形容利用口才进行煽动或游说，亦泛指大发议论（多含贬义）。相因那得更陈陈：哪能够陈陈相因。陈陈相因，仓中粮食逐年累加，久而不食，则变为陈粮。后以此比喻因袭陈旧，缺乏创新。

一四七、复吴庚堂

赐来佳跋，不特文章知己，亦是游戏知己。洵非今世之所谓菩萨，是实在真菩萨之所谓菩萨也。惟真菩萨正法眼藏，方识得菩萨心肠〔一〕。此菩萨至宝真经，诚不可轻易售彼与自谓菩萨者矣。

然亦不可不留一部真经，置之真菩萨龛中，作为禅门日诵〔二〕。今仍奉送一部，愿真菩萨皆大欢喜，勿令彼火坑中逞威风之热中人见耳〔三〕。

仆行踪未定，惜不暇与真菩萨常坐禅床上说法，使今世之顽石点头〔四〕，为一大快事。生刍一束，仆何敢望布施耶〔五〕？此复不具。

注释

〔一〕跋：文体的一种，亦即后序，文章或书籍正文后面的短文，说明写作经过、资料来源等与成书有关的情况。洵：诚然，确实。正法眼藏：佛教语。禅宗用来指全体佛法（正法）。朗照宇宙谓眼，包含万有谓藏。借指事物的诀要或精义。

〔二〕禅门：谓禅定之法门，为心定于一、屏除妄念之法。又指达摩所传禅法言，即谓禅宗法门。

〔三〕火坑：比喻世俗的世界。热中人：指热衷于俗情世务的人。

〔四〕顽石点头：传说竺道生对顽石讲佛法，让顽石点头，后因以“顽石点头”比喻道理讲得透彻，说服力强，足以使人信服。

〔五〕生刍：鲜草。语出《诗经·小雅·白驹》：“生刍一束，其人如玉。”鲜草可养白驹，后因用作礼贤敬贤之典。布施：将金钱、实物布散施舍给别人。

一四八、复赵小山

接披还翰，荷蒙见惠家乡桂花饼两封。物以罕而见珍，馋口顿成香口；味因新而思旧，归心翻作苦心。拜赐之余，谢尤增感。

拙编二、三集，均宜醵金重印〔一〕。所有施令坦传文，候鸠工时〔二〕，即当另刷数十张寄上也。肃此，复候升安，不一。

注释

〔一〕醵（jù）金：集资，凑钱。醵，本义为凑钱喝酒，后泛指凑钱、集资。

〔二〕令坦：旧时对别人女婿的敬称。典出《晋书·王羲之传》："太尉郗鉴使门生求女婿于导，导令就东厢遍观子弟。门生归，谓鉴曰：'王氏诸少并佳。然闻信至，咸自矜持，惟一人在东床坦腹食，独若不闻。'鉴曰：'正此佳婿邪！'访之，乃羲之也。遂以女妻之。"鸠（jiū）工：聚集工匠。

一四九、寄潘隐谷

昨于中散书中，寄视佳作，并承名柬远颁，感半刺之情深，诵诸篇之丽句，令人作山榛隰苓之想〔一〕。拟和青莲长什，无奈文通才尽，不克描摹潘藻如江也〔二〕。相须甚殷，相见恨晚。倘三生缘在，得能一识荆州，实瓣香之奉耳〔三〕。耑缄布谢，伏候起居，临池洄溯〔四〕。

注释

〔一〕中散：官名，中散大夫的省称。名柬：即名片。半刺：指州郡长官下属的官吏，如长史、别驾、通判等。东晋庾亮《答郭预书》："别驾旧与刺史别乘，同流宣王化于万里者，其任居刺史之半。"山榛隰苓：《诗经·邶风·简兮》云："山有榛，隰有苓，云谁之思？西方美人。彼美人兮，西方之人兮。"诗歌本是慨叹贤者处非其位，而思西周盛时之庶物各得其所。此处用以表示对友人的思念。榛，落叶灌木或小乔木，结球形坚果，果仁可食，木材可做器物。隰（xí），低湿的地方。苓，草名，指茯苓。

〔二〕青莲：指李白。李白自号青莲居士。文通才尽：即江郎才尽，用江淹典故。见第七七篇《答赵青圃》注〔七〕。不克：不能。潘藻如江：潘岳辞藻华美，如有大江之才。语出钟嵘《诗品》："陆才如海，潘才如江。"

〔三〕荆州：指韩朝宗。见第一四篇《与杨松波》注〔一一〕。瓣香：佛教语，犹言一瓣香，即一炷香。后以"一瓣香"指师承或仰慕某人。

〔四〕耑：同"专"。临池：学习书法，或作为书法的代称。此处似指写信。洄溯：逆流而上，引申为回顾，比喻因思念而追怀旧情。

一五〇、寄张旭斋

多年睽隔，重聚穗垣，荷蒙樽酒流连，畅谈永夕，情深梓谊，感戢难名〔一〕。只以惜别匆匆，未获常聆矩诲，寸衷尤为轸结〔二〕。

比维足下禔躬纳祐，潭第凝庥〔三〕。妙手回春，世尽跻登仁寿；和风扇物，功侔燮理阴阳〔四〕。引睇青云，锦菜曷既〔五〕。

弟于初九日俶装就道〔六〕，至廿三日始抵龙川。碌碌因人，殊增惭恧耳〔七〕。肃椷申谢，恭候年安，不一〔八〕。

注释

〔一〕睽（kuí）隔：分离，乖隔。穗垣：指广州。梓谊：同乡之情。梓，桑梓、故乡。感戢（jí）：犹感激。

〔二〕矩诲：见第四五篇《与沈聚亭》注〔一〕。寸衷：内心。轸（zhěn）结：伤痛聚结。轸，伤痛。

〔三〕禔（zhī）躬：即禔身，安身、修身之意。纳：收入，接受。祐：指天、神等的佑助。潭第凝庥（xiū）：阖家安泰。潭第，对他人住宅的敬称。庥，庇荫，保护，吉庆之意。

〔四〕燮（xiè）理阴阳：调和阴阳，指大臣辅佐天子治理国事。

〔五〕引睇（dì）：举目而视，遥望。锦棻曷既：美好的东西无穷无尽。锦，有彩色花纹的丝织品。棻，有香味的木头。两者皆比喻美好的事物。

〔六〕俶（chù）装：整理行装。就道：上路。

〔七〕惭恧（nǜ）：羞惭。

〔八〕肃椷（jiān）申谢，恭候年安：恭敬地写信表达谢意，恭祝您新年好！椷，古同“缄”，书信。年安，新年安好，凡贺年信和新年前后给人写信，可用“年安”。

一五一、寄黄越尘

夙仰仙风，未亲挥麈〔一〕。日前珠江返棹，始获拜识于琳宫〔二〕。一接清辉〔三〕，实属三生有幸。惜缘俗氛所累，旋赴龙川，不克畅聆道德五千言也〔四〕。

比想吾师起居曼畐〔五〕，兴致超凡，飘然诗兴凌云，宛尔琴声流水。引瞻讲座，如海上神仙，可望而不可即，何羡如之！

家兄久托枝栖，渥承厦庇〔六〕。天涯寒士，得寄迹于碧城十二楼中，饭啖胡麻，书窥琼笈，又不知几生修到耳〔七〕。其为感激，何可言喻！肃此申谢，敬候安祺。伏维法鉴，不宣〔八〕。

注释

〔一〕挥麈（zhǔ）：挥动麈尾。麈，古书上指鹿一类的动物，其尾可做拂尘。魏晋人清谈时，每执麈尾挥动，以为谈助，后人因称谈论为挥麈。

〔二〕琳宫：仙宫，亦为道观、殿堂之美称。

〔三〕清辉：清光，多指日月的光辉，又比喻人的光彩。

〔四〕道德五千言：《道德经》五千余字。此处比喻高妙的言论。

〔五〕曼畐：即曼福，绵绵福祉，大福。

〔六〕枝栖：比喻可以安身的处所或职务。语本《庄子·逍遥游》“鷦鹩巢于深林，不过一枝”，后因以“枝栖”喻托身之地。渥（wò）：厚。厦庇：庇护。化用杜甫《茅屋为秋风所破歌》“安得广厦千万间，大庇天下寒士俱欢颜”。

〔七〕碧城：据说元始天尊居紫云之阙，碧霞为城。后因以碧城为仙人所居之处。饭啖（dàn）胡麻：据《幽明录》载，刘晨、阮肇到天台上采药迷路，遇二仙女，被邀至家中，以芝麻为饭，留半年，归家已七世矣。琼笈：玉饰的书箱。多指道书。

〔八〕法鉴：多用为鉴察语或书奉语。法，本指佛教语“法眼”，后指超凡的眼力。鉴，看、鉴察。

一五二、寄苏皤溪

艮自去年韩江叩谒钧颜，渥承温谕拊循，有如挟纩〔一〕。辞别以来，时深仰慕，新正肃贺，谅达铃辕〔二〕。顷闻驺从贲临，未遑晋省躬迎为歉〔三〕。

恭维阁下勋原无两，喜必叠双〔四〕。德洽郇膏，既东渐而西被；家传郭笏，因武纬而文经〔五〕。从知出将相于一门，早卜邀恩荣于世禩〔六〕。翘瞻棨戟，曷罄饕轩〔七〕！

艮廿载炎交，半年顺德〔八〕。欲治先人窀穸〔九〕，苦无归棹盘缠。倘蒙登高而呼，得沐栽培提拔，则生成之德，正当衔结于无穷矣〔一〇〕。

肃泐丹楮，虔颂鸿禧，祗候崇安，伏祈犀鉴〔一一〕。

注释

〔一〕叩谒：拜见。钧颜：敬词，书札及口语中，对尊者多用钧座、钧颜等词。温谕：情词恳挚的话语。拊循：安抚，抚慰。挟纩（kuàng）：披着绵衣。比喻受人抚慰而感到温暖。

〔二〕新正肃贺：农历新年正月恭敬地拜贺。铃辕：指长官的公署或临时驻地，因衙门外的辕门上悬铃，故称铃辕。

〔三〕驺从：见第一八篇《答盐山邓春圃明府》注〔五〕。贲（bì）临：形容来者贲然盛饰，后人因称贵宾来到叫贲临。

〔四〕恭维：对上的谦词。一般用于行文之始。

〔五〕郇（xún）膏：唐韦陟袭封郇国公，厨食奢靡。后以“郇厨”或“郇膏”为誉人膳食精美之词。谢人之宴饮叫饱饫郇厨。被：盖，遮覆。郭笏：传说郭子仪家子婿皆至大官，家宴时以一榻放置笏。后以郭笏称家门昌盛。笏，又叫手板，臣僚上朝时所执狭长板子，用象牙或木、竹片制成，可作临时记事之用。

〔六〕世禩：谓世代延续不断。禩，同“祀”。

〔七〕翘瞻：仰盼。棨戟：有缯衣或油漆的木戟。古代官吏所用的仪仗，出行时作为前导，后亦列于门庭。韟（chāng）轩：指击鼓跳舞，引申为激发、开启某种情绪。

〔八〕炎交：指广东交州（今广州），因其地方炎热，故称。

〔九〕窀穸：见第三六篇《与孙星木》注〔四〕。

〔一〇〕衔结：“衔草结环”之省称，比喻感恩图报。《左传·宣公十五年》记，春秋时晋国魏颗于父亡后，让父之妾改嫁而非殉葬。后在战场上，一位老人结草绳绊住敌将，助魏颗获胜。夜里，魏颗梦见老人言自己是改嫁小妾的父亲，来报恩德。《续齐谐记》云，东汉杨宝救治黄雀，夜梦黄雀言为西王母使者，又衔四枚白环为报。后以“衔环结草”比喻感恩报德，至死不忘。

〔一一〕鸿禧：洪福。犀鉴：即犀照。传说燃犀角可使水中通明，真相毕现。后遂以此词喻洞察事理，能触及幽微。

一五三、复李春麓

春麓先生阁下：夙邀神契，尺素先施；钦佩仙才，寸丹早篆。再披还翰，极缠绵缱绻之忱〔一〕；展诵和章，尽痛快淋漓之致。不独情词娓娓，并承慰诲殷殷，如获面谈，实深心感。

伏谂足下虚怀若谷，善气迎人，知学养之俱优，自性天之各足。屈居莲幕，何殊王粲登楼；近接芳邻，恍对元瑜记室〔二〕。龙门在望，甘拜下风；鱼简频颁，喜逢今雨〔三〕。

弟未识春风半面，葵藿同倾；因思秋水伊人，蒹葭载咏〔四〕。幸焦桐之入听，惭败鼓之兼收〔五〕。君子谦谦，反辱揄扬之语；吉人蔼蔼〔六〕，恒多劝勉之辞。

只缘老景颓唐，未免江淹才尽；从此躁心消释，浑忘阮籍途穷〔七〕。惟声闻之过情，复称呼之卑牧〔八〕。谢难言罄，愧不敢当。肃候起居，诸祈照察，不宣。

注释

〔一〕缠绵缱绻：形容情意深厚，难舍难分。

〔二〕莲幕：见第一三篇《答闻人冠云》注〔四〕。王粲登楼：比喻怀才不遇。见第三〇篇《与王吉人》注〔二〕。元瑜：建安七子之一的阮瑀，字元瑜。记室：官名，见第八四篇《辞宁津明府刘三标》注〔七〕。

〔三〕鱼简频颁：书信往来频繁。鱼简，古时以鲤鱼形木匣放书信，故称鱼简，参见第一三篇《答闻人冠云》注〔一〕。今雨：见第五八篇《答丁品江》注〔九〕。

〔四〕葵藿同倾：用以比喻向往仰慕之情，用于长辈，亦可用于平辈。葵藿，单指葵，葵性向日，古人多用于下对上赤心趋向之意。思秋水伊人，蒹葭载咏：用《诗经·秦风·蒹葭》“蒹葭苍苍，白露为霜。所谓伊人，在水一方”诗意。本指在水边悬念爱人，后泛指思念友人。蒹葭，初生的芦苇。

〔五〕焦桐：《后汉书·蔡邕传》载："吴人有烧桐以爨者，邕闻火烈之声，知其良木，因请而裁为琴，果有美音，而其尾犹焦，故时人名曰'焦尾琴'焉。"后以"焦尾枯桐"代称好琴。此处以之比喻书信、音讯。败鼓：破旧的鼓皮，可以用作药材，比喻虽然微贱却是有用的东西。此处用作对自己的谦称。

〔六〕蔼蔼：盛多貌，犹言"济济"。《诗经·大雅·卷阿》："蔼蔼王多吉士。"

〔七〕江淹才尽：见第七七篇《答赵青圃》注〔七〕。阮籍途穷：见第一四五篇《寄康若洲》注〔四〕。

〔八〕声闻之过情：名声超过实际。声闻，名誉。情，实。卑牧：《周易·谦》云："谦谦君子，卑以自牧也。"言君子恒以谦卑自养其德。

一五四、寄刘心香

去秋幸获登龙，未亲挥麈〔一〕。旋蒙嘉贶，莫罄谢私〔二〕。兹际岁籥将更，岭梅欲吐，恭维阁下以传经之实学，小试操刀；本修史之良材，一行作吏〔三〕。鸣琴南粤〔四〕，领袖西湖，民尽归心，政成善教。共喜藜光远映，真如玉局重来〔五〕。指日莺迁，临风雀跃。

某省垣流寓，旅况艰难，日暮穷途，金尽裘敝，筮井渫而占不食，诵《豳风》而叹无衣〔六〕。何以御冬，不堪足岁。半天风雨，每兴访戴之思；行李萧条，徒切依刘之愿〔七〕。还冀垂怜秋雨，无忘两地知心。尚祈赒恤孤寒，俾得一枝托足，则益荷生成之德，未敢辜嘘植之恩矣〔八〕。此启。

注释

〔一〕登龙："登龙门"的省称，用东汉李膺典故。见第一四篇《与杨松波》注〔八〕。挥麈：见第一五一篇《寄黄越尘》注〔一〕。

〔二〕贶（kuàng）：赠，赐。谢私：谢意，私衷。

〔三〕岁籥（yuè）：即岁月。小试操刀：稍试操刀之技。此处指刘心香初露才干。一行作吏：一经为官。语出嵇康《与山巨源绝交书》："游山泽，观鱼鸟，心甚乐之。一行作吏，此事便废。"

〔四〕鸣琴：《吕氏春秋·察贤》载："宓子贱治单父，弹鸣琴，身不下堂而单父治。"后用"鸣琴而治"言以德化民，不劳而治。此处即为治理之意。

〔五〕藜光：指烛光。藜，植物名，老茎可制杖，亦可燃烧照明。此处称颂人之功德，如燃藜之光，照耀长远。玉局：指苏轼。苏轼曾任玉局观提举，故称。

〔六〕金尽裘敝：皮衣穿坏了，金钱用完了，形容贫困失意的样子。用苏秦典故。《战国策》记，苏秦游说秦王不成，"黑貂之裘弊，黄金百镒尽。资用乏绝，去秦而归"。井渫（xiè）：谓井已浚治，比喻洁身自持。豳风：豳地（今陕西旬邑、彬县一带）的民歌，《诗经》十五《国风》之一。

〔七〕访戴之思：见第一九篇《与周介岩》注〔三〕。依刘之愿：依附刘表的愿望。用王粲典故，王粲曾到荆州依刘表。后来指依附有权力有地位的人叫"依刘"。

〔八〕赒（zhōu）恤：周济救助。嘘植：栽培、扶植之意。嘘，树木之枯萎、虫豸之冻死，嘘之使生之意。

一五五、复任苏庵

接奉手书，辱颁大集，挑灯细读，茅塞顿开，恍与苏长公把臂入林，挹其言论风采，令人色飞眉舞也〔一〕。翰苑仙才，一代作手，韩夫子岂常贫贱哉〔二〕？钦佩之至！

属书游鼎湖近诗，不敢藏拙，录呈斧政〔三〕。并塍以小诗二章〔四〕。婢学夫人，得毋哂其效颦忘丑耶〔五〕？草此复候吟祉〔六〕，不一。

注释

〔一〕辱颁：承蒙您赐下。辱，承蒙，谦辞。苏长公：即苏轼。把臂：见第六〇篇《答徐克家》注〔二〕。

〔二〕作手：指工艺或诗文书画的能手。韩夫子：指韩愈。

〔三〕斧政：请人修改诗文的敬辞。见第七九篇《答朱桐轩》注〔一一〕。

〔四〕媵（yìng）：古代指陪送、随嫁，亦指随嫁的人。此处指附带。

〔五〕效颦：见第一八篇《答盐山邓春圃明府》注〔二〕。

〔六〕吟祉：古代书信中对诗人的请安用语。吟，吟咏、吟诗。祉，幸福。

一五六、复周钓台

前造尊居，获瞻霁月〔一〕。顷承惠翰，如坐春风〔二〕。惟良友之相与，遂至情之可感。

盖自瑶章见示，顿教茅塞渐开，因于便札之中，附志葵倾之念〔三〕。

乃蒙睇怀俚句，尺素先施；散掷天花，寸衷早鉴〔四〕。既殷殷而眷注，复娓娓以揄扬。爰赋小诗，用酬大雅。

从此暮云春树，乌丝写怀旧一篇；惟期流水高山，红豆寄相思之什〔五〕。

素缄珍复，顺候元安〔六〕。临颖神驰，伏维朗照，不宣〔七〕。

注释

〔一〕霁月：见第一四篇《与杨松波》注〔一〕。

〔二〕如坐春风：见第一二篇《与孙配琪》注〔四〕。

〔三〕葵倾：见第一五三篇《复李春麓》注〔四〕。

〔四〕睇怀俚句：看这俚俗之词。作者谦辞，指看自己的书信文字。

尺素：书写用的一尺长左右的白色生绢，借指小的画幅、短的书信。散掷天花：比喻文章华美秀丽，如天花乱坠。

〔五〕暮云春树：见第六五篇《答沈霭堂》注〔五〕。乌丝：指乌丝栏，上下以乌丝织成栏，其间用朱墨界行的绢素。后亦指有墨线格子的笺纸。流水高山：用钟子期典故，见第四二篇《答丁仙槎盐大使》注〔四〕。红豆寄相思：用王维《相思》诗意。原诗为“红豆生南国，秋来发几枝，劝君多采撷，此物最相思”。红豆，相思木所结子，常用以比喻相思。

〔六〕元安：又作“元禧”“元祺”，意谓元日（元月）大福。一般在新春、新年开始时（元旦或农历正月初一）使用，多用于书信。

〔七〕临颖：执笔写信的时候。朗照：犹明察，明鉴。

一五七、寄赵锦江

水木横经，遍敷时雨〔一〕。宁阳入幕，幸坐春风〔二〕。慰夙愿于瞻韩，听新声于振铎〔三〕。半年欢聚，一旦悲离。

伏维先生乐志江乡，归休泉石。胸中星宿，罗五千卷而有余；笔底烟云，起八代衰而无比〔四〕。

暂缘解组，伫庆弹冠〔五〕。昔看鹤立于鸡群，倚楼名重；旋见鹏抟于羊角，展翮风高〔六〕。寸心方喜莺迁，尺牍宜申燕贺〔七〕。

弟田原似石〔八〕，耕未逢年。王不留行，瓜代之期渐至；道之将废，束脩以上犹虚〔九〕。欲煮字以撑肠，复灾梨而祸枣〔一〇〕。君文本富，居肆双门；仆命长贫，卖文百粤。今将三集，聊付五车〔一一〕。书剑飘零，自惭小技；文章游戏，贻笑大方〔一二〕。

敢云驰誉鸡林，羡说洛阳纸贵；只应随声骥尾，免教杜老囊空〔一三〕。翘企金相，庶几玉我〔一四〕。独是数旬契阔，不胜暮云春树之思；还期他日从游，共和细雨檐花之句〔一五〕。

肃函恭颂荣祺，并托关怀，不一。

注释

〔一〕水木：水清木秀，意指秋天。横经：横陈经籍，指受业或读书。时雨：应时之雨。

〔二〕幸坐春风：见第一二篇《与孙配琪》注〔四〕。

〔三〕瞻韩：看到韩荆州。见第一四篇《与杨松波》注〔一一〕。振铎（duó）：即摇铃。古代宣布政教法令时，振铎以警众。文事用木铎，武事用金铎。后引申谓从事教职。铎，有舌的大铃。

〔四〕起八代衰而无比：苏轼称韩愈“文起八代之衰，道济天下之溺”。此处用以称赞赵锦江文才。八代，指东汉、魏、晋、宋、齐、梁、陈、隋。

〔五〕解组：意谓辞去官职。组，印绶。伫庆弹冠：犹言“弹冠相庆”，弹除帽子上的灰尘，以示庆幸。

〔六〕鹏抟（tuán）于羊角：大鹏鸟展翅随旋风盘旋而上。语出《庄子·逍遥游》。此处比喻人奋发有为。抟，凭借。羊角，羊的角，借指旋转向上的风。

〔七〕莺迁：见第一四三篇《复王静山》注〔五〕。燕贺：犹祝贺。

〔八〕田原似石：多石而不可耕之田，谓之石田，比喻无用。

〔九〕王不留行：植物名，苗、子皆可入药。《世说新语·俭啬》记卫展在浔阳，有朋友来投，卫展只赠送王不留行一斤，朋友知其意，就离开了。此处意指即将命驾而返。瓜代：典出《左传·庄公八年》：“齐侯使连称、管至父戍葵丘。瓜时而往，曰：‘及瓜而代。’”本指瓜熟时赴戍，到来年瓜熟时派人接替。后世就把任期已满换人接替叫作瓜代。束脩：见第四三篇《答陶愚亭亲家》注〔一〇〕。

〔一〇〕煮字以撑肠：意谓赖写作以取得养家之资。灾梨而祸枣：糟蹋了梨树和枣树。古时书坊雕版多用梨木、枣木。作者此言是对自己著作的谦辞。

〔一一〕居肆：倨傲放肆。居，通“倨”。双门：一说重门，指有财有势的门第。一说指地名，广州市有旧地名“双门底”。五车：言书之多。《庄子·天下》：“惠施多方，其书五车。”后以此称人之博学，常称“学富五车”。

〔一二〕贻笑大方：被大方之家耻笑。大方，见识广博或精于一技的人，也称“方家”。

〔一三〕鸡林：古国名，即新罗。传说鸡林国人喜白居易诗，以黄金一两购白诗一首，并能辨真伪。后称人诗文之佳为“驰誉鸡林”。洛阳纸贵：比喻著作广泛流传，风行一时。用左思典故。左思作《三都赋》，豪富之家争相传写，洛阳纸价因之昂贵。后以“洛阳纸贵”称誉别人的著作受人欢迎，广为流传。随声骥尾：同“附骥”，语出《史记·伯夷列传》：“颜渊虽笃学，附骥尾而行益显。”后用以喻追随先辈、名人之后。杜老囊空：杜甫囊中空空。杜甫《空囊》有句云：“囊空恐羞涩，留得一钱看。”此处指生活贫困。

〔一四〕金相：比喻完美的形式。玉我：玉成于我，助我成功。

〔一五〕契阔：久别。暮云春树：见第六五篇《答沈霱堂》注〔五〕。细雨檐花之句：杜甫《醉时歌》中有“清夜沉沉动春酌，灯前细雨檐花落”。

一五八、寄苏磻溪

日前晋谒铃辕，幸亲矩范，备聆训迪，挟纩同温〔一〕。叩别以来，恭维大人裘带雍容，履綦绥吉〔二〕。

欣闻二少君凤毛济美，高掇巍科，从知学士家声，继风流于玉局；想见将军令子，宏文教于韩江〔三〕。喜气充闾，望云额手〔四〕。

艮薄游顺德，只益穷愁。惟期节钺之遥临，伫听泥金之捷报〔五〕。肃修芜启，虔贺蕃釐〔六〕，并候崇安，伏祈犀鉴。

注释

〔一〕铃辕：见第一五二篇《寄苏磻溪》注〔二〕。训迪：教诲启迪。《尚书·周官》云：“仰惟前代时若，训迪厥官。”挟纩同温：穿着棉衣一般温暖。见第一五二篇《寄苏磻溪》注〔一〕。

〔二〕裘带雍容：用西晋羊祜典故。《晋书·羊祜传》载羊祜身不披甲，优游从容而治军有方。后世称人有才干常用此典。雍容，形容仪态温文大方。履綦绥吉：身体健康，精神旺盛之意，旧时书信中常用的套语。履，鞋。綦，鞋带或鞋上的装饰。绥，安好。

〔三〕凤毛济美：比喻后继者能与前人的业绩齐美而发扬光大。旧时多用以称颂贤良父兄有优秀子弟。巍科：犹高第，古代称科举考试名次在前者。学士家声，继风流于玉局：苏家风尚继承于苏轼。苏学士、玉局皆指苏东坡。见第一五四篇《寄刘心香》注〔五〕。文教：指礼乐法度、文章教化。韩江：水名，在广东省境。

〔四〕望云额手：仰望天空，遥相祝贺。额手，以手加额，表示庆祝。

〔五〕节钺：符节和斧钺，古代授予将帅，作为加重权力的标志。泥金：本指用金粉或金属粉制成的金色涂料，用来装饰笺纸或调和在油漆中涂饰器物。借指泥金帖子。王仁裕《开元天宝遗事》载："新进士及第，以泥金书帖子附于家书中，至乡曲亲戚，例以声乐相庆，谓之喜信。"

〔六〕芜启：行文杂乱的书信，谦词。蕃釐：洪福。蕃，多。釐，福。

一五九、代寄兄某

七千里外，鸿雁群分；三五年来，池塘梦杳〔一〕。停岭云而系念，望燕月以凝思〔二〕。欣谂吾兄荷天子之宏恩，一麾出守；承先人之余庆，五马分符〔三〕。自此晋秩荣阶，敷宣伟绩，分居同气，与有荣施。并闻吾侄缔姻，膝前又添一佳妇。门间喜溢，曷罄贺忱！

某迹滞岭南，心萦冀北。以一朝之患，遂成终身之忧。欲剜肉以医疮，翻噬肤而灭鼻〔四〕。庐山犹是，面目非真；萍水难逢，肝肠欲断。命该如此，夫复何言！谨启。

注释

〔一〕鸿雁群分：喻兄弟分离。鸿雁，比喻兄弟。池塘梦杳：兄弟间音讯不通之意。池塘，相传谢灵运极赏识从弟惠连，云："每有篇章，对惠连辄得佳语。"曾于永嘉西堂作诗，竟日不就，忽梦惠连，即得"池塘生春草"之句。后人便把"池塘"二字作为兄弟的典故。

〔二〕停岭云：陶渊明曾作《停云》诗，表怀念亲友之意。岭云，岭南之云，广东别称岭南。燕月：直隶省（今河北）古属燕国，望燕月，即怀念直隶之意。

〔三〕一麾出守：语出颜延之《五君咏·阮始平》：“屡荐不入官，一麾乃出守。”麾有挥斥、排挤意，谓阮咸受荀勖排斥，出为始平太守。麾亦有旌麾意，故后多以“一麾出守”用作朝官出为外任之典。五马：见第八二篇《辞宣化太守李年伯》注〔二〕。分符：犹剖符。谓帝王封官授爵，分与符节的一半作为信物。五马分符，谓其兄出任太守。

〔四〕翻：反而。噬肤而灭鼻：语本《周易·噬嗑》“噬肤灭鼻，无咎”。

一六〇、寄赵巢阿

多年知己，离合不常，方寸中容得几许愁绪耶〔一〕？惜别匆匆，又逾一月矣。家兄书至，欣悉吾兄以就节署分校志书之馆〔二〕。令郎世兄诹吉完姻〔三〕，喜必叠双。慰忭奚似！

弟重游旧地，故我依然。食指较多，支撑更形竭蹶〔四〕。而笔墨之繁芿，又倍于曩时〔五〕。即今芳岁将阑，百端交集，殊觉苦境与年俱长也。如何，如何？冗次率泐数行，恭贺文禧，不宣。

注释

〔一〕方寸：指心。

〔二〕节署：官署，官衙。清朝督抚称节帅，其衙署称节署。分校：分任校勘之事。

〔三〕诹（zōu）吉：选择吉日。诹，在一起商量事情，询问。

〔四〕食指：指家庭或家族人口。竭蹶：颠仆倾跌，行步匆遽的样子。

〔五〕繁芿（réng）：繁复杂乱。曩（nǎng）时：往时，以前。

一六一、寄杨秋舫

文字深交，音书久绝。回思聚首，殊觉怆怀。比谂足下代篆河厅〔一〕，荣膺美缺。流连风月，何如云雨巫山；管领莺花，恰值阳春烟景〔二〕。其为艳羡，曷既棻铺〔三〕！

弟正叹穷途，复嗟浮海，愁添白发，泪湿青衫。倘邀恋恋故人，稍分河润，则鲂鱼赪尾，实所望于足下之恩波矣〔四〕。肃缄布贺鸿禧，并候升安，不一。

注释

〔一〕代篆：古代印章惯用篆书，故用“篆”代指官印。代篆，即言代理官职。

〔二〕云雨巫山：用楚襄王典故，宋玉《高唐赋》记楚襄王游云梦泽，梦巫山神女自荐枕席，云：“妾在巫山之阳，高丘之阻，旦为朝云，暮为行雨，朝朝暮暮，阳台之下。”其后以“云雨”喻男女情事、男女幽会。莺花：卢仝《楼上女儿曲》云“莺花烂熳君不来，乃至君来花已老”，后人以莺花喻妓女。烟景：春日地气上升，暖阳照耀之下，望去，田野上有如轻烟笼罩，故云烟景。

〔三〕棻铺：铺陈排列之意。棻，通“纷”，繁多貌。

〔四〕河润：语出《庄子·列御寇》“河润九里，泽及三族”，言恩泽如大河滋润土地般施及三族。鲂鱼赪尾：形容役人劳于王事，十分困累。见第七七篇《答赵青圃》注〔一四〕。

一六二、寄史春林

月是中秋，日方初吉，子良信至，知为阁下六十寿辰。悬弧已过一旬，绵算更增百倍〔一〕。

伏谂筹添庆衍，耳顺心通〔二〕。椿原八千岁为秋，桃又三千年而熟〔三〕。兰芬桂馥，齐开不老之花；萱茂芝荣，共晋长生之酒〔四〕。回瞻绛帐〔五〕，忭颂无涯。

艮执爵为先，献诗犹后，恭修简牍，补祝冈陵〔六〕，并候节安，统祈荃照，不宣〔七〕。

注释

〔一〕悬弧：古代生男儿时，于门左边挂一张弓，故生子称“悬弧”，又引申为男子生日。绵算：寿算绵长之义。

〔二〕筹添庆衍：筹，指计数之筹码。筹添，增添寿算。庆，庆贺。衍，长久、绵长之义。此句为贺人长寿之义。耳顺：《论语·为政》言“六十而耳顺”，后以耳顺代指六十岁。

〔三〕椿原八千岁为秋，桃又三千年而熟：《庄子·逍遥游》：“上古有大椿者，以八千岁为春，八千岁为秋。”《汉武帝内传》载西王母赠汉武帝仙桃，其桃“三千年一生实”。

〔四〕兰芬桂馥：古人以兰桂喻子孙，兰芬桂馥，乃称颂后嗣繁盛之言。萱：萱草，古代代指母亲。芝：芝草，古代指子弟。

〔五〕绛帐：红色帐幔，师门、讲席之敬称。《后汉书·马融传》言马融“常坐高堂，施绛纱帐，前授生徒，后列女乐”。后遂以绛帐作为师长的代称。

〔六〕冈陵：丘陵，此处引申为祝福语。语本《诗经·小雅·天保》：“天保定尔，以莫不兴。如山如阜，如冈如陵。”

〔七〕荃照：希望对方察知、鉴谅的敬辞。荃，香草名，古时多喻君主，后多比喻高贵德行、贤良之人。

一六三、寄徐药生

忆自抠衣尊居〔一〕，快聆雅教，缘虽一面，幸实三生。感温语之拊循〔二〕，诵新诗之俊逸，匆匆惜别，刻刻难忘。

比维足下新祉懋绥，潭祺偕吉〔三〕。春来花发，终当还白玉之堂；云散月明，奚止屈青山之县？翘瞻矞采，曷既棻铺〔四〕！

艮鹤岭初离，龙川甫至，穷犹未退，老已频摧。不知后会何如，殊叹前游若梦耳。肃贺节喜，并候台安，不一。

注释

〔一〕抠衣：提衣而行，以示恭敬。

〔二〕拊循：见第一五二篇《寄苏磻溪》注〔一〕。

〔三〕潭祺偕吉：尊府大吉大祥。

〔四〕白玉之堂：指富贵之家。翘瞻矞采：翘首瞻望祥瑞云彩。矞，彩云，古人认为是祥瑞。棻铺：见第一六一篇《寄杨秋舫》注〔三〕。

一六四、代柬王也香

天壤王郎，人原似玉〔一〕；舟中荡妇，貌岂如花？乃相谑已邀赠芍之欢，而见怜尤辱秉蕳之爱〔二〕。从此髻堪斜插，宵中枕也留香；他时梦有佳征〔三〕，服处姿应添媚。纫为佩矣〔四〕，居然竟体芳多；浴彼汤欤，不觉余香袭久。令我回思王者〔五〕，言逾同心；知君本是善人，居宜入室。幸未败秋风一夕，庶几来幽谷双栖。爰感投桃，借纾葵悃〔六〕。谨启。

注释

〔一〕天壤王郎，人原似玉：《世说新语·贤媛》记谢道韫出身高门，颇不以丈夫王凝之为意，抱怨说："不意天壤之中，乃有王郎。"后世遂称姓王者为"天壤王郎"。此处仅以指王也香姓氏，未有贬义，且赞其人似玉。

〔二〕相谑已邀赠芍之欢，而见怜尤辱秉蕑之爱：语本《诗经·郑风·溱洧》"维士与女，伊其相谑，赠之以芍药"，言男女手持兰草相见甚欢，男女互相戏谑，互赠芍药，传情达意。

〔三〕佳征：好的预兆，此处指怀孕。

〔四〕纫为佩矣：《离骚》云"纫秋兰以为佩"，言将秋兰缝纫连在一起作为配饰。此处言将王郎所赠之花佩带在身上。

〔五〕王者：指兰花。蔡邕《琴操·猗兰操》云："夫兰当为王者香，今乃独茂，与众草为伍，譬犹贤者不逢时，与鄙夫为伦也。"后世遂称兰花为"王者香"。此处似指王也香，盖以字面意义相连属。

〔六〕爰感投桃，借纾葵悃：《诗经·大雅·抑》云"投我以桃，报之以李"，言互相赠答。此句言感激您的来信，我也借此信向您表达诚挚的向慕之情。

一六五、寄王静山

前具寸函，亮蒙青及〔一〕。比谂阁下篆权陵水，新政覃敷〔二〕。以岭海之边陲〔三〕，得神仙之暂驻。彼歌来暮，此勒去思，指顾莺迁，曷胜翘企〔四〕！

弟与晋堂近况均如旧日，无善可陈。断章则义取二难，作合则同情两美〔五〕。惟望珠还合浦，寒谷春回，引领风前，亦如张老之善颂善祷耳〔六〕。

云山渺渺，良晤何时？肃贺鸿禧，并候升安，不既。

注释

〔一〕亮：相信。青及：旧时客套语。谓承蒙（您）青眼相待。大多用于书信开头的称谓后面。

〔二〕篆权：官印往往以篆字刻制，权是暂时的意思。篆权，即署理官。覃敷：广布的意思。

〔三〕岭海：广东地处五岭之南，临近南海，故又称岭海。

〔四〕来暮：见第一二三篇《答天津明府沈小如》注〔三〕。去思：谓地方士民对离职官吏的怀念。语出《汉书·何武传》："欲除吏，先为科例以防请托，其所居亦无赫赫名，去后常见思。"莺迁：见第一四三篇《复王静山》注〔五〕。

〔五〕断章则义取二难，作合则同情两美：两人分开则俱入难处，和好则各得其美。

〔六〕珠还合浦：《后汉书·孟尝传》载：合浦郡海出珠宝。原宰守采求无度，珠遂徙于邻境交址郡界。及孟尝赴任，革易前弊，不出一年，去珠复还。后遂用"珠还合浦"比喻失而复得或去而复还，此处指情况恢复如初。张老之善颂善祷：像张老那样善于颂祷。《礼记·檀弓下》载晋献文子成室，张老曰："美哉轮焉！美哉奂焉！歌于斯，哭于斯，聚国祖于斯。"君子谓之善颂善祷。

一六六、寄叶升阶

前在花封，诸叨梓谊〔一〕。两次合旌旋省，屡接行辕，均未能面罄谢忱，至今仄悚〔二〕。兹逢献岁，新值乔迁，伏维阁下甫息巨肩，即膺岩邑，知群声之超卓，实因重于上游〔三〕。口皆碑而彼勒去思，春有脚而此歌来暮〔四〕。长才小试，正当化日舒长〔五〕；乐土初临，爰与斯民同乐。遥听清呼一叶，伫看晋秩三迁〔六〕。引领下风，适符虔颂。弟重游旧地，故我依然。惟瞻广厦万间，寒士未邀覆被；寸心千里，故人徒切钦迟〔七〕。耿耿私衷，莫能言喻耳。肃此申贺，顺候升安，不一。

注释

〔一〕花封：见第六一篇《与交河明府章峻峰》注〔四〕。梓谊：同乡之谊。梓，故乡、故里。

〔二〕行辕：旧时高级官吏的行馆，亦指在暂驻之地所设的办事处所。仄悚：恐惧不安。

〔三〕献岁：进入新的一年，岁首正月。巨肩：重任，重担。岩邑：险要的城邑。上游：比喻高位。

〔四〕去思：见第一六五篇《寄王静山》注〔四〕。春有脚：即“有脚阳春”，对官吏施行德政的颂词。典出王仁裕《开元天宝遗事·有脚阳春》：“宋璟爱民恤物，朝野归美，时人咸谓璟为有脚阳春，言所至之处，如阳春煦物也。”来暮：见第一二三篇《答天津明府沈小如》注〔三〕。

〔五〕化日舒长：语出《后汉书·王符传》“化国之日舒以长”。化日，太平盛世之日。

〔六〕清呼一叶：明永乐间，浙江钱塘县令叶宗行，为官清正，时呼钱塘一叶清。三迁：三次升迁。旧时常用作祝颂升官之词。

〔七〕广厦万间，寒士未邀覆被：反用杜甫《茅屋为秋风所破歌》诗意。钦迟：恭敬地等待。

一六七、与周又伯

十八年至好，四千里相依，七载于兹，一朝言别，人生聚散，思之黯然。

忆自入粤以来，同游玉局之丰湖，再登凌江之官阁，饮和食德，没齿难忘〔一〕。

今犹不弃葑菲，竭情推毂〔二〕。五日京兆〔三〕，辄试万言。泾渭分流〔四〕，原非水乳。省识命途多舛，敢云明珠暗投〔五〕？孟浪栖枝〔六〕，徒留笑柄。

为今之计，只好借乡试名色，决意旋归。惟是行李萧条，不独旅人减色，还祈无忘季布一诺，践省城传述之言，使不至流落他方，得以老死牖下，是皆君子周急之赐也〔七〕。

且日内拙刻将竣，意欲刷印数百部，仰仗鼎力分售，以期少壮行色〔八〕。小人喻利，大抵如斯。

然种种骨肉关情，有加无已。客窗独坐，未尝不感激涕零，结草衔环〔九〕，图报或有日耳。

临别乞怜，幸勿膜视〔一〇〕。从此云泥终隔，未知能重晤于两峰三竺间否〔一一〕。援毫呜咽，不尽欲言。此启。

注释

〔一〕玉局：见第一五四篇《寄刘心香》注〔五〕。丰湖：湖名，位于广东惠州城西。饮和：谓使人感觉到自在，享受和乐。语本《庄子·则阳》："故或不言而饮人以和。"食德：谓享受先人的德泽。语本《周易·讼》："六三，食旧德。"

〔二〕葑菲：见第六四篇《答章炎甫》注〔一〇〕。推毂（gǔ）：本指推车前进，引申为荐举、援引。

〔三〕五日京兆：《汉书·张敞传》载京兆尹张敞，因杨恽案受牵连，絮舜以为敞即将免官，不肯为敞办案，曰："今五日京兆耳，安能复案事？"后敞收舜下狱，告舜曰："五日京兆竟何如？"后因以比喻任职时间不会长，或凡事不作久长打算。

〔四〕泾渭：指泾水和渭水，两水清浊有别，后用以喻人品之高下。

〔五〕命途多舛（chuǎn）：命运充满不顺，指一生坎坷，屡受挫折。舛，不顺、不幸。明珠暗投：语出《史记·鲁仲连邹阳列传》："臣闻明月之珠，夜光之璧，以暗投人于道路，人无不按剑相眄者。何则？无因而至前也。"后多用"明珠暗投"比喻有才能的人得不到赏识和重用，或好人误入歧途。亦比喻贵重的东西落到不识货的人手里。

〔六〕孟浪：犹浪迹，浪游。

〔七〕季布一诺：季布以任侠著名，重然诺，楚人有"得黄金百斤，不如得季布一诺"之谚。后以"季布一诺"为重然诺而不失信用之典。周急：见第一二八篇《答陈韫玉》注〔八〕。

〔八〕鼎力：大力。对人有所请托，表示感谢的敬词。行色：行旅出发前后的情状、气派，犹指行旅。

〔九〕结草衔环：见第一五二篇《寄苏磻溪》注〔一〇〕。

〔一〇〕膜视：轻视。

〔一一〕云泥：比喻两物相去甚远，差异很大。两峰三竺：指浙江杭州之南高峰、北高峰，及上天竺、中天竺、下天竺。此处以之代指杭州。

一六八、寄周兰仙

珊洲萍聚，昕夕盘桓〔一〕。一别数年，相思万种。伏审足下芹香早掇，云路高翔；鹿洞传经，鹏程奋翮〔二〕。继家声于翰苑，舒壮志于英年。翘企高风，鄙私忻慰。

弟羁身逆旅〔三〕，日暮途穷。回思官舍谈心，歌扬顾曲〔四〕，此情此景，真不可多得。

何时一樽酒，重与细论文〔五〕？渺渺予怀，梦魂常绕西江水。天涯人远，别易会难。心绪如焚，意余言表。肃修尺一〔六〕，遥问起居，珍重加餐，诸惟情鉴，不宣。

注释

〔一〕珊洲：即珊瑚洲，在今广东东莞。昕夕：朝暮，谓终日。昕，太阳将要出来的时候。盘桓：交往。

〔二〕芹香早掇：即早掇芹香。掇芹，即采芹。古时学宫有泮水，入学则可采水中之芹以为菜，故称入学为“采芹”“入泮”。后亦指考中秀才，成了县学生员。鹿洞传经：指教授学业。鹿洞，指白鹿洞，朱熹曾在此讲学。

〔三〕逆旅：客舍，旅馆。

〔四〕顾曲：周瑜精通音乐，时人有“曲有误，周郎顾”之言。后遂以“顾曲”为欣赏音乐、戏曲之典。

〔五〕何时一樽酒，重与细论文：语出杜甫《春日忆李白》诗，谓相聚饮酒讨论文学创作。

〔六〕尺一：见第八篇《答王兰畦》注〔一〕。

一六九、寄陈金莺

数载欢逢，三生缘合。匆匆握别，渺渺相思。伏念芳卿玉体胜常，食眠无恙，天寒翠袖，珍摄为宜〔一〕。卿意如何？我怀若此。

仆韩江解缆，水宿风餐，初则返棹东莞，既而买舟顺德〔二〕。自忆篷窗并坐，昕夕盘桓，因爱老而戒色荒，更怜才而为书惜，雅人深致，不愧抡元，此真巾帼丈夫，可谓闺帏知己〔三〕。每一念及，感激涕零。正不徒梦断巫峰，肠一日而九回矣〔四〕。嗟嗟，明月半江，故人千里，前尘已杳，后会何能！万种离愁，百端交集，挑灯书此，泪下沾襟。肃候起居，临池翘企。

注释

〔一〕芳卿：旧时对女子的昵称，常称关系亲近、心中所喜爱的女子为芳卿或爱卿。天寒翠袖：语出杜甫《佳人》诗“天寒翠袖薄，日暮倚修竹”。谓天气寒冷美人衣衫单薄。珍摄：犹保重。

〔二〕解缆、返棹、买舟：皆谓乘船，走水路。

〔三〕昕夕盘桓：见第一六八篇《寄周兰仙》注〔一〕。色荒：沉迷于女色。抡元：科举考试中选第一名。抡，选择、选拔。闺帏：闺房的帷幕，借指妇女居住的地方，或借指妇女及与妇女有关的事物。

〔四〕梦断巫峰：见第一六一篇《寄杨秋舫》注〔二〕。肠一日而九回：见第七七篇《答赵青圃》注〔五〕。

一七〇、寄周红豆

仆慕芳名久矣。前年自顺德移砚番禺，适友人王笠舫之子苍山，述卿喜阅文章，游戏拙集，感深知己，一面缘悭〔一〕。

同人相与唱酬，至今念念不舍，讵料一昨于诗札中得读大著，如获珠宝。奈因七夕三更，蹇遭姬人林柔卿病故〔二〕，悲喜交集，心绪茫然。

勉和四诗，书扇持赠，并将旧日忘怀诗四首呈政〔三〕，复承雅爱，赐和原韵见寄，始知卿之念仆，无殊于仆之念卿。惺惺惜惺惺〔四〕，此日之相知，未尝非天作之合也。但不审三生石上〔五〕，尚能一偿夙愿否。愿卿明以告我。

倘蒙示复，即当趋侍左右〔六〕，庶可面陈万种相思耳。专泐布候起居，不一。

注释

〔一〕移砚：见第九七篇《答秦载光》注〔二〕。一面缘悭（qiān）：缺少一面之缘，谓无缘相见。

〔二〕蹇（jiǎn）：穷困，困厄。

〔三〕呈政：呈给您修改。

〔四〕惺惺惜惺惺：同“惺惺相惜”，聪明人爱惜聪明人，意谓性格、才能或境遇相同的相互爱惜、同情。

〔五〕三生石：见第一二篇《与孙配琪》注〔三〕。

〔六〕趋侍：侍奉。

一七一、寄麦纫安

忆自金莺船上，深谈半夜，两意缠绵，未免有情，谁能遣此？嗣后天作之合，缘订三生；惜别匆匆，能无恋恋？

比想芳卿起居无恙，餐卫适宜〔一〕，未知灯下酒边，浅斟低唱时，犹念及穷途阮籍否〔二〕。红颜白发，固不足相当，而交贵知心，谅必不遗故旧也。

倘异日重泛韩江之棹，自应再践前言耳。肃此顺承近祉，凭尺毋任依依〔三〕。

注释

〔一〕餐卫：谓饮食调养。

〔二〕穷途阮籍：见第一四五篇《寄康若洲》注〔四〕。

〔三〕凭尺毋任依依：看到书信不要太过思念啊。凭，靠在东西上。尺，尺素、书信。依依，形容思慕怀念的心情。

一七二、寄倪丹湖

绥水瞻韩，珠江御李〔一〕，论交三载，知己一心。别绪匆匆，欢踪渺渺，比想足下风清莲幕，庆集兰襟〔二〕。平章隔巷之花，觞咏闲庭之日〔三〕，固知在家为客，终胜远客离家也。艳羡，艳羡！弟重游旧地，故我依然。转瞚四旬〔四〕，难糊数口。每过虬龙轩里，对景怀人；惟游福寿寺中，销愁遣兴而已。

岁云暮矣，避债有台；春可乐乎，寻芳无伴。予情若此，君谓之何？肃候时安，伏惟亮察，不宣。

注释

〔一〕瞻韩：见第一四篇《与杨松波》注〔一一〕。御李：见第八一篇《与交河明府王达溪》注〔一〕。

〔二〕莲幕：见第一三篇《答闻人冠云》注〔四〕。兰襟：芬芳的衣襟，比喻知心朋友。

〔三〕平章：品评。隔巷之花：指新妇。典出隋代陈子良《七夕看新妇隔巷停车》“隔巷遥停幰，非复为来迟。只言更尚浅，未是渡河时”。觞咏：语本王羲之《兰亭集序》“一觞一咏，亦足以畅叙幽情”，后以“觞咏”指饮酒赋诗。

〔四〕转瞚（shùn）：转瞬。瞚，古同“瞬”，眨眼。

一七三、复秦西川

前接来书，并荐来蜀中女乐一部〔一〕，当与居停齐梓说知，唤至署中，弹唱数日，另给荐书而去。借谂阁下政祺偕吉为颂〔二〕。

弟依人作嫁，睽违两年，顽健如常，差堪告慰〔三〕。

兹有清音小唱，来至贵州，楚楚可怜，颇解人意，顷来贵治〔四〕，用介一言。公退之余，务祈进而试之，以较前度女郎为何如耳？耑此恭候升安，不备。

注释

〔一〕女乐：歌舞伎。一部：一班。

〔二〕政祺偕吉：政事、生活都吉祥如意。

〔三〕依人作嫁：见第一一二篇《与章含章》注〔四〕。睽违：分隔，离别。差堪告慰：还算是可以感到安慰。差，大致还可以。

〔四〕贵治：对人管辖之境的敬称。

一七四、寄黄霁青

艮自海阳作嫁〔一〕，叩谒龙门，古道谦光，有加无已。濒行又蒙廉泉一勺，润及征尘〔二〕。种种宏慈，感铭曷已！今春托本家介石寄呈贺函，并送上新镌《说涂》一部，亮邀电览〔三〕。

恭惟郡伯，抱霖雨苍生之志，得以表率韩江，赫赫勋高，巍巍德峻，泰山北斗，瞻仰者重拜昌黎〔四〕。顷闻行旌近莅羊城，分隔云泥，执鞭无自〔五〕。颂忱恋悃，莫可名言。艮自移砚龙潭，益增艰窘。行年六十四岁，入粤一十九年，上则两棺暴露空山，下而八口啼号故里，家徒四壁，囊乏一钱，嵫景堪嗟〔六〕，欲归不得。

伏念郡伯矜怜寒士，以一夫不获为己任，惝沐恩推山梓，设法提携，指示迷途，诞登彼岸，镂心刻骨，没齿难忘〔七〕。

韩吏部文："其哀之，命也；其不哀之，命也。"〔八〕临颖毋任悚惶激切之至！肃泐申贺，并候台祺，不宣。

注释

〔一〕作嫁：见第一一二篇《与章含章》注〔四〕。

〔二〕蒙廉泉一勺，润及征尘：意谓承清廉的你从俸禄中拿出一些钱给我做路费。廉泉，泉名，在江西赣州。

〔三〕电览：飞速浏览。

〔四〕郡伯：明清时称知府为郡伯，以其掌管一郡，相当于古代的方伯。霖雨：甘雨，时雨，比喻济世泽民。泰山北斗：泰山极高，北斗最亮，比喻德高望重或有卓越成就而为人们所尊重敬仰的人。昌黎：即韩愈。韩愈曾任广东潮州知州官，黄霁青曾任海阳知府，海阳为潮州府治，故云"重拜昌黎"。

〔五〕行旌：旧指官员出行时的旗帜，泛指出行时的仪仗，借以敬称出行的官员。云泥：见第一六七篇《与周又伯》注〔一一〕。执鞭：举鞭为人驾车，表示景仰追随。

〔六〕囊乏一钱：阮孚持一皂囊游会稽，别人问囊中有什么东西，阮孚回答："但有一钱看囊，空恐羞涩。"后因以"阮囊羞涩"为手头拮据，身无钱财之典。崦景：崦嵫山的落日余光。喻老年、晚年。

〔七〕以一夫不获为己任：语本《尚书·说命下》"一夫不获，则曰时予之辜"，言有一人不得其所愿，就是我的罪过。诞登彼岸：先登上彼岸。语本《诗经·大雅·皇矣》"诞先登于岸"，诞，语助词。

〔八〕韩吏部：指韩愈，曾任吏部侍郎，故称。引文出自韩愈《应科目时与人书》，意谓别人可怜它，是它的命；别人不可怜它，是它的命。

一七五、复王竹航

忆自泛舟韩水，立雪程门〔一〕，幸近光仪，时亲教诲。匆匆握别，渺渺相思。顷奉华函，恍联旧雨〔二〕。示吟大集，如坐春风〔三〕。文堪矜式后来〔四〕，诗可上追前古，开编捧读，佩服无量。

敬谂先生杖履优游，琴书恬适。望齐山斗，入拜昌黎〔五〕。回朔宫墙，良深私淑〔六〕。

艮羊城寄迹，驹隙空驰，谬蒙六邑公延，愧乏一长足录〔七〕。流连崦景，沦落天涯，归计难图，囊空羞涩〔八〕。以视先生东山高卧，玉尺常持，真不啻神仙中人〔九〕，何羡如之！

前承惠赐画幅，辉映蓬壁，旅寓传观，忽被有目者乘间攫去，竟如神龙之破壁而飞〔一〇〕。耿耿寸衷，不胜懊丧之至。未审挥毫闲暇，尚能远锡吉光片羽，俾名画法书，仍得什袭珍藏，永留墨宝否〔一一〕。

附呈拙刻一套，聊供喷饭，惟冀莞存为荷〔一二〕。肃函复谢，恭候台安，不宣。

注释

〔一〕立雪程门：亦作“程门立雪”，杨时与游酢去见老师程颐，当时程颐在瞑坐，两人侍立一旁。等程颐醒来，门外雪已深一尺。后因以“程门立雪”为尊师重道的典故。

〔二〕旧雨：见第五八篇《答丁品江》注〔九〕。

〔三〕如坐春风：见第一二篇《与孙配琪》注〔四〕。

〔四〕矜式：犹示范、为楷模。

〔五〕山斗：泰山，北斗，见第一七四篇《寄黄霁青》注〔四〕。

〔六〕回朔：当为“洄溯”。见第一四九篇《寄潘隐谷》注〔四〕。宫墙：《论语·子张》云：“子贡曰：‘譬诸宫墙，赐之墙也及肩，窥见室家之好；夫子之墙数仞，不得其门而入，不见宗庙之美，百官之富。’”后以此称师门或老师。赐，子贡名。私淑：私自敬仰而未得到直接的传授。

〔七〕驹隙：典出《庄子·知北游》，见第一三五篇《答陆默庵》注〔五〕。六邑公延：即六县公请的意思。延，延请。

〔八〕嵫景：见第一七四篇《寄黄霁青》注〔六〕。囊空羞涩：暗用阮孚典故。见第一七四篇《寄黄霁青》注〔六〕。

〔九〕东山高卧：用谢安典故。谢安初隐居东山，朝廷屡诏不仕，高卧不出，人称谢东山。后出为桓温司马，官至司徒。玉尺：玉制的尺。《世说新语·术解》记荀勖善调律吕，而阮咸妙于鉴赏音乐。阮咸以为荀勖所调宫商不准，荀勖忌之。后有农夫得到一把玉尺，荀勖以之校正自己所治乐器，发现都短一黍，始叹服阮咸之神解。后以“玉尺”喻衡量才识高下的尺度。玉尺常持，即地方上读书人的才学高低，由其衡量。

〔一〇〕攫（jué）：抓取。神龙之破壁而飞：用张僧繇典故。张僧繇曾经在墙上画了四条龙，但没有点上眼睛，说一旦点上，龙就会飞去。众人不信，极力请他点睛，张僧繇就去点睛，刚点完第二条龙，雷电大作，龙果然飞去。此处犹言“不翼而飞”。

〔一一〕吉光片羽：神兽吉光身上的一片毛。比喻残存的珍贵文物、艺术品。吉光，神兽名。什袭：原指把物品一层层地包起来，后形容珍重地收藏。

〔一二〕喷饭：吃饭时突然发笑而把嘴中的饭喷出来，后用以谓惹人发笑。莞（wǎn）存：哂纳，笑纳。莞，莞尔，形容微笑的样子。

一七六、致余同仁

幼而无父，情已堪怜；穷莫能归，事尤可悯。兹有某公者，家贫丧偶，今春携其十二龄稚子来粤，谋馆未就，一病而亡。顾此茕茕〔一〕，伶仃孤苦，沿街乞怜，无以为生。同乡某目击情形，不忍坐视，自捐银两，先藁葬其棺，后复矜全其子，俾充资斧，觅人挈返家园，庶免饿莩，使彼相依舅氏，起一生于九死，慰一脉于九泉，此真再造之恩，奚啻二天之戴〔二〕！

伏念足下善心为宝，一视同仁，敢祈量力扶持，解囊帮助。倘得成人于异日，重来运柩以还乡，死者固切衔环，生者更当焚顶矣〔三〕。谨启。

注释

〔一〕茕茕：形容孤独无依靠。

〔二〕藁葬：草草埋葬。矜全：怜惜而予以保全。资斧：见第一三二篇《答王兰畦》注〔九〕。饿莩（piǎo）：饿死的人。二天：恩人，对庇护者的感恩之辞。

〔三〕衔环：见第一五二篇《寄苏磻溪》注〔一〇〕。焚顶：焚香顶礼（为之祝祷）。

一七七、寄周霞轩

窃以宦游异地，最凄凉两袖清风；客死他乡，真悲惨一棺暴露。矧乃群然妻妾，不独二人；藐尔雏孙，曾经三索〔一〕。直穷途之痛哭，流落天涯；恒仰屋以咨嗟，怀归故土〔二〕。如我连城某公之存亡可悯〔三〕，生死鲜依者也。

忆自为贫而仕，需次盐官者数十年；举目无亲，远离旗籍兮几千里〔四〕。涉蛮烟之景，菜色堪怜；补龙井之场，瓜期未代〔五〕。卧牛衣而对泣，人皆仰望终身；思鼠耗以乏粮，鬼亦馁而求食〔六〕。凡同寅故旧，知己朋侪〔七〕，自宜触目以伤心，抑且闻声而感喟。

伏祈阁下哀矜共恤，慷慨为怀，筹旅榇之迢遥，麦舟相助；念啼号之困苦，担石均输〔八〕。魂载柩回，庶傍祖宗之邱墓；母偕子返，俾还骨肉于家庭。九原如戴二天〔九〕，百世难忘再造。肃函驰布，惟希允俞〔一〇〕。此启。

注释

〔一〕藐尔：弱小的样子。三索：《周易·说卦》云“艮三索而得男”，后以“三索”指小男孩。

〔二〕穷途之痛哭：用阮籍典故，见第一四五篇《寄康若洲》注〔四〕。仰屋：卧而仰望屋梁，形容一筹莫展，无计可施。

〔三〕连城：县名，今属福建省。

〔四〕盐官：县名，今属浙江省。旗籍：旗人的户籍，旗人居住的地方，即满洲一带。

〔五〕菜色：见第三八篇《答李霭堂》注〔一七〕。补龙井之场：在龙井场地方做候补官。龙井场之地不明，有人疑为明王守仁谪为龙场驿丞之义而借用之。瓜期：见第一五七篇《寄赵锦江》注〔九〕。

〔六〕卧牛衣而对泣：用汉代王章典故，《汉书·王章传》载王章与妻居长安，一天王章生病，没有被子，躺在牛衣中，哭与妻诀别。牛衣，为牛御寒之物，以麻或草编成。馁（něi）：饥饿。

〔七〕同寅：同僚，旧称在一个部门当官的人。朋侪（chái）：朋辈。

〔八〕旅榇（chèn）：客死者的灵柩。榇，棺材。麦舟：惠洪《冷斋夜话》载范纯仁到姑苏取麦五百斛，以舟载回。在丹阳碰到石延年，石延年说家里有人去世未能下葬，范纯仁即以所载麦交给石延年。后常以麦舟作助营丧事之典。担石：一担一石之粮，比喻微小。

〔九〕九原：黄泉，地府。二天：见第一七六篇《致余同仁》注〔二〕。

〔一〇〕允俞：允诺，希望对方允许的敬语。

一七八、致武兰圃

向荷垂青，高轩屡过，获聆矩诲，何幸何修。日来室迩者人转遥〔一〕，景慕益无已也。

比想先生起居曼畐〔二〕，政颂允符。艮坐困愁城，一筹莫展，计惟卖文为活，苟延性命而已。

拙刻原为游戏，远逊文章，虽不免大方家讥评〔三〕，亦或有风尘中物色。先生宏奖后学，且矜恤单寒，倘可推爱分销，俾沾余润，亦杜陵诗人广厦之被也〔四〕。先生其有意乎？肃此并候台安，不宣。

注释

〔一〕室迩者人转遥：语出《诗经·郑风·东门之墠》“其室则迩，其人甚远”。后用作怀念亲友之词。

〔二〕曼畐：见第一五一篇《寄黄越尘》注〔五〕。

〔三〕大方家：饱学之士或有一艺之长者为方家。大方家即学问很深的人。

〔四〕单寒：衣服单薄，感觉寒冷，旧指出身寒微，家世贫穷。余润：向四旁浸润或流淌的水，比喻旁及的德泽、利益。杜陵诗人广厦之被：杜甫有《茅屋为秋风所破歌》，见第四四篇《与周氾荇》注〔七〕。

一七九、致祁竹轩

日前诣辕谢步，想叨钧鉴〔一〕。迩来秋声作雨，荔瘴将销〔二〕。

感蛩响之哀吟，缅凤仪之高耀〔三〕。焦桐翘尾，倚戟成图〔四〕。

伏念大人洒墨汁以飞霖，裁笔花而织锦，敢乞赐品茶之偶暇，题戛石之宏章〔五〕，借以生光。容当趋叩，起居万福，铭泐寸心。艮谨启。

注释

〔一〕钧鉴：书信中敬请收信人阅知的敬辞。

〔二〕荔瘴：广东山村中常有一种瘴气，在荔子成熟季节，其瘴最重，故称荔瘴。

〔三〕蛩响：蟋蟀鸣声。蛩，蟋蟀。凤仪：凤凰的仪态，比喻英俊的姿容。

〔四〕焦桐翘尾：见第一五三篇《复李春麓》注〔五〕。倚戟成图：言画图熟练，犹言倚马可待。

〔五〕戛（jiá）石：犹敲击金石，声调铿锵，比喻文章辞采不凡。

一八〇、寄孔孝先

孝思维则〔一〕，哀此下民，父死谓何？谁非人子！曾某某身为贱役，岂无罔极深恩〔二〕？人到穷途，爰有乞怜苦状。亲丧固宜自尽，既含殓之未能，子职今已全亏，复葬埋之莫必〔三〕。忧心悄悄，卧病难痊；素手空空，归装如洗。

伏冀吾兄锡类，逾格推恩；矜恤藐孤，慨分河润〔四〕。岂特三封马鬣，方教人得佼心；只须一滴杨枝，便可泽沾枯骨〔五〕。殁存均感，功德靡涯。此启。

注释

〔一〕孝思维则：意为孝顺父母，大家都是一样的。

〔二〕罔极深恩：无尽的恩情。《诗经·小雅·蓼莪》云：“父兮生我，母兮鞠我。……欲报之德，昊天罔极。”后常称父母之恩为罔极之恩。罔极，没有尽头、无穷尽。

〔三〕亲丧固宜自尽：意谓父母死了，原应自己去料理后事。自尽，谓自尽其力。含殓：古代丧礼，纳珠玉米贝等于死者口中，并易衣衾，然后放入棺中。

〔四〕锡类：谓以善施及旁人。河润：谓恩泽及人，见第一六一篇《寄杨秋舫》注〔四〕。

〔五〕马鬣（liè）：坟墓封土的一种形状，亦指坟墓。恔（xiào）心：畅快的心情。一滴杨枝：佛教喻称能使万物复苏的甘露。

一八一、寄钱蔗轩丈

欣逢萍水〔一〕，畅叙荷亭。虽雅教久违，幸芳邻伊迩〔二〕。廿年以长，交到忘年；三月于兹，别将匝月〔三〕。每忆帐前问字，扬子云把臂而谈；常来堂上征歌，周公瑾传杯而劝〔四〕。凡诸佳话，都足相思。

乃者翘首会垣，正恨丰裁之远隔〔五〕；驰心旅邸，忽蒙华札之下颁。敬谂我先生一路福星，锦帆无恙；予小子三秋梦毂〔六〕，离绪稍抒。

读词翰之极工，几日香流口角；感情文之兼至，寸芹犹荷齿芬〔七〕。无任抱惭，曷胜忭舞〔八〕！

遥想迢迢银汉，看吴公子夜渡鹊桥；渺渺珠江，偕沈休文晨游花地〔九〕。乐可知也，惜未与焉。

况去住难凭，行见泛仙槎而登海峤；追随莫及，安能持布鼓而过雷门〔一〇〕？室迩尚虑人遐，路长益怜情隔。此衷苦结，何日重论？肃泐复缄，借申阔愫。恭候文祉，祈鉴涵，不备。

注释

〔一〕欣逢萍水：谓偶然相遇，令人高兴。萍水，萍草随水漂泊。

〔二〕伊迩：近，将近，不远。

〔三〕忘年：指忘年之交，即年辈不相当而结交为友。匝月：满一个月。

〔四〕问字：请教学问。据《汉书·扬雄传》载，扬雄多识古文奇字，刘棻曾向扬雄学奇字。后来称从人受学或向人请教为“问字”。扬雄字子云。征歌：谓征招歌伎，指宴乐歌舞。周公瑾：周瑜字公瑾。传杯而劝：谓宴饮中传递酒杯劝酒。

〔五〕丰裁：犹风度，风采。

〔六〕一路福星：鲜于侁为京东转运使，将行，司马光谓人曰：“福星往矣。”福星，即岁星，旧时术士谓岁星照临能降福于民。以“一路福星”为祝人旅途平安之语。梦毂（gǔ）：梦中驱车（去看望朋友），言思念之深切。

〔七〕寸芹：犹言寸草，赠物于人的谦词。

〔八〕忭（biàn）舞：高兴得手舞足蹈。

〔九〕夜渡鹊桥：即民间传说的牛郎织女，于七月初七夜，以鹊为桥过银河相会的故事。沈休文：指沈约，见第七八篇《答丁星使》注〔二〕。

〔一〇〕仙槎（chá）：神话中能来往于海上和天河之间的竹木筏。海峤（qiáo）：海边山岭。峤，山尖而高。持布鼓而过雷门：不自量力，妄炫其能，意近“班门弄斧”，语出《汉书·王尊传》。布鼓，以布为鼓，故无声。雷门，会稽城门，有大鼓，击之声闻洛阳。

一八二、复邹小晌

接奉还云，极荷情词缱绻〔一〕。回环雒诵，感激涕零。良晤何时，捧笺於邑〔二〕。

敬谂足下旅祺增胜，文祉懋绥。琴轩荣棣萼之花，绮阁结池塘之梦〔三〕。吟怀谐畅，艳福奚如！

惟来书有弹铗之思，送穷之句[四]，君尚如此，仆更可知矣，又不得不深为系念。

弟疲驽恋栈，困守盐车，利觅蝇头，味同鸡肋[五]。耑此复候，不宣。

注释

〔一〕还云：唐代韦陟以侍妾掌书记，自署名于后，所书陟字若五朵云。后称人之来信为朵云，复信为还云。缱绻：缠绵，情深谊厚之意。

〔二〕於邑：呜咽。

〔三〕棣萼之花：指兄弟。见第六五篇《答沈霭堂》注〔一〕。池塘之梦：兄弟情深。见第一五九篇《代寄兄某》注〔一〕。

〔四〕弹铗之思：谓生活不如意。用冯谖典故，见第二四篇《与王言如》注〔五〕。送穷：旧时驱送穷鬼的一种习俗。其时日有正月晦日、正月初三、正月初六、正月二十九日等不同说法。

〔五〕疲驽恋栈：劣马只惦记着马棚里的饲料，比喻无能的人只贪图安逸，无远大志向。盐车：运载盐的车子。《战国策·楚策四》记老马拉盐车上太行，尽力而不能上，伯乐遇见，下车攀而哭之。后以“盐车”为典，喻贤才屈沉于下。蝇头：见第一一六篇《与沈聚亭》注〔三〕。鸡肋：鸡的肋骨，比喻无多大意味但又不忍舍弃之事物。

一八三、寄彭辅唐

别久思深，惄焉如捣[一]。遥想我弟文祺佳鬯，定符鄙念[二]。惟闻三荐不售，不胜扼腕之至[三]。但功名迟早有数，卞和抱璞，刖足何伤[四]？惟尽人力以待天时，书未必终误人也。

足下年富力强，有志竟成，幸勿裹马自阻[五]，勉之望之。

仆潦倒穷途，已阅十六载，欲归未得，老尚依人。鸡肋蝇头[六]，不遑糊口，其窘况有难为知己告者。

回忆行年五十，承和《自述》七律四首，书之册页。今被蠹鱼侵蚀〔七〕，大半无从识认。尊处亮有存稿，务祈先为录书寄下，以志弗谖。

外附《六十自述》诗四章，亦祈见和为祷。天涯人远，良晤何时？落月停云〔八〕，相思当有同情耳。数行布臆，不尽欲言，伏候文安，不宣。

注释

〔一〕惄（nì）焉如捣：语出《诗经·小雅·小弁》：“我心忧伤，惄焉如捣。”谓心里非常忧伤，就像有棍棒撞击一般。惄，忧思、忧伤。

〔二〕文祺佳鬯（chàng）：文场得意，文思畅通。鬯，通“畅”，旺盛。定符鄙念：一定与我祝颂的一样啊。

〔三〕三荐不售：清代科举制，乡试三场文卷，先由帘官阅定，荐之主考，若主考却下不第，谓之不售。扼腕：手握其腕，表示惋惜，亦可表示激怒或振奋。

〔四〕卞和抱璞，刖足何伤：卞和怀抱璞玉，被砍了双脚又如何。见第五〇篇《谢交河明府王达溪》注〔一〕。

〔五〕幸勿裘马自阻：不要为优越的生活所牵绊。裘马，见第五四篇《又答》注〔二七〕。

〔六〕鸡肋蝇头：见第一八二篇《复邹小昫》注〔五〕。

〔七〕蠹鱼：即蟫，又称衣鱼，蛀蚀书籍衣服。体小，有银白色细鳞，尾分二歧，形稍如鱼，故名。

〔八〕落月停云：见第一五篇《答姜云标》注〔六〕。

一八四、复李春麓

庭梅初绽，菊瘦如人，忽得故人王也香书，已慰客窗岑寂。欣然展阅，乃中有尺素，情词缱绻，韵语缠绵，又喜又惊，且歌且泣。

自惭不佞〔一〕，与物多违，此当世人欲杀之时，初不料犹有怜才如春麓先生者。百回捧读，感激涕零，辄不禁五体投地。

惟是揄扬失实〔二〕，谦抑太过，愧不敢当。窃念先生江右世家，当代名臣后裔，清词丽句，如许才华，尚且琴剑飘零，天涯沦落，屈为书记，至于同病相怜〔三〕；况仆之一介寒儒，未尝学问，宜乎依人作活，糊口四方也。

叹先生之不遇于时，仆益退然自明矣。所羡者，先生幕游之地，有吾友王也香、蒋稻芗诸君子，乐数晨夕〔四〕，唱和往来。仆虽未见先生，恍若遇诸梦寐间耳。

拙刻未足言文，仅同儿戏，谬蒙许可，殊觉汗颜。然仆之潦倒半生，此中亦可得其大概。承赐见怀佳作，勉和二律，续貂之诮〔五〕，知所不免。

何时御李，以报鲍叔之知〔六〕？虽为执鞭，所忻慕焉。冗次肃缄珍复，敬询起居纳福，不宣。

注释

〔一〕不佞：谦辞，犹言不才。

〔二〕揄扬失实：犹言“过奖了”。揄扬，赞扬。

〔三〕江右：江西省的别称，古时在地理上以西为右，江西以此得名。琴剑：琴与剑，指古代文士行装随身之物，以寓刚柔相济之意。书记：指从事公文工作的人。

〔四〕乐数晨夕：早晚欢乐相处。语出陶渊明《移居》诗：“闻多素心人，乐与数晨夕。”

〔五〕续貂：西晋赵王司马伦专朝政，封爵极滥，冠饰所用貂尾不足，至以狗尾代充，时人谚曰：“貂不足，狗尾续。”后比喻续加的不及原有的，前后很不相称，常用作自谦之词。诮（qiào）：责备。

〔六〕御李：见第八一篇《与交河明府王达溪》注〔一〕。鲍叔：见第一四三篇《复王静山》注〔七〕。

一八五、寄许小憨〔一〕

顷者尊纪回署〔二〕，接奉手书，领悉一切。并蒙远颁佳笔，拜领谢谢。欣谂足下分发直隶，到日签掣第二，荣补在即，履祉懋绥〔三〕。以英年骏发之才，得大省有为之地，鹏程九万，伫见扶摇，吾辈与有荣施，闻之不胜忭舞〔四〕。

因念足下素谙政务，历练老成，幼学壮行，自必大有一番作用。惟是宦途之中，必须利害分明，事事小心谨慎。夫子不云乎："无欲速，无见小利。欲速则不达，见小利则大事不成。"〔五〕此居官之大要也。

夏禹谨小慎微，文王小心翼翼，诸葛一生惟谨慎。圣贤事业，未有不兢兢于此者〔六〕。

且足下夙承庭训〔七〕，习见尊大人为官善政，尽可奉为法守。前程远大，扩而充之，官职声名，安可限量耶？此仆刍荛之见〔八〕，叨在世好，剖腹缕陈，未识有当高明否。

来书云近作颇多，便希示读为望。仆碌碌如常，无善可告。足下所云孑然一身，殊深惆怅，欲仆画一良策。但仆并无良策自为计，又安能为足下谋也？奈何？

别后所得拙作，约有百余首，本欲录呈雅政〔九〕，因心绪不宁，尚未誊出，容俟再寄。此达，并候不一。

注释

〔一〕原《雪鸿轩尺牍》此篇名《寄谢小憨》，缪莲仙《嘤求集》作《寄许小憨》。

〔二〕尊纪：《左传·僖公二十四年》："秦伯送卫于晋三千人，实纪纲之仆。”后因以“尊纪”为奴仆的雅称。

〔三〕履祉懋绥：身体健康，吉祥如意。履，践踩、走过。祉，福祉。绥，安好。

〔四〕骏发：迅速发扬。此处作英俊风发解。荣施：荣耀的施与，誉人施惠之辞。

〔五〕“无欲速”句：语出《论语·子路》，言做事不可求速成，性急求快反而不能达到目的，贪图小利则大事不成。

〔六〕兢兢：小心谨慎貌。

〔七〕庭训：见第九七篇《答秦载光》注〔四〕。

〔八〕刍荛之见：草野之人的言论、意见，微不足道，后常以此为对人陈述意见的谦词。刍荛，割草打柴的人。

〔九〕雅政：请人指正的敬辞。

一八六、复吴省香〔一〕

岁月如驰，久稽竿牍，亦以离愁枨触，尘务牵缠，非尽关嵇生懒也〔二〕。

昨接手翰，知足下尚在赋闲，搁笔之穷，素所领略，不禁同唤奈何。所喜潭祉清宁〔三〕，差慰鄙念。西人之子〔四〕，竟为吾辈意计所不能料。行路之难，真难于上青天矣，可惧哉！

长安居大不易〔五〕，有则须曲就之。即如仆逗留此间，亦非得已，然终无可如何耳。草草复候安祺〔六〕，不一。

注释

〔一〕原《雪鸿轩尺牍》此篇名《复吴省春》，《嘤求集》作《复吴省香》。

〔二〕竿牍：书信，信札。枨（chéng）触：触动，感触。嵇生懒：嵇康《与山巨源绝交书》自述“性复疏懒，筋驽肉缓，头面常一月十五日不洗，不大闷痒，不能沐也”。

〔三〕潭祉：对居家者的祝颂用语，谓起居吉祥幸福。清宁：清明宁静。语本《老子》："天得一以清，地得一以宁。"

〔四〕西人之子：《诗经·小雅·大东》："西人之子，粲粲衣服。"因周都镐京在西，故东方诸侯称周人为西人。此处指贵族子弟。

〔五〕长安居大不易：见第八篇《答王兰畦》注〔五〕。

〔六〕原《雪鸿轩尺牍》此句作"草草伏候安祺"，《嘤求集》作"草草复候安祺"。